Contents

辺境の獅子は瑠璃色のバラを溺愛する

プロローグ

サリーシャは美しく剪定《せんてい》された植木の陰にこっそりと隠れ、花冠を編んでいた。周りから死角になるこの場所は、サリーシャと大切な友人の秘密の待ち合わせの場所だ。シロツメクサの混じる芝生の上に座っていると植木の隙間から心地よい風が吹いてきて、頰を撫でた。

サリーシャは集めたシロツメクサを並べると、一番長く太い茎の一本を芯にして、丁寧《ていねい》に周りに別の花を巻きつけ始めた。最初はただのバラバラの切り花だったそれは、徐々《じょじょ》に形を成してゆく。

「上手にできたわ」

サリーシャはそれを見て満足げに微笑む。

シロツメクサの花冠作りは、小さな頃に本当のお母様に教えてもらった。畑の脇に咲いた花を集めては花冠を作り、近所の子供達とお姫様ごっこをして遊んだものだ。

「フィル、遅いなあ……」

サリーシャは少しだけ背伸びして、高い植木の上から辺りを見回そうとした。しかし、植木の背はサリーシャよりも高く、見渡すことは叶わなかった。と、そのとき、後ろからカサリと音がして、サリーシャはパッと振り返った。

「フィル?」

しかし、そこにいたのはフィルとは似ても似つかない、大人の男の人だった。

「あ、すまん。邪魔したな。ここはいつも誰もいないから、昼寝でもしようと思ったんだが……」

男の人はサリーシャがいたことが予想外だったようで、目を丸くした。そして、慌てたように引き返そうとした。

「ねえ、お兄さん！」

サリーシャは咄嗟《とっさ》に声を掛けた。ここに先にいたのは確かにサリーシャだが、ここはサリーシャの専用の場所ではない。

「お昼寝していてもいいよ。わたし、お友達を待っているのだけど、今日は遅いから、来ないかもしれないの」

「お友達？」

「うん。フィル──フィリップって言うの。ここによく来るのよ」

サリーシャがそう教えると、男の人は「あぁ」と納得したように呟《つぶや》いた。

「彼は、今日は来ないよ。大きな式典がある」

「お兄さんはフィルを知っているの？」

「もちろん。有名人だ」

「ふうん？　式典って、お父様が出席しているのと同じ式典かしら？」

「お父様？」

「うん。マオーニ伯爵」

「ああ、それなら一緒だろうな」

男の人はぶっきらぼうにそう言うと、サリーシャの横の芝生の上にゴロンと横になった。

また、先ほどのような静寂が辺りを包み込む。聞こえてくるのは鳥の歌声と、時々それに混じって遠くで歓談している大人の声。

サリーシャは突然現れたこの男の人をまじまじと見つめた。貴族のようないい身なりをしているが、こげ茶色の髪は貴族らしからぬ短髪だ。高い鼻梁《びりょう》と薄い唇、しっかりと上がった眉。年の頃は二十歳過ぎくらいだろうか。十二歳のサリーシャよりはずっと年上に見える。

目を瞑《つむ》っているのをいいことにジロジロと見つめていると、男の人がパチリと目を開けた。

「なんだ？　ジロジロ見てきて」

「あ、ごめんなさい。――お兄さんは、その式典に出ないの？」

「出るさ。だが、まだ行きたくない」

「なぜ？」

首を傾《かし》げるサリーシャを一瞥《いちべつ》すると、男の人は自嘲《じちょう》気味にフッと鼻を鳴らした。

「つまらないいざこざの、勝利記念式典だ。なぜ俺がここに呼ばれたかわかるかい？　小さなレディ。『たくさんやっつけて、よくやりました』だとさ」

サリーシャには男の人が言っていることがよくわからなかった。けれど、この男の人がいざこざの相手をたくさんやっつけて、そのいざこざを終わらせたことは理解した。そして、本当は、そんなことをしたくはなかったことも感じ取った。

サリーシャは少しだけ考えて、手に持っていた花冠を見つめた。

「では、ここで今いざこざがなくて人々が平穏に過ごせているのは、あなたのおかげね。それって、とてもすごいことだと思うわ」

「なに？」

「わたし達に平穏を与えてくれたことに感謝します。あなたに敬意を表して、これを」

そう言って、サリーシャは寝そべる男の人の胸に花冠を乗せた。昔やったお姫様ごっこのように、ツンと澄まして。

男の人は胸の上に置かれたその花冠を持ち上げると、豆鉄砲をくらった鳩《はと》のように目をパチクリとさせ、しばらくの間、それを眺めていた。そして、堪《こら》えきれないといった様子でくくっと笑いだし、最後にサリーシャを見つめて小さく呟いた。

「ありがとな。小さなレディ」

その日行われていた式典が隣国との国境線付近で勃発した大きな戦いの祝勝記念式典だったことをサリーシャが知ったのは、随分《ずいぶん》と後になってからだった。

第一章　突然の求婚者

夢は儚《はかな》いものだ。

川面に浮かぶ水紋のように、あるいは砂に描いた手紙のように、まるで最初からなかったかのように跡形もなく消え去る。

ここにいた多くの人々には、確かにサリーシャがフィリップ殿下の隣に立つ未来が見えていたはずだ。けれど、全員が示し合わせたかのように、そんなことは知らなかったふりをする。

サリーシャは口元に笑みを浮かべてにっこりと微笑んだ。

誰よりも美しくあるように、気高くあるように、そして何事にも動じていないかのように。

「殿下におかれましては、このようなよきお相手に巡り会われましたことを、心よりお喜び申し上げます」

「ああ、ありがとう」

フィリップ殿下はサリーシャの祝いの言葉に少しだけ口元を緩《ゆる》めた。皆を魅了する、その微笑みを浮かべて。

「ところで」

フィリップ殿下の整った眉が僅《わず》かに寄る。

「サリーシャはこれからどうするのだ？」

いまだにサリーシャを気にかけてくれるとは、相変わらず優しい。その優しさはフィリップ殿下の美点だが、今のサリーシャには少しだけつらかった。

「まあ、殿下。わたくし、これでも『瑠璃色《るりいろ》のバラ』と呼ばれておりますのよ？　素敵《すてき》な殿方を射止《いと》めて幸せに暮らすに決まっているではありませんか。殿下に負けないくらい」

サリーシャが自身の一番のお妃候補であったことは、彼自身も知っていたのだろう。それはそうだ。もう何年もの間、フィリップ殿下の隣にいる異性といえば、サリーシャだったのだから。

サリーシャは口元を扇《おうぎ》で隠すとウフフと笑う。

「嘘だわ」という心の声を、ぐっと押しとどめて。

元々貧しい農家の娘だったサリーシャは、フィリップ殿下の妻の座を射止めるだけのために、領主であったマオーニ伯爵家に養女として迎え入れられた。サリーシャの珍しい瑠璃色の瞳と美しい容姿は、まだ十歳だったにもかかわらず村の外まで評判だったという。

サリーシャには、このミッションを達成できなかった今、帰る場所もない。あの厳しい養父にはなんと言われるだろう。よぼよぼの、けれど権力だけはある老人貴族にでも売られるのが関《せき》の山《やま》だろう。

これから先、自分に幸せなどあるのだろうか。ちっとも想像がつかないけれど、それでもそう言うしかなかった。なぜなら、サリーシャは自分に与えられたミッションを抜きにして、フィリップ殿下という人間のことが友人としてとても好きなのだ。彼を困らせたくはなかった。

「それもそうだな。サリーシャに微笑まれて虜《とりこ》にならぬ男などいないだろう」

タイタリアの若き王太子――フィリップ殿下は納得したように頷《うなず》き、朗《ほが》らかに微笑んだ。

なんて残酷なことを言うのだろうと、サリーシャは目を伏せた。

この人は、とても優しくて、そして酷《ひど》く残酷な人だ。自身は決してサリーシャの虜にならなかったくせに、悪気なくそんなことを言う。

そのこんこんと湧き出る泉のように澄んだ瞳に映るのは、自分ではない。それに気付いたのはいつだっただろう。

フィリップ殿下は隣にいる少女――エレナ＝マグリット子爵令嬢と視線を絡ませるとそっと肩を抱き寄せ、その頭頂部に愛しげにキスをした。エレナの頬がバラ色に染まり、フィリップ殿下はそれを見て頬を緩める。

エレナは王都から遠く離れた田舎の子爵家のご令嬢だ。なんの特徴もない地域の、たいして身分もない子爵家の長女である彼女は、この国のだれもが憧《あこが》れる座を手に入れた。この結末は、多くの貴族達にとっては予想外だった。けれど、サリーシャには予想できていた。

初めてフィリップ殿下がエレナと出会ったそのとき、サリーシャはその場に居合わせた。

それは、今から一年ほど前、サリーシャとフィリップ殿下が王宮内を、世間話をしながら散歩しているときのことだった。サリーシャがふと言葉を止めたフィリップ殿下の視線の先を追うと、きょろきょろと辺りを見回す可愛らしい少女がいた。

「レディ。どうかしましたか？」

「あ。あの、父とはぐれてしまいまして。どちらに行けばよいのか、広すぎてさっぱり……」

社交界デビューを前に国王陛下にご挨拶に来ていたエレナは、迷子になり捨てられた子猫のような表情を浮かべていた。眉尻が下がり、不安そうに辺りを見回す姿は女のサリーシャから見ても庇護欲《ひごよく》をそそった。

「それなら謁見《えっけん》控え室だな。よし、散歩ついでに案内しよう」

元々優しいフィリップ殿下はすぐにそう言うと、片手をエレナに差し出した。

サリーシャは静かにその横に同行する。エレナはそのとき、ちょうど十六歳の誕生日を迎えて社交界デビューのために初めて王都に出てきたと言った。

純朴そうな彼女の話す内容は領地の畑のことだとか、屋敷の馬の出産を手伝ったことだとかで、おおよそ化粧と香水の匂いをぷんぷんとさせた典型的な貴族令嬢——もちろん、サリーシャもその一人だ——しか周りにいなかったフィリップ殿下にとって、とても新鮮だったのだろう。

「この部屋で待っていれば大丈夫だろう」

控え室の前まで案内したフィリップ殿下はドアの前に立つ衛兵に二、三言なにかを告げると、彼女に向き直った。

「ありがとうございます。あの……、お優しいお方。お名前は？」

「きみがデビューすればすぐにまた会えるだろう。そのときまで、秘密にしておこう」

そう言ってエレナの手を取り、甲《こう》にキスをした。そのとき、エレナの頬が染まり、フィリップ殿下の瞳には熱が籠《こも》るのを、サリーシャは確かに見たのだ。

ああ、こうやって人は恋に落ちるのね、と妙に冷静に二人を見つめる自分がいた。

サリーシャは礼服に身を包んだフィリップ殿下と豪華なドレスに身を包んだエレナに視線を向けた。フィリップ殿下はエレナを片手で抱き寄せ、優しい眼差《まなざ》しを向けている。エレナは緊張と興奮からか、頬を紅潮させ、目をキラキラとさせていた。

幸せを絵に描いたような光景。

それを眺めながら、さも微笑ましいものを見ているかのように口の端を上げる。

――大丈夫よ、わたくしはうまくやれているわ。

心の中で、自分にそう言い聞かせた。

フィリップ殿下がエレナの手を取り、その手を重ねたまま高く上にあげた。

「聞け。俺は我が未来の妃にエレナ＝マグリットを選んだ！」

その声に応《こた》えるかのように、広間のあちらこちらからお祝いの声と拍手が沸《わ》き起こる。

「フィリップ殿下、エレナ様。おめでとうございます」

「タイタリア、万歳《ばんざい》！」

「フィリップ殿下。お喜び申し上げます」

次第に大きくなる歓声と拍手の音は大きなうねりとなって辺りを覆い尽くす。ぐわんぐわんと反響しながらまるで逃れることなど許さないと言いたげに、サリーシャを包み込んだ。

今日、タイタリア王国の未来の国王が正式にその伴侶を選んだ。将来の国母《こくも》となる、唯一無二の尊い女性を。多くの美しく咲く花々の中で、選ばれるのはたった一輪だけ。どんなにその座に近づこうが、選ばれなければ皆同じ。その他大勢は主役の大輪を引き立てる添え花でしかない。

そして、その座を見事に射止めたのはエレナ＝マグリット子爵令嬢だった。艶やかな薄茶色の髪とクリッとしたこげ茶色の瞳に、透《す》けるような白い肌。未来の王妃にふさわしい、とても可愛らしく、聡明な女性だ。

サリーシャも笑顔を浮かべ、二人に惜しみない祝福の拍手を送った。

――でもね、おかしいの。

サリーシャは、ぼんやりと目の前の光景を眺めた。

目の前で笑い合う人達の様子が、まるで演劇のワンシーンのように現実感なく見える。これが夢だったらいいのにと思ってしまう。永《なが》く続く、壮大な夢物語。

サリーシャはこの貴族の世界に、フィリップ殿下の隣に立つためだけに送り込まれた。まだ十歳だったあのとき、周りの大人から口酸っぱく言われたことは『必ず王太子妃の座を射止めろ』ということだった。毎日毎日、朝から晩まで、厳しいレッスンの数々。わけもわからないまま毎日を過ごし、十一歳のときに初めて仕事で用事があった養父――マオーニ伯爵に王宮に連れてこられた。

その後はことあるごとに王宮に連れていかれた。王宮を訪れる頻度が高ければ、王太子殿下に会える可能性が上がるから。マオーニ伯爵のこの作戦は見事に功《こう》を奏《そう》した。

ホームシックで泣くサリーシャに声を掛けてくれたのはフィリップ殿下本人だった。あの頃は、仲良しの『フィル』がその絶対に射止めなければならないお相手だなどとは、サリーシャは想像すらしていなかった。ただ、つらくて、生まれ育った家が恋しくて、寂しくて、泣いているときに声を掛けてくれた男の子。それだけだった。

「どうしたの？　悲しいの？」

王宮の庭園の木の陰で泣いていたサリーシャにおずおずと話しかけてきた男の子は、サリーシャが返事をしないのを見て首を傾《かし》げた。

「――ねえ、僕とお話しようか。少しは気が紛れると思うよ」

差し出された小さな手に縋《すが》りたいと思うほど、サリーシャは弱っていた。

「……うん」

サリーシャの花冠作りになど全く興味がなかったはずなのに、にこにこしながら付き合ってくれた。

「ねえ。僕、よくここにいるからまた寂しくなったらおいでよ。人に教えてもらった、秘密の場所なんだ。僕も遊び相手や話し相手があまりいないから」

「うん」

彼が未来の国王陛下だとサリーシャが知ったのは、それから一年近く経過した頃だった。マオーニ伯爵はサリーシャがフィリップ殿下といつの間にか仲良くなっていたことを、とても喜んだ。よくやったと屋敷に戻ってからもしきりに褒められた。

しっかりと勉強してフィリップ殿下の隣に立つのだと、ただそれだけを言われ続けた。

それからはつらい王太子妃候補の教育も、文句一つ言わずにしっかりとこなした。頑張って勉強もしたし、礼儀作法も完璧だ。もう誰もサリーシャが田舎の農家の娘だなんて想像もしないだろう。

しかし、サリーシャは与えられたミッションに失敗してしまった。

きっと、最初から無理だったのだ。元は田舎の農家の娘なのに、王太子妃になれだなんて、無理がある。

長い付き合いのサリーシャから見ても、彼女と見つめ合って微笑むフィリップ殿下はとても幸せそうだ。優しいフィリップ殿下は皆の王子様で、サリーシャの大切な友人。

さあ、友の幸福を祝おう!

そう思うのに、心からお祝いできない自分がいた。

――わたくしは明日から、どうすればいいのかしら?

この期《ご》に及んで、そんなことが脳裏をよぎる。もしかしたら、フィリップ殿下は自分のこんな醜《みにく》い部分に気付いていたのかもしれない。そんなふうに思った。

サリーシャはフィリップ殿下を騙《だま》そうとした。自分可愛さに、養父であるマオーニ伯爵に言われるがままに、彼を虜にしようと画策《かくさく》した。

景色は歌劇のように移り変わる。

主役を演じるのはフィリップ殿下とエレナだ。

サリーシャはただそれを眺めるだけの観客にしかなれなかった。

本当は、こんな結末になると、ずっと前から気付いていた。けれど、サリーシャはそれに気付かないふりをして、マオーニ伯爵にいい顔をし続けた。そうするしかなかったのだ。

——ねえ、わたくしはこれからどうすればいいのかしら？

またもやそんなことが脳裏をよぎる。ぼんやりと二人を眺めるサリーシャの視界の端に、キラリと光るものが映った。

その男が飛び出してきて主役の二人に近づいたとき、サリーシャは咄嗟《とっさ》に飛び出していた。

肩から背中の中央部に感じたのは鋭い痛みと燃えるような熱さ。笑顔だった人々の顔が恐怖に染まる。

更なる激痛が背中を襲い、ヌメッとしたものが滴《したた》り落ちるのを感じた。

「誰か、賊《ぞく》だ！　捕《と》らえろ!!」

「衛兵！　衛兵！」

辺りに怒声が響き渡る。すぐに近衛《このえ》騎士と衛兵達がなだれ込み、鬼のような形相《ぎょうそう》の男が捕らえられるのをぼんやりと見つめた。

——痛い。寒い。

今日の自分はやっぱりおかしい。

視界がぼやける。

——フィル、なぜそんなひどい顔をしているの？

その問いは、口にしようとしてもうまく出てこなかった。

ヒューヒューと喉が鳴る。

大切な友よ。さあ、笑って。

今日はタイタリア国民が盛大に祝うべき、喜ばしい日。

未来の国王の、生涯の伴侶が決まったのだから。

サリーシャは力なく口の端を上げた。

――もうこんな茶番はおしまいにしましょう。

サリーシャはフィリップ殿下を射止めるためだけに、この世界に入れられた。しかし、サリーシャにとってのフィリップ殿下は騙すには優しすぎる、大切な友人だった。そして、サリーシャもこの役目を負えるほどの、完璧な役者にはなれなかった。

フィリップ殿下がサリーシャではない人を選んでくれたことに、サリーシャ自身が一番ホッとしていた。

サリーシャは思った。

やっぱり、今日はなにかがおかしい。

自分でもよくわからない。

自分はこれから、どうすればいいのだろうか。

幸せな行く末が全く見えない、終わりのない迷路に放り込まれたようだ。

泣きそうな顔をする友人と、その愛する人――エレナをサリーシャは見上げた。

フィリップ殿下とエレナが微笑み合う姿を見て、本当は羨《うらや》ましかった。

――化《ば》かし合いはもうたくさんだわ。

自分にも、あんなふうに微笑んでくれる人がいたら……。

厚かましくもそんなことを思った。

自分でも思う。どうかしていると。

そんな未来、あるわけがないのに。

——だからわたくし、こんなことになっても、ちっとも後悔はないのよ。

＊＊＊

目を覚ますと、真っ白なシーツが視界いっぱいに広がった。少しだけ視線をずらすと、見慣れた天蓋《てんがい》の枠とそこから吊り下がったカーテンのドレープが見える。

寝台を覆うアイボリーカラーの落ち着いた色合いのそれは、侍女のノーラが選んでくれたものだ。裾《すそ》の部分がフリルになっており、落ち着いた中にも可愛らしさがあり、サリーシャもとても気に入っている。

そう。もうだめかと思われたサリーシャは、奇跡的に一命を取り留めた。

背中を刃物で斬《き》りつけられたサリーシャは、致命傷を負った。通常なら命を落とすレベルの大怪我であったにもかかわらずこうして生きているのは、事件直後にタイタリア王室が威信をかけて、最高の医師団をサリーシャのために手配してくれたからに他ならない。

あとから聞いた話では、賊は衛兵達にすぐに捕らえられたが、奥歯に仕込んでいた毒で自害したため、真相は闇の中だという。

「お嬢様、お目覚めですか？」

しばらくぼんやりしていると、侍女のノーラの声がして、寝台を覆うドレープが少し揺れた。

「ええ、起きているわ。今、何時かしら？」

サリーシャがそう伝えると、寝台を覆うドレープの裾が引かれ、明るい太陽の光が差し込んできた。春の日差しは布団を覆うベッドカバーの刺繍《ししゅう》柄を明るく浮き上がらせる。

「九時ですわ」

「そう。そろそろ起きるわ」

「かしこまりました」

起き上がろうと腕に力を入れると、その途端《とたん》に背中に引き攣《つ》れるような痛みが走った。

「痛っ」

サリーシャは小さく悲鳴を上げ、片手で背中に触れる。指の先にあたるぼこぼことした手触りは、傷の跡だろう。触っただけでも盛り上がって醜い傷になっていることがわかる。一度だけ鏡越しに見たとき、そこには背中に斜めに入る赤紫色の醜い裂傷の跡があった。もうしっかり塞《ふさ》がっているのに、体を動かすと時折引き攣れるような痛みがいまだに襲ってくる。

ノーラに手伝ってもらいながら傷跡を完全に覆うような詰襟のワンピースを身に着けると、一見すると控えめな印象の淑女《しゅくじょ》が出来上がる。けれど、サリーシャが二ヶ月前にフィリップ殿下の婚約披露会で背中に傷を負ったのは周知の事実だ。

サリーシャはその美しい瞳の色にちなんで、社交界では『瑠璃色のバラ』とうたわれたほどの美しき伯爵令嬢だ。しかし、この傷ではまともな結婚話があるわけもなく、養父のマオーニ伯爵は最近とても不機嫌だ。わざわざ田舎娘を養女にして、多くの家庭教師を付けるなどの多額の投資をして王太子妃にする計画を立てていたのに、その計画が完全に失敗した。更には、有力貴族に輿入《こしい》れさせることもできない傷物になったのだから、それも当然だろう。

サリーシャは小さくため息をつくと、のそのそとベッドから起き出した。

＊＊＊

その日の昼下がり、珍しくサリーシャの私室を訪れたマオーニ伯爵は部屋に入ってくるなり、真っ白な上質紙と額に入った小さな姿絵《すがたえ》を差し出した。

「サリーシャ。お前に縁談だ」

「わたくしに縁談？」

サリーシャはマオーニ伯爵と差し出された手紙と姿絵を交互に見比べ、おずおずとそれを受け取った。早速《さっそく》封を開け、中を確認する。

「チェスティ伯爵ですか」

サリーシャの小さな呟きを聞き、マオーニ伯爵はサリーシャが嫌がっているのだと思ったようで、顔をしかめた。

「傷物のお前を貰ってもよいと言っているんだ。しかも、伯爵だぞ。ありがたい話だ」

チェスティ伯爵は養父であるマオーニ伯爵よりもずっと年上で、既《すで》に齢《よわい》六十を超えているはずだ。細君《さいくん》に先立たれ、子供達も全員独立している。子供と言っても、今十八歳のサリーシャよりもずっと年上ではあるが。もしかすると、孫が同世代かもしれない。

あまりにも予想通りの展開に、サリーシャは内心でため息をついた。

「承知いたしましたわ。お父様の仰《おお》せのとおりに」

「とてもよいお話だ。すぐに準備を進めよう」

マオーニ伯爵はサリーシャの返事を聞くと満足げに微笑み、たっぷりと蓄《たくわ》えた口ひげを揺らしながら頷いた。そして、部屋から出ようとしたときに、ふとサリーシャの手元に置かれた刺繍道具に目を止めた。

「そうだ。伯爵にお会いするときまでにプレゼントする刺繍でも刺しておきなさい。アルファベットとなにかモチーフを入れて……。それはお前に任せよう」

「かしこまりました」

サリーシャは頷く。

満足げなマオーニ伯爵が部屋を後にして、部屋のドアがパタンと閉まった。

刺繍道具は、春になったので春の小花でもハンカチに刺そうと思って出したものだ。けれど、チェスティ伯爵に贈るのなら小花柄ではよくないだろう。

サリーシャはマオーニ伯爵が持ってきた、小さな額縁《がくぶち》に収められた姿絵を見た。そこに描かれているのは初老の男性だ。片手にステッキを持ち、シルクハットを被《かぶ》って澄まし顔でこちらを見つめている。絵画で見ても祖父のような感覚しか湧いてこない。この老人が自分の未来の伴侶だというのは、なんとも不思議な感覚だ。

サリーシャはしばらくその姿を眺め、チェスティ伯爵家の頭文字からアルファベットの『C』と、伯爵が被っているシルクハットをモチーフに刺繍を刺し始めた。

＊＊＊

チェスティ伯爵との顔合わせの日、サリーシャは朝からノーラに手伝ってもらって美しく着飾った。今日の昼過ぎに、チェスティ伯爵がこの屋敷——マオーニ伯爵邸を訪ねてくることになっている。

ちょうど準備が終わった直後に、屋敷の外に六頭立ての立派な馬車が到着したのが窓越しに見えて、サリーシャはふうっと息を吐いた。チラリと壁際の機械式時計を見ると、予定よりも四時間も早い。チェスティ伯爵は案外せっかちな人なのかもしれないと思った。

サリーシャは刺し終えたハンカチを忘れないように用意し、手に握った。

——大丈夫。わたしはマオーニ伯爵令嬢のサリーシャ＝マオーニ。『瑠璃色のバラ』と呼ばれる美しい娘。さあ、笑え。笑うのよ、サリーシャ。誰よりも美しく、妖艶《ようえん》に。

毎日のように行っている恒例の儀式。そうやって田舎娘の自分を忘れ、伯爵令嬢になりきる演技をし続けた。

サリーシャが完璧に作り上げた微笑みを浮かべたまま階下に降りると、なにやら階下の様子がおかしかった。マオーニ伯爵はひどく慌てた様子で、玄関ホールで執事のセクトルと話し込んでいる。

「どうかしたのかしら?」

サリーシャは独りごちた。確かに予定の時間よりはだいぶ早いけれど、前日から今日の準備を進めていたのだから、そこまで慌てることもないだろうに。怪訝《けげん》に思いながらゆっくりと二人に近づいていくと、マオーニ伯爵はサリーシャを見つけて飛ぶように駆け寄ってきた。

「よいか、サリーシャ。全《すべ》て、話を合わせるのだ。決して、余計なことは言ってはならぬ」

「はい?」

「予定が変わった。もっといい話だ。あまりお待たせしては申し訳ない。行け」

マオーニ伯爵はそれだけ言って再び執事のセクトルに何か指示をし始めた。使用人からお客様がお待ちしていると促《うなが》されて応接間に入ったサリーシャを出迎えたのは、なぜか老人ではなく、見知らぬ若い男だった。

サリーシャは目の前のソファーに腰掛ける男を眺めた。こげ茶色の髪を後ろに撫でつけ、貴族がよく身に着けるような上質な黒のフロックコートを着ている。しかし、貴族らしからぬ体格のよさは衣服の上からも窺《うかが》えた。

がっしりとした、まるで衛兵のような体軀《たいく》の持ち主だ。髪も、サリーシャの知る貴族男性は誰もが長く伸ばして後ろで結《ゆ》うのに対し、目の前の男の髪は短く切られている。頰には古い傷跡のようなものが何ヶ所か残っており、もしかすると本当に衛兵なのかもしれない。年齢は二十代後半からせいぜい三十代前半くらいだろうか。

その風貌に既視感《きしかん》を覚えたサリーシャは、男を見つめた。どこかの舞踏会で会ったことがあるだろうか。しかし、いくら考えても思い出せなかった。

そして、男の後ろには中年の男性が控えていた。薄茶色の髪にだいぶ白髪が混じり始めているその男性の方が、年齢的にはチェスティ伯爵に近い。けれど、姿絵と顔が全然違っていたし、肌の感じからしても年齢はせいぜい四十歳過ぎだろう。それに、立っている位置的に彼は椅子に腰掛ける若い男の従者に見えた。

サリーシャは困って後ろを振り返った。ここに案内してくれた使用人と目が合ったが、彼は無言で頷くだけでなにも言ってはくれない。きっと、この二人がお客様で間違いはないのだろう。仕方がないので、サリーシャはもう一度そのお客様に向き直った。

「はじめまして。サリーシャ＝マオーニにございます」

サリーシャはその若い男に向かって精一杯美しく微笑んで淑女の礼をしてみせる。その途端、無表情だった男の表情が強張《こわば》り、眉間には深い皺《しわ》が寄った。

「驚いたな。想像以上だ……」

「はい？」

自分はなにか粗相《そそう》をしただろうかと不安になって、その若い男を見つめていると、目の前の男は所在なさげに視線をさ迷わせてから、コホンと咳払いをして立ち上がった。その拍子に重い布張りのソファーが揺れ、ガタンと大きな音が鳴る。

その男は本当に大きかった。王宮に出入りしていたため、衛兵や騎士達には見慣れているサリーシャですら、その体格のよさには目をみはった。立ち上がったその姿を見上げたサリーシャは、以前に会ったことがあるような気がしたのは気のせいだと思い直した。こんなに大きな人と舞踏会で会って、忘れるはずがない。身長は平均的な男性より二回りは大きく、肩幅も胸の厚さも服の上からでも人並み以上であることが容易に想像できる。そして、ヘーゼル色の瞳はまるで全てのことを見透かしそうなほど、鋭かった。

サリーシャは男から無言で差し出された手に自分の手を重ねた。こちらを見つめるヘーゼル色の瞳が、スッと細められる。

「アハマス辺境伯のセシリオ＝アハマスだ」

「アハマス辺境伯閣下……」

サリーシャは口の中でその名前を小さく復唱した。

アハマスはタイタリアの北の国境に位置する辺境の地であり、タイタリアの国防の要《かなめ》となる重要な地域だ。アハマス辺境伯は古くよりその地域全体を自治しており、実質的に国防軍を兼ねている。

サリーシャはその男――セシリオをもう一度よく見てみた。

軍人を兼ねているのであれば、この逞《たくま》しい体つきも納得できる。きっと、国を守るために辺境伯であるセシリオも日々訓練しているのだろう。

しかし、アハマスの辺境伯がマオーニ伯爵家に一体なんの用事があるのだろうか。マオーニ伯爵家の領地とアハマスは全く方向も違う。更に言うならば、なぜ当主であるマオーニ伯爵ではなく、サリーシャが応対しているのか。その理由もわからなかった。

セシリオはそんなサリーシャの胸の内など露《つゆ》ほども知らぬ様子で、サリーシャの手を持ち上げて甲にキスをした。乾いてカサカサした唇の感触が、肌に触れる。不快感はなかった。サリーシャがぼんやりとこげ茶色の髪に覆われた頭頂部を眺めていると、セシリオが顔を上げ、ヘーゼル色の瞳がまっすぐにサリーシャを捉《とら》えた。

その瞬間、サリーシャはコクンと小さく息を呑《の》んだ。

その眼差しは軍人らしく、狙った獲物は絶対に逃がさないとでも言いたげだ。あまりにも鋭い眼差しにサリーシャは幾《いく》ばくかの恐怖を感じ、咄嗟《とっさ》に手を引こうとした。しかし、それは叶わなかった。セシリオの手がしっかりとサリーシャの手を握っていたのだ。

「あの……」

普通、挨拶が終われば手は離される。というより、手は重ねるだけで、しっかりと握る人など、なかなかいない。どうすればよいのかわからずに戸惑っていると、後ろにいた男性が窘《たしな》めるようにセシリオに声を掛けた。

「セシリオ様。サリーシャ様がお困りですよ」

「あ、ああ。これは失礼」

それを聞いたセシリオは慌てたように手を離し、小さく「すまなかった」と呟いた。ぽりぽりと耳の後ろを右手で掻き、バツが悪そうに視線をさ迷わせる。と、そのとき、外で執事のセクトルと話し込んでいたマオーニ伯爵がやっと部屋に現れた。

「お待たせいたしました。アハマス閣下」

いつの間に着替えたのか、正装姿のマオーニ伯爵は部屋に入るなりにこやかに笑みを浮かべ、丁寧に腰を折った。サリーシャが引き取られたここは伯爵家だが、辺境伯は侯爵と同格なので、セシリオの方がマオーニ伯爵よりも上位貴族にあたるのだ。

サリーシャがマオーニ伯爵のこんなに機嫌よさそうにしている姿を見るのは久しぶりだ。よくわからないまま見守っていると、マオーニ伯爵がセシリオに歩み寄り、二人は握手を交わした。

「突然の訪問で申し訳ない」

「いえ、構いません。いつでも歓迎しますぞ」

「それで、例の申し入れの件は？」

「もちろん、お受けします。娘もたいそう喜んでおります。なあ、サリーシャ？」

突然、マオーニ伯爵に話を振られ、サリーシャは戸惑った。なんの話をしているのか、ちっとも見えてこない。しかし、すぐに先ほど言われた言葉を思い出した。

『よいか、サリーシャ。全て、話を合わせるのだ。決して余計なことは言ってはならぬ』

マオーニ伯爵は先ほどサリーシャにそう言った。きっと、今のこのやり取りもこの『話を合わせなければならない事柄』の中に含まれているのだろう。そうと気付くと、サリーシャはすぐに顔に笑みを浮かべてセシリオに向き直った。

「はい。大変光栄なお話だと、嬉しく思っております」

その途端、セシリオの表情が少し緩んだ。

「そうか。そうか……」

何度か確認するように、セシリオが小さく呟くのがサリーシャの耳に聞こえた。そして、セシリオは少し興奮気味に言葉を続けた。

「それはよかった。わざわざ辺境からここまで返事を聞きに来た甲斐《かい》があったというものだ。では、王室と先方には俺から報告しておこう。伝言していた通り、一ヶ月後に迎えを寄越《よこ》す。準備しておいてほしい」

「はい、かしこまりました」

「よろしくお願いしますぞ。アハマス閣下」

王室になにを報告するのだろう。先方とは一体誰を指すのか。

それに、迎えとはなんの迎えだろう。

様々な疑問が頭に浮かび、話が全く見えてこないが、サリーシャはとりあえず笑顔で頷いた。マオーニ伯爵も終始笑顔で頷いているので、この反応で間違ってはいないはずだと思った。

このときは、まさか自分がこのひと月後にアハマスの地に嫁ぐためにここを去ることになるとは、夢にも思っていなかったのだ。

セシリオはその一ヶ月後、約束通りサリーシャの住むマオーニ伯爵邸に迎えの馬車を寄越した。前回より更に豪華な八頭立ての馬車は、黒と銀色のシンプルな見た目だ。金箔《きんぱく》等の華美な装飾はないものの、かえってそれがとても上品な雰囲気を漂わせていた。車内のシートは天鵞絨《ビロード》に覆われており、外見より内装の方にお金がかかっていそうに見える。

「旦那様からサリーシャ様に、こちらを」

使いで来た青年からは、セシリオ直筆だという手紙を手渡された。サリーシャがその手紙を開くと、そこには、あまり国境地帯を領主不在にするわけにはいかないので、迎えに行けなくて申し訳ないと謝罪の言葉が書かれていた。そして、サリーシャが来ることを楽しみにしているとも書かれていた。

「とても丁寧な方なのね……」

手紙は短かったが、そこからは誠意が感じられた。サリーシャはその手紙をしばらく眺めてから持参する荷物の中にしまうと、見送りに現れたマオーニ伯爵に向き直る。

「それでは、行って参ります。お父様」

「気をつけて。アハマス閣下に失礼がないようにするのだぞ」

自慢の口ひげを揺らしながらそう言うマオーニ伯爵に、サリーシャはこくりと頷く。

貴族の結婚など、ほとんどの場合が政略結婚だ。それでも、多くの夫婦はうまくやっていく。セシリオとは一度しか会っていないが、印象は決して悪くない。縁あって夫婦となるのだから、うまくやっていきたいと思った。

マオーニ伯爵を始めとする屋敷の面々に最後の別れを告げると、サリーシャはアハマスに唯一同行する侍女、ノーラとともに馬車に乗り込んだ。

その豪華な馬車に揺られること数日。

この日も馬車の中で揺られていたサリーシャは、窓の外を覗《のぞ》いた。外に見えるのは鬱蒼《うっそう》とした森だ。何回窓を開けても見えるのは森林ばかり。もう何時間もこの光景が続いている。

景色が移り変わるうちはそれを見ていると気分が高揚《こうよう》したが、同じ景色ばかり続くようになると、途端にサリーシャの頭には色々な疑問や不安が浮かんできた。

「ねえ、ノーラ。どうしてアハマス閣下は、わたくしを妻にと望んだのかしら？」

サリーシャは窓から視線を車内に戻すと、ずっと不思議に思っていたことを同行したノーラに尋《たず》ねた。

「それはもちろん、サリーシャ様の美貌に見惚れ、望まれたのではないのでしょうか？　サリーシャ様は『瑠璃色のバラ』と呼ばれるほどの美女でいらっしゃいますもの」

さも当然といった様子で答えるノーラに、サリーシャは首を振ってみせる。

「でも、わたくしはアハマス閣下と社交界で一度もお会いしたことはないわ。あんなに大きいのよ？　忘れるはずないわ」

「サリーシャ様の美しさを噂に聞いたのでしょう」

「そうなのかしら……。アハマス閣下は辺境伯でいらっしゃるわ。閣下が望まれて簡単に手にできない女性など、公爵令嬢と王女殿下くらいなのに」

サリーシャはなぜセシリオが自分を望んだのか、その理由がわからなかった。既にチェスティ伯爵との婚約話が進み始めていたのにもかかわらず、突如その話がとん挫《ざ》して、代わりに現れたセシリオ。

実は、マオーニ伯爵邸にサリーシャを貰い受けたいというセシリオからの書信が届いたのは、サリーシャとセシリオが面会した日の午後だった。アハマスはとても遠いので、書信がどこかで滞《とどこお》って到着するのが遅れたのだろう。つまり、養父であるマオーニ伯爵もあの日あの時間にセシリオが現れたのは完全に想定外だったようだ。それを聞いて、サリーシャはなぜあのとき、マオーニ伯爵があんなにも大慌てしていたのかがようやくわかった。

そして、心配していたチェスティ伯爵の方は、サリーシャと話が済んだ後にセシリオが直接先方を訪れ、話をつけていた。サリーシャはもちろん、マオーニ伯爵もこれには驚いたそうだ。つまり、セシリオはサリーシャがチェスティ伯爵に嫁ぐ予定であると知っていながら、婚姻申し込みの打診をしてきたのだ。

未来の花嫁と正式な顔合わせをするための準備をしていたら、その花嫁の夫になると名乗り出た男が突然屋敷を訪ねてきたのだから、チェスティ伯爵はさぞかし驚いたことだろう。しかし、セシリオはアハマス辺境伯だ。チェスティ伯爵がどんなに不服に思ったとしても、上位貴族であるセシリオにその不満をぶつけることはできないだろう。

アハマスは国防の要の地だけに、そこを自治するアハマス辺境伯は国からとても重用《ちょうよう》されている。何代か前には当時の王妃を輩出《はいしゅつ》したほどの名門貴族だ。

サリーシャは確かに社交界で美しいと評判の娘だったが、他にも美しいと評判の娘は何人もいた。その中にはまだ婚約者がいないご令嬢もいたし、侯爵令嬢だっていた。ついこの間までフィリップ殿下の花嫁選びが行われていたこともあり、今は多くの年頃の有力貴族の令嬢が独身でいる。みな、フィリップ殿下の妻の座を狙っていたのだ。

会った印象ではセシリオは確かに貴族らしからぬ衛兵のような風貌をしているが、けして醜《ぶ》男《おとこ》ではない。むしろ、顔のつくりは整っていたし、態度も紳士的な人に見えた。

つまり、彼はこんな傷物になった自分ではなくて他にたくさんいる美しい娘を望むことも容易だったはずなのだ。それなのに、なぜセシリオは自分を望んだのか。サリーシャにはそれがわからなかった。

「本当に、随分と遠いですわね。もう五日も馬車に乗っているのに。こんなに遠いと、王都がまるで遠い世界になってしまいそうですわ」

ノーラが車窓から見える景色の移り変わりを眺めながら、小さく笑った。

「王都が遠い世界に……」

サリーシャはその言葉を聞いて、あることに気付いた。遠すぎて、王都のことがまるで遠い世界。そうであるならば、王都で起こったこともあまり情報が入ってこないのではないだろうか。

ということは……。

サリーシャは青ざめた。

「もしかして……。大変だわ……」

「はい？」

両手で口元を押さえるサリーシャを、ノーラが怪訝な顔で見つめる。

きっとそうなのだ。セシリオはフィリップ殿下の婚約発表の舞踏会で賊の侵入による騒ぎがあったことは知っていても、それでサリーシャが傷物になったということは知らないに違いない。顔合わせの際も、こちらからはわざわざ背中に大きな傷があることを言ったりはしていない。ということは、セシリオがそのことを知らなくてもなんら不思議はないのだ。

「どうしましょう」

サリーシャは自分自身をぎゅっと抱きしめた。きっと、セシリオはサリーシャが美しいとの評判を聞きつけて求婚してきただけで、傷物になっているとは知らないのだ。

これが単に遊びに行くだけなら、別にいい。けれど、サリーシャは彼の妻になりに行くのだ。妻となったらなにをするのか、経験はなくともある程度の知識くらいはある。

――この醜い傷を見られたら、わたくしは捨てられるかもしれない。

真っ先にそんなことが頭に浮かんだ。

こんな醜い傷を背中に負った娘など、通常であれば妻に望むわけがない。マオーニ伯爵家と縁を結びたがっている下位貴族であれば、それでもサリーシャを妻に望むこともあり得るが、アハマス辺境伯はマオーニ伯爵家よりも格上だ。傷物になったサリーシャを迎えても、なにもメリットはない。

考えれば考えるほど、そうに違いないと思えてきた。

サリーシャは到着前から気分が落ち込んでくるのを感じ、膝《ひざ》の上の手をぎゅっと握りしめると、無言で顔を俯《うつむ》かせた。

＊＊＊

セシリオはいつになく落ちつかない様子で、部屋の中を行ったり来たりしていた。机に向かって執務に集中しようと思うのだが、十分もすると窓の外が気になってならない。我慢できずに結局は立ち上がって窓辺にゆき、外を眺めてはなにかを確認するように注意深く視線を動かす。

仕事の速さには定評があるのだが、今日はさっきからちっとも仕事が進んでいない。

「おい、セシリオ。そんなに右往左往《うおうさおう》してもお前の待ち人が到着する時間は変わらないぞ。さっさと仕事しろ」

同じ執務室で書類を確認していたアハマス軍のナンバー2であるモーリスは、呆《あき》れたようにセシリオを嗜《たしな》めた。

「っつ！　わかっている」

痛いところを突かれたセシリオはぐっと眉を寄せ、おずおずと椅子に座って書類に目を通し始める。しかし、十分もすればもとの木阿弥《もくあみ》。また窓の外が気になってたまらなくなる。まるで、誕生日を前にプレゼントを待つ子供のようだと、セシリオは自分自身に苦笑した。

窓の外は青い空が広がり、遥か遠くまで見渡せるほどに爽《さわ》やかに晴れていた。豪華な馬車とはいえ、雨が降って道が悪くなると揺れて乗り心地が悪い。サリーシャのようなか弱い女性ではさぞかしつらかろう。セシリオは天に向かってこの快晴を感謝した。

「なに、大丈夫さ。俺のアドバイス通り、手紙も付けたんだろ？」

じっと外を眺めていると、ポンと肩を叩かれた。目を向ければ、椅子に座って書類を確認していたはずのモーリスもセシリオの隣に立ち、窓の外を眺めていた。モーリスは、セシリオが花嫁がここに来ないかもしれないと心配していると思ったのだろう。

「ああ。付けた」

セシリオは小さく返事する。モーリスは「じゃあ、大丈夫だ」と言って片側だけ器用に口の端を上げると、今度は背中を力一杯バシンと叩いた。

アハマス辺境伯であるセシリオは、とても有能な男だ。自分に厳しく、仕事はまじめ。そして勇猛果敢《ゆうもうかかん》で部下達の信頼も厚い。しかし、色恋沙汰には少々不器用だ。

辺境の地で男ばかりの軍人達に囲まれて生きてきたので仕方ないといえば仕方ないのだが、これだけ有能な男、しかも高位の爵位持ちがこの歳まで独身で残っているのも珍しい。

今回も仕事の都合《つごう》で未来の花嫁を迎えに行けないというのに、断りの手紙一つ付けずに馬車を送り出そうとして、慌てて周囲に止められていた。そして、最終的に懇切丁寧《こんせつていねい》に手紙の指導をしたのはモーリスだった。

元々、セシリオには幼い頃に家格の釣り合いを考えて家同士で決められた婚約者がいた。相手は国防軍を兼ねた辺境伯であるアハマス家とは切っても切れない、剣や鎧《よろい》、火薬など武器を扱う国内最大の商社を持つブラウナー侯爵家の娘だ。

国境付近で勃発した一年間にもわたる戦争が終わるのと時を同じくして、六つ年下のその侯爵令嬢はこの国の成人年齢である十六歳になった。そして、それから一年が経《た》ち、前アハマス辺境伯である父親の喪《も》が明けた頃、セシリオは親の遺言に従って彼女をアハマスに呼び寄せた。未来の辺境伯夫人に早めにアハマスの地に慣れてもらおうと思ったのだ。

しかし、当時のアハマスは戦争の影響がまだ色濃く残り、全体的にくたびれていた。更に、当時のセシリオは亡くなった父に代わり務め始めた辺境伯としての仕事に忙殺《ぼうさつ》され、心身ともにほとんど余裕がなかった。

王都のタウンハウスに住む箱入り娘だったその侯爵令嬢はそんなこともあり、アハマスには親の仕事ついでに連れられて何回か来たことがあるにもかかわらず、「こんな辺境の地、かつ危険な地域には住めない」とわがままを言い出した。

そこですぐに手紙や花、宝石でも贈るなりして、相手の機嫌をとればよかったのだが、当時のセシリオにそんな気の利《き》いたことはできなかった。モーリスもそこまで気を回すこともなかった。

セシリオなりに誠意は見せたようなのだが、説得の甲斐《かい》なく彼女は実家に帰ってしまった。そして、彼女の親であるブラウナー侯爵もそれを咎《とが》めることなく、セシリオ側に全面的に非があるような態度を取った。最終的に話し合いは決裂し、彼女はそのままアハマスに戻ることなく婚約解消となって今に至る。今から五年も前のことだ。

そうこうするうちに、セシリオはもう二十八歳だ。さすがに三十歳までには結婚しないとまずいと、周りが色々とお膳立てを画策したが、本人は一度目の婚約で懲《こ》りたのか、周囲の心配をよそに全く興味がない様子だった。

そのセシリオに変化が見られたのはつい三ヶ月ほど前のこと。

王都で起きた、王太子殿下の婚約披露パーティーでの襲撃事件の報告が届いた頃だった。その事件にやけに興味を示したセシリオに対し、モーリスを始めとする周囲の人間は特に不審にも思わなかった。セシリオはフィリップ殿下と遠い親戚にあたるし、フィリップ殿下が幼い頃から、顔を合わせれば剣を教えたりする仲だったからだ。

しかしセシリオはなぜかフィリップ殿下とその婚約者を庇《かば》って大怪我をしたサリーシャ＝マオーニに対し、興味を示し、追加で情報を集めるように指示を出した。

この頃から何かがおかしいとは周りも薄々気づき始めていた。

サリーシャはひどい大怪我のせいで貰い手がなく、下位貴族へ嫁ぐことを快く思わないマオーニ伯爵の意向もあり、六十歳過ぎのチェスティ伯爵の後妻に納まることになったらしい。そう報告すると、セシリオが、チェスティ伯爵との婚姻話を潰して自分がサリーシャを迎えたいと言い出したので、周囲はびっくり仰天《ぎょうてん》した。

サリーシャは社交界で『瑠璃色のバラ』と二つ名を持つほどの美女だという。しかし同時に、報告書では背中に大きな傷を負い、恐らくその傷跡はひどいものだろうと記されていた。

貴族令嬢の体に消えない大きな傷があっては、着ることができるドレスも限られる。美女である優位点を打ち消すどころか、大幅なマイナスだ。更には、彼女が元々は貧しい農家の娘であることも明記されていた。

「なぜ、サリーシャ＝マオーニなんだ？」

モーリスは窓の外を見つめるセシリオを見やった。

わざわざ体に傷を負った庶民出の娘など迎えなくとも、アハマス辺境伯の妻の座をぜひ娘に与えたいと思う貴族連中はごまんといる。セシリオの人となりをよく知るモーリスからすれば、彼が『瑠璃色のバラ』という言葉に踊らされたとも思えなかった。

セシリオはまた窓の外を見つめていた。

「どうしようもなくやるせない気分だったときに、彼女の言葉に救われたんだ。彼女が窮地《きゅうち》に陥《おちい》っているなら、今度は俺が助ける番だろう？」

「救われた？　向かうところ敵なしのお前が？」

「ああ」

「王都なんて、もうずっと行ってないのに、いつ会ったんだ？　そのときに惚れたのか？」

「いや、違う。会ったのは随分と昔だ。彼女の方は子供だったから、覚えていないようだ」

屈託《くったく》ない笑顔を浮かべて花冠を差し出した少女の姿が脳裏をよぎった。それと同時に、セシリオは先日のサリーシャの様子を思い出した。

「久しぶりに会う彼女は……、驚くほど美しかった」

「そりゃあ、『瑠璃色のバラ』なんて二つ名が付くくらいだからな。さぞかし美人なんだろうな」

セシリオはチラリとモーリスを一瞥すると、それ以上は話すつもりはないようで口をつぐんだ。

そして、眼下にまっすぐと伸びる王都への街道を、ただ静かに見つめた。

第二章　アハマスでの生活

王都のタウンハウスを出発して十一日目、サリーシャは目の前に見えてきた景色に目をみはった。

長く続く森を抜け、ようやくたどり着いた辺境の地方都市アハマス。その中心にそびえるのは想像を超えた大きな屋敷だった。

小高い丘の上に建つ灰色の石造りの建物は遠目で見ても、サリーシャの知る、どの貴族の屋敷よりも大きい。周囲は石を積み上げて造った高い塀に囲われており、塀の上には見張り台らしきものも見える。

屋敷自体の外壁もぴったりとした石を積み上げた強固なものであり、ちょっとやそっとの攻撃では崩れることはないだろうと思われた。もはや屋敷というよりは、要塞《ようさい》と言った方がしっくりとくる構造だ。

通り過ぎる町並みに目を向ければ、やはり王都よりはだいぶひなびている。しかし、建ち並ぶ店舗の看板にはパン屋、仕立屋、飲食店、アクセサリー屋、布屋など様々なものがあり、領民が生活するうえでは不便はなさそうに見えた。それに、サリーシャが幼い頃に過ごした村と比べたら、ここは都会と言っていいほど栄えている。

少し視線をずらせば、子供を連れたご夫人が笑顔で買い物をしている姿や、帽子を被った農夫が手押し車で野菜を運んでいるのが見えた。皆、サリーシャが乗る馬車に気付くと小さく頭を下げて、敬意を表していた。小さな子供がこちらを指さし、大きく手を振っているのも見えた。

アハマスの領主館は小高い丘の上にあるので、近づくにつれて馬車が走る道も登り坂になった。しばらく揺られていると急に店舗などの建物が途切れ、窓の外には人工的に造られたと思われる大きな濠《ほり》が見えた。濠には水が張られており、水面には緑色の水草が生い茂っている。馬車に乗ったまま、橋を渡ってその濠を通り抜けると、すぐにまた大きな濠が現れた。

濠は外敵からアハマスの領主館である城を守るためのものだろう。二重になった濠など、王宮以外ではまず見ることはない。サリーシャはここが国境の防衛を担《にな》う要塞の役目を果たしていることを実感した。

しばらくして馬車が大きな門の前で止まる。中でじっとしていると、門番の衛兵と御者《ぎょしゃ》が何かを話すのが聞こえた。すぐに話は通ったようで門が開き、ギギギっという音が辺りに響く。

門を過ぎて数分で、馬車は停車した。サリーシャが中から周りの様子を窺《うかが》っていると、扉が開かれて外から大きな手が差し出されたのが見えた。開いた扉からチラリと外を見ると、こちらを覗くヘーゼル色の瞳と目が合った。

出迎えてくれたのはアハマス辺境伯である、セシリオ本人だ。サリーシャはその手に自分の手を重ねる。いつかと同じように、手がぎゅっと握り込まれた。

「長旅、ご苦労だった」

「わざわざお出迎えいただき、ありがとうございます」

「いや、構わない」

こちらを見つめるセシリオの瞳が優しく細まった気がした。すぐに目を逸《そ》らされてしまったので、まっすぐに前を向く横顔をサリーシャは窺《うかが》い見た。

前回会ったときにも感じたが、やはりとても大きな人だと思った。

今日着ている深緑の上下服には金色の肩章と、胸元にも勲章《くんしょう》が付いており、きっとこれはアハマスの軍隊の制服なのだろうとサリーシャは推測した。髪は長髪を纏《まと》めていることが多い貴族男性には珍しく、衛兵のように短く切られている。そして、その横顔にはいくつかの古傷があるのが見えた。

屋敷の方に目を向ければ、正面の扉までのアプローチには使用人とおぼしき人々がずらりと並んでいた。その中には、セシリオと同じ深緑の上下服を着て、セシリオのように体格のよい男性も何人か混じっていた。

「ここは遠かっただろう。疲れている？」

エスコートされて無言のまま足を進めていると、小さく問いかける声が頭上から聞こえた。サリーシャが斜め上を向くと、ヘーゼル色の瞳が心配そうにこちらを見つめていた。

「はい。少しだけ」

「そうか。ここは王都からは遠い、辺境の地だからな。では、すぐに部屋に案内させよう。ゆっくりと休んでくれ」

「ありがとうございます」

サリーシャは小さくお礼を言った。

要塞のような屋敷に入ると、真っ先に目に入ったのは大きな玄関ホールだった。よくある中央から上に伸びる螺旋《らせん》階段はなく、代わりに左右に長い廊下が伸びていた。床は一般的な絨毯《じゅうたん》敷ではなく、灰色と黒色の石タイルだ。

「この屋敷はアハマスの要塞を兼ねている。右側が生活空間──つまり、きみがこれから暮らすスペースだ。左側は多くの軍人達の職場になっている。俺の執務室もそちらにある」

セシリオは玄関ホールから左右に伸びる廊下をそれぞれ指さしながら、サリーシャに説明した。サリーシャは左右を交互に見比べる。パッと見る限りではどちらも長い廊下が続いており、同じように見えた。

「つまり、わたくしのような者はあちらには行かない方がよいということですわね？」

「いや、きみはアハマス辺境伯夫人になるわけだから、自由に出入りしてくれて構わない。だが、あちらに行ってもあまり楽しいものはないな。それに、国防に関わる機密も取り扱っているから……」

サリーシャはそれを、「来てはいけない」と受け取った。

サリーシャは傷物だ。それも、ちょっと見逃せるレベルをとうに超えた、とても大きくて醜い傷を負っている。このことがセシリオに知られれば、きっと自分は捨てられるだろう。去ることが確定しているのに、機密を扱うような場所に近づくべきではないと思った。

「かしこまりました」

サリーシャが頷くと、セシリオは周りを見渡し、近くにいた男性を呼び寄せた。以前、マオーニ伯爵邸にセシリオが訪れたときに同行していた白髪交じりの中年の男性だ。

「ドリスだ。この屋敷のことを取り仕切っている。わからないことがあれば、俺かドリスに聞いてくれ。あとは、こちらで手配した、きみ付きの侍女に聞いてくれても構わない。ああ、もちろん──」

「ノーラですわ」

セシリオの視線がサリーシャの後ろに控えるノーラの方をチラリと見たのに気づき、サリーシャは補足した。

「失礼。ノーラはこのままきみ付きの侍女として働いてくれて構わない。正式に結婚したらきみの部屋は俺の部屋の隣になるが、今は客間を用意した。案内しよう」

右側の方にゆっくりと歩き始めたセシリオに付いて、サリーシャも足を進める。途中にいくつも扉があり、入り口側からは見えなかったが、中庭があるのも廊下の窓から見えた。サリーシャは興味深げにきょろきょろと辺りを見渡す。

「疲れているなら、屋敷の散策は明日にでもゆっくりすればいい。晩餐《ばんさん》は一緒に？」

「はい。ご一緒させていただきます」

「わかった。ここだ」

二階の廊下に面したドアを開けると、セシリオは空いている方の腕で部屋の中を指し示した。

サリーシャは中に入ると、部屋を見渡した。

客間というだけあり、遠方からの来客を宿泊させるための部屋なのだろう。華美な装飾はないものの、部屋の中央に大きなベッドがあり、窓際には一人掛けソファーが二脚、丸テーブルに向かって置かれている。シンプルに纏《まと》まった調度品は落ち着いた雰囲気を醸《かも》し出していた。

「なにか不足があれば遠慮なく言ってくれ」

「はい、ありがとうございます。これでも十分すぎるほどですわ」

それを聞いたセシリオは柔らかく目を細めて微笑んだ。

「なら、よかった。——では、晩餐のときに。それまではゆっくりするといい」

「はい」

ドアがパタンと閉められると、途端に部屋には静寂が訪れる。

サリーシャは目の前にあったベッドにポスンと腰をおろした。十一日間もほぼ馬車の中に缶詰状態の長旅。一人になるとどっと疲れが押し寄せた。

少しだけ。そう思って横になると、いつの間にか深い眠りの世界へと誘われた。

＊＊＊

ふと気がついたとき、辺りは明るかった。

サリーシャはゆっくりと辺りを見渡した。見慣れたアイボリーカラーのドレープはなく、シンプルな設《しつら》えの室内をカーテンの隙間からもれる明るい光が照らしている。

すぐにアハマスの領主館に到着したことは思い出したが、なにかがおかしい。到着したときは日が沈みかけていたのに、今は反対側から日の光が部屋に差し込んでいるのだ。同じ日の中で、太陽というのは一方向にしか進まないことぐらい知っている。

ということは……と気付き、サリーシャはさあっと青ざめた。

「た、大変だわ……」

到着したとき、サリーシャは晩餐を一緒にとるとセシリオと約束した。それが、すっかり寝過ごして、いつの間にか朝になっていた。つまり、サリーシャは到着早々、ここの主であるアハマス辺境伯との約束をすっぽかしたのだ。とんでもない失態である。

ふと自分を見下ろすと、服も昨日のままで、すっかり皺だらけになっていた。当然ながら顔も洗っていなければ、髪の毛も昨日のままだ。

「なんてことっ！」

サリーシャは慌てた。

どうすればいいのかと途方に暮れていると、トントンと扉をノックする音がした。入室を許可する返事をすると、初めて会う女性が顔を覗かせた。年の頃は自分の母よりも上だろうと思った。白髪交じりの栗色の髪を後ろで一つに纏めた、優しそうな雰囲気の女性だ。着ている紺色のワンピースは、昨日到着したときにこの屋敷の使用人達が着ているのを見かけた。

「おはようございます、サリーシャ様。わたくしはサリーシャ様のお世話係に任命されました、クラーラと申します。どうぞ、クラーラとお呼びください」

クラーラと名乗った女性はにっこりと微笑むともう一度お辞儀《じぎ》をした。呆然《ぼうぜん》と立ち尽くすサリーシャの前を横切って、少しだけ開いていたカーテンを順番に全部開けてゆく。窓の外からは眩《まぶ》しい光が差し込み、壁紙が白く浮き上がった。サリーシャはその眩しさに、少しだけ目を細めた。

「よくお休みになれましたか？」

「……ええ」

よく休めたどころか、初めて訪れた場所にもかかわらず、休みすぎた。いくら長旅の疲れが出たとはいえ、サリーシャがしたことはとても失礼な行為だ。セシリオが怒って、この婚姻話はなかったことに、と言い出してもおかしくないくらいに。

「あの……、アハマス閣下は、たいそうお怒りになられたでしょうね」

サリーシャはおずおずとクラーラを上目遣いに見上げた。クラーラはキョトンとした表情をして、片手で口元を覆うとおほほっと笑った。

「いいえ。怒るというよりは、がっかりしておられました。疲れて寝ていらっしゃるだけだと何度もお伝えしたのですが、自分がなにか不手際《ふてぎわ》をしたせいで嫌われてサリーシャ様がいらっしゃらないのかと、しきりに気にしておられてて」

「わたくしが閣下を嫌って？」

「そのくせ、起こしてくるとお伝えしたら、『疲れてるなら可哀想《かわいそう》だから寝かせておいてやれ』って仰《おっしゃ》るんですよ。おかしいでしょう？」

サリーシャはどんな反応を返せばよいのかがわからず、クスクスと笑うクラーラを見つめ無言で小首を傾《かし》げた。セシリオは、まさか朝までサリーシャがぐっすり寝てしまうとは思っていなかったのだろう。むしろ、叩き起こしてくれた方がよかったかもしれない。

「でも、今朝もサリーシャ様がいらっしゃらなかったら本当に落ち込んでしまいますので、ぜひ朝食にはお越しくださいｰ」

「……ええ。わかったわ」

朗らかな笑顔を浮かべるクラーラの様子からうそを言っているようにも思えなかった。

サリーシャがセシリオを嫌う？　そんなこと、全く理由がない。むしろ、約束をすっぽかしたサリーシャがセシリオから嫌われそうなものだ。とにかく、二日も連続して失礼を働くわけにはいかない。サリーシャはすぐに準備に取りかかろうと立ち上がった。

「わたくし、お湯を用意して参りますわ。昨日はそのままお休みになられていたので、お召し替えされる前に体を拭かないと気持ち悪いでしょう？」

その言葉を聞き、サリーシャはハッとした。服を着替えるには服を脱ぐ必要がある。服を脱げば、背中が晒《さら》される。自分のこの醜い傷を、ここの侍女達に見られるわけにはいかないと思った。

「あのっ、ノーラはどうしているかしら？　わたくし、いつも着替えや湯あみはノーラに手伝ってもらっているの」

「ではノーラさんを呼んで参ります。今、昨日のうちに顔合わせできなかった使用人達に挨拶をしているはずですから、すぐに参りますわ」

クラーラはサリーシャの言葉に特に不審にも思わない様子で頷くと、部屋を出ていった。その後ろ姿を見つめ、サリーシャはしばらく立ち尽くした。

サリーシャはまだ、アハマス辺境伯のセシリオと執事のドリス、それに侍女のクラーラの三人としかきちんと話してはいない。しかし、昨日のセシリオの対応といい、今日のクラーラの様子といい、ここの人達が自分を未来のアハマス辺境伯夫人として歓迎してくれていることは感じた。

「どうしましょう……」

サリーシャは部屋のドアを呆然と見つめながら、小さく呟いた。

化かし合いはもうたくさん。そう思っていたのに、自分はまたここの人達に重大なうそをつこうとしている。早く言わなければならないと思うのに、サリーシャにはそれを言葉にする勇気がなかった。

アハマス辺境伯であるセシリオの怒りを買ってここを追い出された場合、マオーニ伯爵はサリーシャが屋敷に帰ってくることを許さないだろう。言えば、間違いなく自分は家無しになり、路頭《ろとう》に迷う。最悪、ガラの悪い連中に連れ去られて高級愛玩奴隷として売られるかもしれない。それを考えると、どうしても言い出す勇気が持てなかった。

昨日会ったセシリオの体格がよく衛兵のような姿は、お世辞にも貴族らしい貴族とは言い難《がた》かった。目つきも鋭く、多くのご令嬢は彼を見て恐怖を感じるだろう。けれど、サリーシャは彼が自分を歓迎しようとしてくれていることは十分に感じたし、その態度は紳士的だったと思う。

「ああ、困ったわ。どうすればいいのかしら」

部屋の中をうろうろと歩き回っても解決策は出てこない。客間には絨毯が敷かれており、その格子模様《こうしもよう》がまるで出口のない迷路のように見えた。

「サリーシャ様。お待たせしました」

そうこうするうちに、ノーラがやってきた。クラーラもたらいにお湯と布を入れたものを部屋に運び込む。その様子を見ながら、サリーシャは小さく首を振った。

どう誤魔化《ごまか》そうと、こんなことがばれないはずがない。気付かれない方法を模索《もさく》しても、その糸口すら思い浮かばないのだから。

ぼんやりとたらいがテーブルにセットされるのを見つめていると、作業を終えたクラーラはお辞儀をしてから笑顔で部屋を辞した。

「では、後ほどまた参ります」

「ええ、ありがとう」

その姿を見送りながら、サリーシャは決心した。

どうせいつかはこのことがばれて、自分は路頭に迷う運命なのだ。ならば、隠せるところまで隠し通すまでだと。


朝食が用意されているプライベート用ダイニングルームは屋敷の三階部分に位置していた。

サリーシャはクラーラに案内されながら、今日も辺りをキョロキョロと見渡した。

この屋敷の半分がセシリオ達の生活スペースになっていることは、昨日セシリオ本人に聞いた。クラーラによると、生活空間となる建物半分は三階建てになっており、一階は大きな催《もよお》しを行う際の大広間や応接間、厨房、使用人達の休憩スペースがある。サリーシャの部屋がある二階部分は来客が滞在するための部屋と図書室、倉庫が、そして三階部分にここの主であるアハマス辺境伯──セシリオの私室や辺境伯夫人のための部屋、子供達のための部屋があるという。

「あちらの一番突き当たりが旦那様の私室です。隣が奥様のためのお部屋ですから、じきにサリーシャ様にもお移りいただきます。結婚式の後ですわね」

クラーラは三階まで階段を上ると、笑顔で長く続く廊下の向こうを指し示した。そちらを見ると、突き当たりには木製の両開きの大きなドアがあるのが見えた。ここからは見えないが、その手前にもいくつかドアが並んでいるのだろう。

自分があそこに住む日など、果たして来るのだろうか。きっと来ないだろうとサリーシャは思った。

にこにこしながら説明するクラーラを裏切っている気がして、サリーシャは曖昧《あいまい》に微笑むとそこから目を逸《そ》らした。

ダイニングルームに入ったとき、サリーシャはあまりにも豪華な朝食に目をみはった。

パンだけでも十種類以上、ハムやスープ、サラダに卵料理、煮物に炒め物まで、ありとあらゆる料理がテーブルにところ狭しと並べられている。

部屋はここの屋敷らしく、ほとんど装飾のないシンプルな造りだった。白い壁に大きな木製のテーブルセット。壁には絵が飾られる代わりに、装飾が施された盾《たて》が飾られていた。そんなところも、このアハマスの土地柄を感じさせた。

セシリオは先に到着しており、サリーシャが入室すると慌てた様子で立ち上がった。ガシッと椅子が鳴り、椅子が倒れそうになるのを慌てて押さえる。クラーラが「お行儀が悪いですわ、旦那様」と眉をひそめて窘《たしな》めた。すると、セシリオはバツが悪そうに視線をさ迷わせ、椅子の位置を自分で直していた。

──なんだか、初めてマオーニ伯爵邸にいらしたときを思い出すわ。

サリーシャは思わず笑みをもらした。

あのときも、セシリオは気まずそうに視線を漂わせていた。ふと気付けばセシリオが目を見開き、じっとこちらを見つめていた。サリーシャは慌てて表情を消し、澄ました顔で頭を下げた。

「おはようございます、閣下。昨日は大変な失礼をいたしました」

「いや、構わないんだ。顔を上げてくれ」

セシリオは焦《あせ》ったようにサリーシャの顔を上げさせた。そして、困ったように眉尻を下げた。

「到着早々の疲れているところで晩餐に誘うなど、こちらも配慮が足りなかった。昨日は、モーリスにひどく呆れられた」

「モーリス？」

「アハマス軍のナンバー2で、俺の右腕だ」

セシリオはそれだけ言うと、沈黙した。そして、パッと顔を上げてサリーシャを見つめた。

「昨日は、よく休めただろうか？」

「はい」

むしろよく休みすぎて、大失態を演じてしまった。初めての場所にもかかわらず、この屋敷のベッドはとても寝心地がよかったのだ。

「それはよかった。部屋に不都合はない？」

「とても快適ですわ。快適すぎて、寝過ごしてしまうくらい」

「ははっ、そうだったな。足りないものは？」

「今のところは大丈夫ですわ」

「そうか」

セシリオが安心したように小さく頷いたところで、再び侍女のクラーラがコホンと咳払いする。

「旦那様。お話に夢中になるのは結構でございますが、先ほどからサリーシャ様が立ちっぱなしです。少しは配慮してくださいませ」

「っ！　そうか、悪かった。座ってくれ」

セシリオはぐっと言葉に詰まり、眉間を寄せた。絞り出すようにそう言うと、自身の向かいにある椅子を片手で指し示した。

「はい。失礼いたしますわ」

サリーシャは、会釈《えしゃく》してクラーラがひいてくれた椅子に腰をおろした。改めて目の前に座るセシリオを見ると、口を一文字に結んで、なぜかテーブルに並ぶ料理を睨《にら》んでいる。

そのとき、サリーシャはふとあることに気付いた。パッと見はとても不機嫌そうに見えるのだが、よく見ると耳の辺りがほんのりと赤いのだ。これはもしかしたら怒っているのではなく照れているのだろうかと、サリーシャはセシリオをまじまじと見つめた。そして、少し迷ってから、セシリオに話しかけた。

「閣下？　今朝は朝食に同席させていただき、ありがとうございます」

「いや、いいんだ。せっかくきみが遠くから来てくれたのだから、これしきのこと」

途端にパッと表情が明るくなって嬉しそうに微笑んだ姿を見て、サリーシャの予想は確信へと変わる。

サリーシャがこれまで貴族の世界で関わってきた男性は、フィリップ殿下を始めとして、とても女性の扱いがうまかった。皆甘く微笑み、そつなくダンスに誘い、話し相手をこなす。初めて見るこのような男性の反応に、サリーシャはたまらずクスクスと笑い出した。

「どうかしたのか？」

ふと気付けば、セシリオが驚いたように目を真ん丸にしてこちらを見つめていた。サリーシャは「ああ、いけない」と笑いを噛み殺す。

「いえ。アハマス閣下は存外、可愛らしい方でいらっしゃると思いまして」

「可愛らしい？　俺が⁇」

「はい」

それを聞いたセシリオはポカンとした表情になり、周りに控える侍女や給仕人は口元を押さえてくすくすと楽しげに笑った。

椅子に座ると、サリーシャは改めてテーブルの上を見渡した。見た瞬間にものすごいご馳走《ちそう》の数々だとは思ったが、本当に豪華だ。例えば卵料理一つとっても、ゆで玉子、オムレツ、スクランブルエッグ、目玉焼きと揃《そろ》っているし、ハムも五種類もあった。パンに至っては、たくさんありすぎて数えきれない。

「閣下はいつもこんなにたくさんのご馳走を？」

呆気《あっけ》にとられてテーブルを見渡すサリーシャに対し、セシリオは小さく首を振った。

「いや。いつもはパンとおかずが盛られた一皿とスープだけだ。きみの好みがわからなかったので、料理人がたくさん用意した」

サリーシャは驚いた。この数々のご馳走は、サリーシャの好みがわからないという理由だけで用意された？　では、昨日の夜もきっとすごいご馳走だったに違いない。サリーシャはサーッと青ざめた。セシリオはその様子を見てサリーシャが考えていることを察したようだ。

「昨日の晩餐は、夜間勤務の衛兵達に振る舞ったから大丈夫だ。皆、普段口にすることのないご馳走に大喜びしていた。――あれは本当にすごかったな。たぶん、五分くらいでなくなった。いや、三分かもしれん」

セシリオはその光景を思い出したのか、遠い目をした。

辺境の地であるアハマスを守る衛兵は、皆、屈強な男達だ。当然、食べる量もとても多い。きちんと夜食として賄《まかな》い飯《めし》も用意しているのだが、それでも屋敷の料理人が用意したご馳走は別腹だったようだ。まさに飢えたハイエナのごとく、一瞬で皿が空になった。

「これも、残ったら彼らが処理するから大丈夫だ。しかし、せっかく作ったものをきみが食べてくれないと、料理人ががっかりしてしまう。いただこう」

「はい。いただきます」

サリーシャは小さく食前の挨拶をすると、近くにいた給仕人に言って皿に料理を盛りつけてもらった。どれも美味《おい》しそうなので少し盛りすぎたかもしれないと思いふとテーブルの向こうを見ると、セシリオの皿にもこれでもかというくらい盛られている。それこそ、山盛りだ。最後に乗せたハムは半分皿からはみ出ている。

「まあ！　閣下はたくさんお召し上がりになるのですね」

驚くサリーシャに対し、セシリオは自分の皿とサリーシャの顔を見比べて、キョトンとした顔をした。

「この皿、小さいだろ？」

サリーシャは自分の前に置かれたお皿を見た。ごく普通の、一般的なサイズの取り皿に見える。

サリーシャはそれを見て確信した。セシリオは『いつもは一皿だけ』と言っていたが、その一皿はとてつもなく大きな一皿に違いない。けれど、本人はそのことに気付いていないのだ。

「ええ。確かに閣下には小さいように見えます」

「そうなんだ。なぜ今朝に限って、こんなに小さいのだろう？」

セシリオはどうにも解《げ》せないといった様子で、眉根を寄せて皿を見つめた。サリーシャは吹き出しそうになるのを必死にこらえながら、なんとかまじめな顔で答えた。

「それはきっと、わたくしに合わせてくださったからですわ。お気遣いありがとうございます」

それを聞いたセシリオはサリーシャの方を見てから、手元の皿に視線を落とした。そして、チラリと給仕人の方を窺《うかが》い見て、給仕人が小さく頷くのを確認してから口元を綻《ほころ》ばせた。

「いや、これくらいはお安いごようだ」

一部始終をサリーシャが見ていたことには全く気付いていないようで、心なしか得意げだ。その様子を見て、サリーシャはやっぱりセシリオのことを可愛らしい人だと思った。見た目は厳《いか》つい大男。歳も十歳も上なのに、なぜだろう。

食事中もチラチラとこちらを見ては考えるように動きを止め、再び食事を口に運び始める。きっと、話しかける機会を窺《うかが》っているのだろう。

「閣下。今日は一日お仕事ですか？」

「……あ、ああ。そうだ」

「あの、今日の晩餐は閣下をお待ちしていても？」

サリーシャが少し首を傾《かし》げて問いかけると。セシリオは少し目をみはり、口元に手を当てる。

そして、嬉しそうにはにかんだ。

「もちろん。遅くならないようにここに戻る。いや、仕事が遅くなったとしても、夕食の時間は抜けてくる」

「まあ！　お仕事優先で構いませんわ」

サリーシャはくすくすと笑った。

やっぱり、この人はとても可愛らしい人だ。

この人となら、幸せになれるかもしれない。

そんなことを考えて、サリーシャは慌てて頭を振る。

サリーシャは目の前のこの人に、重大なことを隠している。幸せな未来など、あるわけがないのだ。

「サ……。サ……シャ？　サリーシャ？」

名前を呼ばれていることに気付き、サリーシャはハッとして顔を上げた。気付けば、セシリオが訝《いぶか》しげにこちらを見つめている。

「急に顔色が悪くなったようだが、大丈夫か？」

「大丈夫です。申し訳ありません」

「そう？　まだ疲れが残っているのかもしれない。屋敷内は好きに出歩いて構わないが、疲れを溜めないように今日もゆっくり休むといい」

「……ありがとうございます」

心配そうに顔を覗き込むセシリオの顔を直視することができず、サリーシャは顔を俯かせた。きっと本当にサリーシャのことを心配しているのだろう。

——わたくしは、なんとひどい人間なのだろう。

サリーシャは己の醜悪《しゅうあく》さを垣間見《かいまみ》た気がして、そっと二の腕に自《みずか》らの手を回すと、小さく身震いをした。

＊＊＊

一人執務室で机に向かっていると、バシンと大きな音をたててドアが開け放たれた。セシリオがチラリとそちらを見やれば、予想通り、そこには二通の封筒を手にしたモーリスが立っていた。執務室のドアをノックせずに乱入してくる男など、モーリス以外には考えられない。セシリオはモーリスを一瞥《いちべつ》し、何事もなかったように再び手元の書類に視線を落とした。

「よお。辺境の獅子殿ともあろうお方が、今日は随分とご機嫌だな。死人みたいな顔をした昨晩とはえらい違いだ。この分だとお嬢様とは会えたようだな」

「今朝は朝食に来てくれた。昨日は疲れて眠ってしまったのだと謝られた」

「そうか、そうか。そりゃ、よかった」

モーリスはからかうようにニヤニヤと笑う。セシリオはなんとなく面白くなく、ムッとした。なぜこの男は自分の機嫌のよさがわかるのか不思議でならないが、モーリスに言わせれば、暗号の解き方が同じ紙面に書いてあるかのごとく、筒抜《つつぬ》け状態らしい。

「今度のお嬢様はどんな感じだ」

「穏やかで、控えめだ」

「へえ。ここに馴染《なじ》めそうか？」

「わからん。馴染んでくれればいいと思うが」

「ふうん？」

モーリスは意味ありげにニヤリと笑う。

「なんだ？」

「いや？　前回は婚約者殿に逃げられてもさほど気にしてなかったのに、今回は馴染んでほしいと思ってるんだな、と思ってさ」

「……俺もいい歳だから、いい加減に身を固めないとまずいだろう？」

「ほほう。まあ、そういうことにしておこうか」

ニヤニヤするモーリスの視線が居心地悪く、セシリオは少し口を尖らせた。モーリスはそれに気付いたのか、笑いを噛み殺すと顔から表情を消し、今度はまじめな顔をした。

「前置きはこの辺にして、仕事の話だ。宰相《さいしょう》殿から親書が届いた」

「宰相殿から？」

アハマスは国境を守る辺境の地に位置するため、国の中枢部とのやり取りは頻繁に行われる。しかし、宰相ともあろうお方から直々に親書を受け取ることは滅多《めった》にない。

何事かと訝しみながらもモーリスの差し出した封筒を受け取ると、セシリオは封蠟《ふうろう》を見た。間違いなく宰相の印が押された封蠟は、やや黄色味がかった蠟が使われていた。

このような重要なやり取りする手紙において、使用する封蠟の色には意味がある。真紅は一般的な親書、黄色味がかった赤は重要事項、黒みがかった赤はなんらかの理由があってのダミーを意味する。その色の違いはほんの些細なもので、意味を知っている者ですら、一見するとどれも同じように見えるほどだ。

「なんと書いてある？」

中を見て表情を険しくしたセシリオを見て、モーリスは身を乗り出した。

「フィリップ殿下の婚約発表の場での襲撃事件の件だ。ダカール国が糸を引いていないか、調査せよと」

「ダカール国が？　最近、大人しくしていると思っていたが」

モーリスの表情も厳しいものに変わる。

ダカール国とは、タイタリア王国とここアハマスで国境を接している隣国だ。今から七年前にタイタリア王国と戦争した相手国も、ダカール国だった。そのときはここアハマスがタイタリア王国でもっとも激戦の地となり、多くの兵士が命を落とした。セシリオ自身も多くの傷を負ったし、当時のアハマス辺境伯だったセシリオの父親はそのときに負った傷がもとで感染症にかかり、命を落としている。

「調査するにしても、下手に手を出すと藪《やぶ》をつつくことになりかねないな……」

セシリオは親書を執務机に置くと、宙を睨んだ。

国の中枢部がフィリップ殿下の婚約披露の場での襲撃の件で、ダカール国を疑うのも無理はない。実行犯は既にこの世におらず、証言は取れない。

後から調べたところ、その実行犯である給仕人の経歴は嘘八百だったという。

しかも、その嘘には巧妙に真実が紛れ込ませてあった。例えば、出身の村には本当にその時期に同姓同名の者が生まれているなど、精緻《せいち》に作り込まれていたのだ。

現段階では誰がなんの目的であのようなことをしたのかは不明だが、このような手の込んだことをただの給仕人ができるとはとても思えない。つまり、なんらかの権力を持つ黒幕がいると考えるのが普通だ。

ダカール国は七年前から一年ほど、タイタリアと戦争していた。もっとも怪しいと国の中枢部が目を付けることは、セシリオにも容易に想像がついた。

「また戦争などに、ならなければよいのだが……」

セシリオは小さく息をもらす。あのとき、セシリオはこの世にいながらにして、まさに地獄絵図を見た。あんな光景を目にするのは、二度とごめんだ。そのためにはアハマスの精鋭部隊がうまく立ち回って真相を解明し、打てる手を打つ必要がある。

「モーリス。作戦を練《ね》ろう」

「ああ、そうだな。下手に動くと危険だ。ところで、もう一通はいいのか？」

モーリスの視線がまだ開けていないもう一通の封書に向けられているのに気付き、セシリオは片手を振った。

「いい。どうせくだらんことだ」

「ブラウナー侯爵家か。確か、ついこの前も届いていたよな？　まだ武器の買い換えには時期が早いし……」

考えるように眉間に皺を寄せていたモーリスは、ふとなにかに思い当たったのか、ポンと両手を叩いた。

「あっ、あー。なるほど。まぁ、大体の想像はついたよ。ブラウナー侯爵といい、マリアンネ嬢といい、今更だよなぁ。フィリップ殿下のお相手が決まった途端に、あからさまというか……」

「その話はいいと言ってるだろう。サリーシャに言うなよ？」

「言うもなにも、そのサリーシャ嬢に俺は紹介すらされてないんだが？　昨日、到着の際にエントランスでお見かけしただけだ」

セシリオはモーリスの最後の台詞《せりふ》は無視して、接客セットの椅子にドシンと腰をおろした。改めて宰相から届いた親書を手で伸ばすと、テーブルに置いた。

「しかし、噂通りの美人だな？　セシリオと並ぶと、まるで美女と野獣だ」

「……うるさい」

むっつりした様子のセシリオを見て、モーリスはやれやれといった様子で大袈裟《おおげさ》に肩を竦《すく》めた。テーブルを挟んで反対側の椅子に腰をおろすと、コキコキと首を左右に曲げて鳴らし、セシリオに向き直る。

そして、二人は早速この後どうやって調査を進めるかを決めるべく、文字通りにひざを突き合わせて相談を始めたのだった。

＊＊＊

アハマスでの初日となったこの日、サリーシャはマオーニ伯爵邸から持参した荷物の整理をすることにした。

マオーニ伯爵はサリーシャが嫁ぐにあたり、必要なものは一通り揃うように用意してくれた。持参したものは豪華なドレスに装飾品、小物、化粧品、お気に入りの本や日記などだ。

それらを次々とクローゼットや棚にしまってゆくノーラとクラーラを眺めながら、サリーシャはふとあることに気付いた。

「あら？　それは、わたくしのものではないわ？」

サリーシャの視線の先にあったのは普段使い用のドレスだ。華美な装飾はなく、シンプルな作りの上品なデザインだった。

「これは、サリーシャ様用ですわ。こちらでも、必要と思われるものはある程度事前に用意しましたので、ご確認ください」

サリーシャの声に振り向いたクラーラが、手に持っていたドレスをよく見せるように広げる。爽やかな水色のドレスの裾がふわりと揺れた。胸元は詰襟になっており、白いフリルの飾りが付いていた。

「まあ！　素敵だわ。ありがとう」

サリーシャはクラーラのもとに駆け寄った。クラーラが腕に抱える四着のドレスはどれも普段使い用のシンプルなものだ。それぞれデザインは違ったが、普段使い用なので舞踏会で着るような肩を大胆に出すものはなく、背中を隠したいサリーシャでも問題なく着られそうだ。

よく見ると、クローゼットの中には何枚かのショールなども入っている。色もピンクや水色など、一通り揃っていた。

「お気に召しましたか？」

「ええ、とても。素敵だわ」

サリーシャは笑顔で頷いた。

実は、マオーニ伯爵が用意してくれたドレスは少しばかりゴテゴテした装飾の多いデザインが多かった。辺境伯に嫁ぐのだからと、気合いを入れて新調してくれたのだ。それはそれでとてもありがたいが、普段使いならこっちの方が動きやすくてずっといい。

「サリーシャ様。大体片付けも終わりましたし、お散歩でもなさいませんか？　とてもいい天気ですわ」

順番にドレスやショールを広げて眺めていると、最後の荷物の箱を運び込んできたクラーラがサリーシャに声を掛けた。

「お散歩？」

サリーシャはようやくドレスから目を離し、クラーラを見返した。

片付けが終われば特にやることもない。いつかは追い出されるにしろ、しばらくはここに滞在するわけなのだから、少し敷地内を散策するのもいいかもしれないと思った。

「そうね。案内してもらっても？」とサリーシャが答えると、「もちろんですわ」とクラーラは頷いた。

クラーラによると、アハマス領主館の敷地は要塞を兼ねているため、まるで小さな町のごとく広大だという。まだ旅の疲れが残っているかもしれないから近場がよいだろうと、クラーラは廊下から見えた中庭へ案内してくれた。

中庭の出入り口は屋敷の居住スペースの一階にあった。廊下に面したたくさんのドアのうちの一つを開けると中庭へ出られる構造になっている。

クラーラが鍵を差し込むと、カチャリと音がして入り口のドアが開く。ゆっくりと開け放たれたその向こうからは、柔らかな日差しが差し込んできた。

「滑りやすいですから、お気をつけくださいね」

「ええ。ありがとう」

サリーシャはクラーラに続き、外へ出た。ドアを出てすぐにある三段ほど降りる階段は、元は白い石だったようだ。しかし、今は苔《こけ》がついて全体的に緑色をしていた。そっと足を踏み出すと、靴の下で苔が潰れる柔らかな感触がした。

階段を降りたサリーシャは辺りを見渡した。

百メートル四方ほどの中庭は、一見すると庭園としてはあまり手入れが行き届いていないように見えた。植えられた木々はよくある貴族の庭園のように四角形に刈られてはいないし、計算して模様を描くように植えられた花もない。少し向こうに目を向ければ水を張った噴水用の池が見えたが、その水は濃い緑色をしていた。水草でも生えているのかもしれない。

一歩踏み出せば、庭園を縫うように敷かれた小径《こみち》の石畳はすっかりひび割れて苔がむしているせいか、少し斜めになって歩きづらかった。しかし、その小径を歩きながらよく見ると、そんな庭園の中でも至る所に色とりどりの花が咲いていた。

「綺麗《きれい》ね」

サリーシャはその花々を眺めながら小さく呟いた。

よくあるバラなどもあるのだが、サリーシャの知らない花もいくつか咲いていた。横を歩くクラーラにはサリーシャの小さな呟きが聞こえたようで、とても嬉しそうに目を輝かせた。

「そうでございましょう？　だいぶ荒れてしまいましたが、最低限の手入れはずっとしてきましたから。ここは亡くなった先代の奥様が管理していた庭園なのです。奥様はとてもお花がお好きで、よくここで過ごしておられましたわ。奥様がお亡くなりになり、当時の豪華さはすっかりなくなってしまいましたが、それでもまだ美しいでしょう？」

「先代の奥様……。奥様はいつ頃、なぜお亡くなりに？」

ここに来てから気付いたが、セシリオには両親がいないようだった。あの歳で辺境伯なのだから父親である先代のアハマス辺境伯が亡くなっていることはなんとなく想像がついていたが、母親もいないことは少し意外だった。その質問をした途端、明るかったクラーラの表情が曇る。

「その、産後の肥立《ひだ》ちが悪くて……。旦那様を出産されてしばらくして儚く――」

「……そう。つらいことを思い出させてしまったわ。ごめんなさい」

「いいえ、滅相《めっそう》もございません」

慌てた様子でクラーラは頭を下げた。サリーシャはその様子を見つめながら、数時間前に朝食をともにした男性のことを思い返した。

「では、閣下には幼い頃から母君《ははぎみ》がいらっしゃらないのね。でも、乳母《うば》はいたのよね？」

「実は……、乳母は僭越《せんえつ》ながらわたくしが務めさせていただいておりました」

クラーラが申し訳なさそうに肩を竦める。

「まあ、そうなのね。どうりで。先ほどの食事の席でのクラーラと閣下のやり取りを見ていて、まるで子供とそれを窘める母親のようだと思っていたの」

サリーシャはふふっと笑った。

先ほどの席で、クラーラがセシリオの無作法を窘める場面が何回かあった。セシリオはアハマス辺境伯であり、ここでは一番偉い人物だ。いくら古参《こさん》の侍女とはいえ、随分と砕《くだ》けていると不思議に思っていた。そういうことであれば、腑《ふ》に落ちる。

「閣下はどのようなお子様でしたか？」

「旦那様は、それは素直で、頑張り屋で。とても可愛らしいお子様でしたわ。うちの息子といつも剣の打ち合いをして遊んでましたのよ。あ、わたくしには旦那様と同じ歳の息子がおりまして、これまた僭越ながら旦那様の右腕としてお傍《そば》に置いていただいておりますの」

クラーラは当時を思い出したのか、急に饒舌《じょうぜつ》に喋《しゃべ》り出した。小さな頃の失敗エピソードまで喋ろうとして、はっとしたように口元に片手を当てる。

「まあ、申し訳ありません。一人でべらべらと。お喋りが過ぎましたわ。わたくしったら、つい」

「いいのよ。閣下が皆に愛されて育ったことがよくわかりました。ありがとう」

クラーラは申し訳なさそうに恐縮していたが、サリーシャの微笑んだ表情を見て安堵《あんど》の色を浮かべた。そして、辺りを見渡してから急に表情を明るくし、ポンと手を叩いた。

「そうだわ。サリーシャ様、これからはサリーシャ様がここの女主人ですから、ここも管理されてはいかがでしょう？　きっと、旦那様もお喜びになりますわ」

「わたくしが、ここを？」

「はい。この屋敷に女主人ができるのは約三十年ぶりですのよ。ええっと、正確には二十八年ぶりかしら」

クラーラはいいことを思いついたとばかりに頬を緩める。

約三十年ぶりと聞いて、サリーシャは、ああ、なるほどな、と思った。先ほど通った中庭に繋《つな》がる階段は苔だらけだったし、ちらりと見かけたガゼボは一部が朽《く》ちて崩れ落ちていた。それに、今歩いている石畳も至る所がひび割れており、一部を苔と土が覆っている。

確かに、ここの庭園には管理する人間が必要だ。きっと、ここの女主人亡き後も侍女達が暇を見つけては世話をしてきたのだろうが、それでも限界はある。

「でも、わたくしがやって、いいのかしら？」

サリーシャは辺りを見渡して呟いた。

「もちろんです。わたくしからも旦那様にお願いしておきますわ」

クラーラはにっこりと笑う。

サリーシャはその笑顔を見てチクンと胸が痛み、目を伏せた。

この庭園は先代のアハマス辺境伯夫人が管理していた庭園。ならば、本当のアハマス辺境伯夫人が管理するべき場所だ。背中の醜い傷という重大な瑕疵《かし》があるにもかかわらず、それを隠した状態でここにいる自分に、その資格はないと思った。

クラーラはそんなサリーシャの様子には気付かぬようで、嬉しそうに話を続ける。

「わたくしどももサリーシャ様がいらっしゃるのを楽しみにしておりましたが、特に旦那様は、それはそれは楽しみにしていらしたんですよ。足りないものはないかと何度も何度も私やドリス様や、うちの息子にまでしつこく確認して。先ほどのドレスも、わたくしどもが止めなかったら十着以上は買っていたと思います。サリーシャ様のお好みを聞いてからにしましょうとお伝えしたら、やっと四着に落ち着きましたのよ」

「……そうなの？」

サリーシャは意外な話に目を丸くした。そう言えば、ここに着いたときも、朝食のときも、セシリオはしきりに足りないものはないかと気にしていた。

きっと、とても優しい人なのだろうな、とサリーシャは思った。

「サリーシャ様、どうかされましたか？」

「いえ、なんでもないの。とても素敵なところだったわ。ありがとう」

気付けば、クラーラが心配そうにこちらを見つめていた。サリーシャは口の端を上げて、心配させないように微笑んでみせる。クラーラは少しだけ戸惑ったような表情を見せたが、すぐに気を取り直したように穏やかな表情でサリーシャを屋敷へと促した。

「まだお疲れが残っているようですし、そろそろ戻りましょう」

「ええ。ありがとう」

サリーシャも同意して、束の間の散歩を終わりにする。最後にもう一度庭園を見渡した。

——ここをわたくしが管理して美しく蘇《よみがえ》らせたら、あの人は喜んでくれるかしら？

そんなことがふと頭によぎる。だがすぐに小さく首を振って、サリーシャはその場を後にした。

夕食の場に、セシリオは約束通り時間に遅れることもなく現れた。まだ仕事が終わっていないのか、アハマスの軍服である上下深緑色の服を着ている。

「もしかして、まだお仕事中でいらっしゃいましたか？」

その姿を見て立ち上がったサリーシャがおずおずと尋《たず》ねると、セシリオは気にするなと片手を横に一度振った。

「俺の仕事はアハマスの領地経営だけでなく国境を守ることでもあるゆえ、突発任務やトラブルで遅くなることも多いんだ。つまり、その日のその時間にならないと何時に仕事が終わるかはわからない。気にしないでくれ」

「でも、仕事を中断させてしまってご迷惑だったのでは？」

「きみがいてくれるおかげで夕食を取りに戻れた。むしろ感謝すべきところだ。明日からもきみを言い訳に食事に戻れるな」

セシリオはサリーシャと目が合うと、いたずらっ子のように目を細めた。そして、なにかに気付いたようにピタリと視線をサリーシャに留めた。

「あの……、閣下？　閣下の用意してくださったドレスを着てみたのですが、どうでしょう？」

サリーシャはおずおずとセシリオを見上げた。散歩から帰ってきた後、早速普段使い用の水色のドレスに着替えてみたのだ。シンプルなスカートの裾を少しだけ持ち上げると、セシリオは口元に手を当てて上から下まで視線を動かしてから、朗らかに笑った。

「とても似合っている。やはりきみは何を着ても可愛らしいな」

「まぁっ！　ありがとうございます」

サリーシャは思いがけないストレートな褒め言葉に思わず頬を赤らめた。

よく、舞踏会の会場で歯の浮くような甘言《かんげん》――例えば、「きみの美しさには夜空に煌《きら》めく星も嫉妬《しっと》する」だとか、「バラのように可憐《かれん》なきみに近づく栄誉を」などと言ってくる輩《やから》はいた。しかし、こんなにもストレートな褒め言葉を贈ってくる人はいなかった。

機嫌がよさそうなセシリオが椅子に座ったのを見て、サリーシャも椅子に腰をおろした。主の片手を少し前後させる合図に合わせ、給仕人が食事を運んできた。

今朝、サリーシャはどうか自分に気を遣《つか》わずに普段通りの食事にしてほしいとお願いした。毎回毎回多くの余りものを出すのは心苦しいし、幼い頃を田舎の農家で過ごしたサリーシャは食べ物の大切さを痛いほど知っている。

その希望が通ったようで、給仕人がサリーシャの前に置いたのは、サラダの入った小さなボウルが一皿と、メインディッシュの肉料理と温野菜のプレート、パン、コーンスープだった。セシリオの方を見ると、同じ料理が皿に盛られて置かれている。サリーシャが予想した通り、そのお皿はどう見ても大皿料理に使われるサイズであり、盛られた量はサリーシャの分のゆうに三倍くらいはありそうだったが。

「普段はこのような料理なのだが」

二人に食事が用意されると、セシリオがサリーシャの反応を窺《うかが》うように言った。サリーシャはセシリオを見返した。サリーシャには、なんの問題もない食事だ。美しく盛られているし、野菜と肉もバランスよく入っている。端的《たんてき》に言えば、とても美味しそうだ。

「十分です。ありがとうございます。マオーニ伯爵邸でも、似たようなものでしたわ」

「そうか。よかった」

セシリオはホッとしたように笑うと、「ではいただこうか」と言った。

「はい。いただきます」

サリーシャはその態度に少し違和感を覚えたものの、セシリオが何事もなかったようにナイフとフォークを手にしたのを見て、自分も食事を始めた。

朝食もとても美味しかったが、夕食も見た目通り美味しかった。肉は柔らかく食べやすいし、味付けもほどよい塩気や甘みがちょうどよかった。きっと、ここの調理を担当するのはとても優秀な料理人なのだろう。

「その様子だと、口には合う?」

「もちろんです。とても美味しいです」

「それはよかった。王都は華やかだから、このような田舎くさい料理は口に合わないと言われないか、皆心配していた」

「毎日夜会のような料理を食べる方が疲れてしまいます。わたくしはこの料理がとても好きですわ」

「そうか」

セシリオはそれを聞いて笑顔で頷くと、少し沈黙してから「ここに来てくれたのがきみでよかった」と小さく呟いた。

「ところで、我々の結婚式なのだが、三ヶ月後を考えている。きみはドレスを作る時間が必要だろう？　今日、結婚している者に聞いたところ、完全オーダーメイドで作成すると最低一ヶ月以上、普通は二ヶ月と少しかかると言われた。ここは辺境ゆえに、招待客はあまり呼ばずに内輪で済ませようと思うのだが、色々な準備を考えるとやはり三ヶ月は必要だとドリスも言っていた。どうだろう？」

「結婚式でございますか……」

サリーシャはその言葉を聞き、戸惑った。

ここの人達が皆いい人なので居心地がよくてすっかり忘れていたが、自分はここにアハマス辺境伯夫人となるために来たのであり、遊びに来たわけではないのだ。結婚式をすれば、サリーシャはセシリオの妻となる。妻となれば、この背中の傷は隠し通せない。

「……三ヶ月は、少し早すぎませんこと？」

カラカラに渇《かわ》いた喉から声を絞り出してやっとのことで出てきたのは、そんな台詞だった。時間稼ぎをしても行き着く先の未来は同じだ。けれど、サリーシャは図々《ずうずう》しくも、思った以上に居心地のよいこの地に、少しでも長くいたいと思ってしまった。

「早すぎるか？　ドリスには三ヶ月あれば大丈夫だろうと言われたのだが……。俺はこういうことにあまり詳《くわ》しくない。確かにドレスを作るのにもっと時間がかかる可能性もあるし、きみが早すぎると言うなら、そうなのかもしれないな」

セシリオは特に疑問を持つ様子もなく納得したように頷くと、「では、きりよく半年後で調整しようか」と微笑んだ。その笑顔があまりにも眩しすぎて、サリーシャは泣きたい気分になって、そっと瞳を伏せた。

夕食後、セシリオはサリーシャを階下の部屋までエスコートしてくれた。差し出された腕に手を回すと、触れるのは分厚い軍服の感触と、その上からでもわかるほど筋肉質な腕。今までの夜会で貴族のご子息方にエスコートされたときに触れた上質な綿や絹の感触とも、ほどよくスレンダーな腕とも全く違う。

「今日もゆっくり休むといい。湯あみは、クラーラとノーラが少ししたら用意しに来るはずだ」

「はい。ありがとうございます」

部屋の扉を開けてこちらを向いたセシリオを見上げて、サリーシャはお礼を述べた。こちらを見るヘーゼル色の瞳とまっすぐに目が合い、どきりとする。

「サリーシャ」

「はい？」

サリーシャが見上げると、ゆっくりとセシリオの手が近づき、サリーシャの頰をさらりと撫でた。

「おやすみ。よい夢を。また明日」

すぐに手は離れ、そう言うとセシリオは微笑んだ。

「はい。おやすみなさいませ、閣下」

サリーシャは小さくお辞儀をする。

パタンと閉じたドアの向こうから、遠ざかる足音が聞こえた。

ノーラ以外の誰かから『おやすみ』と微笑まれたのは何年ぶりのことだろう。触れられた頬に重ねるように右手を被せると、サリーシャは閉じたドアにもたれかかって天を仰いだ。

＊＊＊

その日の朝もセシリオと食事をしていたサリーシャは、セシリオの発した言葉にふと手を止めた。

「図書室……で、ございますか？」

「ああ、そうだ。もう行ったか？」

「いいえ、まだです」

サリーシャは小さく首を振った。そう言えば、初日にセシリオから屋敷内に図書室があると聞いた気がする。

「古い歴史書から、ちょっとした小説まで色々と揃っているはずだ。ここは辺境なので、さすがに最新の流行本はないのだが、欲しいものがあればドリスに言って揃えさせよう。……本は好き？」

「はい！　好きです」

「そうか。では、この後案内しよう」

「ありがとうございます」

サリーシャは思わず両手を胸の前で固く握りしめた。

本は好きだ。

マオーニ伯爵に引き取られてからの勉強はつらいことも多かったが、それでもサリーシャがやってよかったと思い、マオーニ伯爵に深く感謝していることの一つに、文字の勉強をさせてもらったことがある。

マオーニ伯爵邸に来る前のサリーシャは、文字が読めなかった。そのため、サリーシャが知る物語は身近な人が語り伝えるごく僅かなものだけだった。

それが自分で文字が読めるようになると、これまで知らなかったようなお話をたくさん読むことができた。行ったこともない遠い地のお話もあれば、サリーシャが想像すらしないようなファンタジーのお話、はたまた既に亡くなって何年も経った人の手記もあった。なによりも、長いお話が読めるようになったのが嬉しかった。

サリーシャが嬉しそうに瑠璃色の瞳を輝かせるのを眺めながら、セシリオも優しく目を細めた。

セシリオに案内された図書室は、居住スペースとなる建物の二階部分、サリーシャが今滞在している部屋と同じフロアに位置していた。階段部分から見ると、二階の長い廊下には同じようなドアがいくつも並んでいるようなのだが、サリーシャに宛《あて》がわれた部屋を通り過ぎて更にその廊下を奥に進むと、曲がり角がある。その曲がり角のすぐ先に両開きのドアがあり、そこが図書室になっていた。

ドアを開けると、独特の匂いがすんと香った。紙と、インクのような匂いだ。

「まあ。とても広いのですね」

サリーシャは入り口から中をぐるりと見渡した。見える範囲でもかなりの広さがあることは明らかだった。

「ああ。この屋敷が建てられたときから少しずつ集められた本が揃っている。アハマスという土地柄、ダカール国の本もある。それに、兵法が記された本が多いな。歴代のアハマス辺境伯夫人が使っていたから女性向けの本もそれなりにあるはずだ」

「少し見てみても？」

「もちろん。ここにある全ての本を好きに読む権利が、きみにはある」

サリーシャは少し浮ついた気分のまま、図書室の書架の間を歩いた。廊下は石タイルだが、部屋の中は絨毯が敷かれているため、靴の裏に絨毯の柔らかな感触が触れた。部屋はサリーシャが滞在している客室を二部屋繋げたくらいの広さがある。目測で約一メートル間隔に並んだ本棚は三分の二ほどが埋まっており、残りの三分の一はなにも入っていない。きっと、この先もここで暮らす人々が買い足していくのだろう。

ざっと歩き回って背表紙を眺めると、「兵法」だとか「陣の組み方」だとか、やはり戦術に関わる本が多そうだ。しかし、そんな中にも刺繍のデザイン集やお花の図鑑、ファッションの本や旅行記や恋愛小説らしきものもあるのが見えた。

「とても素晴らしいですわ。わたくし、しばらくはここに籠《こも》ってしまいそう」

「籠るのもいいが、適度に息抜きして過ごしてくれ。外に出たかったら、言ってくれれば護衛もつける」

セシリオは興奮気味に本棚の一部を見つめるサリーシャの様子を見て、くくっと小さく笑う。

「やはり、きみは笑顔の方がいい」

「はい？」

「ここに来てからのきみを見ていると、時々なにか思いつめたように暗い表情をしている。きみは笑顔の方がよく似合う」

セシリオの言葉を聞き、サリーシャは驚いた。セシリオは時々塞ぎ込むサリーシャに気付き、気分転換をさせようとここに案内してくれたのだろうか。

「どうした？」

「閣下はお優しいですね」

「そう？　婚約者殿を大切にするのは、当然だろう？」

そう言ってセシリオはサリーシャに手を伸ばす。大きな手が優しく頬に触れ、胸の鼓動をトクンと跳ねさせた。セシリオは婚約者に対する礼儀として優しく接してくれている。それなのに、自分が愛されているから優しくされているのだと、サリーシャは勘違いしそうになる。

「っ、ありがとうございます」

「どういたしまして。その顔を見られただけで、十分だ」

セシリオは立ち並ぶ書架の方をちらりと見た。

「どんな本が好き？」

「お姫様が出てくるようなおとぎ話も好きですし、旅行記も好きです。あとは、冒険物語とか……」

「そうか。また後で、ゆっくり聞かせてくれ」

セシリオは口の両端を少し上げると、「では、俺は仕事に行くから」と図書室を後にしようとした。しかし、背中を見せたと思ったらすぐにこちらを振り向いた。なにかを言い忘れたのだろうかと、サリーシャは小首を傾《かし》げる。

ゆっくりとセシリオの顔が寄り、頬に柔らかな感触が触れた。

＊＊＊

サリーシャは一旦自室に戻った後、侍女のノーラを連れてすぐに図書室に向かった。ノーラも本が好きなので、喜ぶと思ったのだ。

「まあ、まあ、まあ！　素晴らしいですわね。マオーニ伯爵邸よりも、たくさんあるのではないかしら？」

「そうなのだけど、半分近くが兵法とか戦術の本なのよ。わたくし達が読むような本は、そこまで多くないわ」

「それでも十分でございます」

「そうね。十分だわ」

口元を綻ばせるノーラを見て、サリーシャも微笑んだ。

ノーラは早速書架の間に立ち、本の物色を始める。すぐに何冊かを抜き取り、胸に抱えた。そして、更に本を選ぼうと本棚を眺めていたのだか、ふと一冊の本の背表紙に目を止めると、懐かしそうに目を細めた。

「お嬢様。これ、マオーニ伯爵邸にも置いてあったものですわ。お嬢様が大好きで、何度も読んでいた――」

「本当？　どれ⁉」

サリーシャはノーラの声に反応してそこに駆け寄った。横から並んでいる本の背表紙を覗き込む。

「まあ！　本当だわ。わたし、これ好きだわ。確か、森の精霊と騎士様の恋物語ね？」

サリーシャは表情を明るくしてその本を本棚から抜き取った。『森の精霊と王国の騎士』と書かれたそれは、確かにサリーシャの知る本だ。確か、サリーシャがマオーニ伯爵に引き取られて一年ほどした頃に発刊され、大人気となった。サリーシャが必死で文字を覚えた理由の一つは、この本が読みたかったからでもある。

「最近の本もあるのですね」

「そういえば、そうね。これは、発刊が七年前？」

サリーシャは持っている本の表紙を眺めた。馬を連れて歩く騎士が森の中の湖の川辺に座る精霊の乙女と見つめ合う景色が描かれたそれは、物語冒頭の二人の出会いのシーンだろう。絵の上には本の題名と作者名、書かれた年が記されている。

七年前と言えば、前アハマス辺境伯夫人は既にこの世を去っている。当時既に二十歳を過ぎていた、しかも男性であるセシリオが読んだとも思えない。

「使用人用に購入したのかしら？」

サリーシャは首を傾《かし》げてさらりと本の表紙を撫でた。見下ろしたそれは、まるで新品のように真新しかった。

＊＊＊

アハマスの地は辺境の地ではあるものの、周りに大きな都市もないことからそれなりに人口が集中し、栄えている。戦争が起こる以前に比べれば多少物流量は減ってしまったものの、異国であるダカール国からの物資も多く手に入ることから、商人達が集まる北部の中核都市を形成していた。

その日、サリーシャは思わぬ誘いに目をしばたたかせた。

「街の散策……でございますか？」

「ああ。明日は久々に休暇を取ろうと思ってな。きみはまだ街に出たことがないとクラーラから聞いた。明日であれば俺も同行できるから、どうだろう？」

サリーシャがここに来て、もうすぐ三週間になる。

領主館の中はだいぶ慣れたが、逆に言うと領主館の中でしか過ごしていない。クラーラによると、ここの城下町にはあらゆるお店が揃っているという。食べ物のお店はもちろんのこと、帽子屋、靴屋、画材屋、アクセサリー屋などだ。使用人仲間と街の散策に行ったと言っていたノーラも、王都のような華やかさはないものの、必要なものは全て揃うと言っていた。特に用事があるわけではないが、少し見てみたい気もする。

「はい。ご一緒させてくださいませ」

サリーシャの返事を聞いたセシリオは、ほんの僅かに口の端を上げた。

よく見ていないとわからないほど僅かな変化だが、ここに来てからというもの、セシリオをよく見ていたサリーシャはその変化にすぐに気付いた。

「どこか、行ってみたい場所はあるか？」

「いいえ。お任せしますわ」

「そうか。では、今年は小麦に害虫がついて不作だったと聞いたので何軒か小麦屋を回って状況を聞いてもいいか？　あとは、鍛冶屋《かじや》に頼んでいた防具の修理状況を聞きに行きたい。それと……」

セシリオは考え込むように宙を見つめると、次々に行きたい場所をあげた。そのどれもが、サリーシャの知る通常の貴族令息が婚約者を連れて行くような場所からはほど遠い、完全に仕事で用事があるとしか思えない場所ばかりだ。

セシリオは休みを取ったと言っているが、サリーシャはこれではちっとも休みではないと思った。けれど、本人はこれで休みを取ったと思っているのだろう。

「はい。それで構いませんわ」

フフっと笑い出したい気持ちを堪えて、サリーシャは微笑んだ。

目の前にいるこの人は、サリーシャが今までいたような王都の社交界に放り込まれれば、恐らく女性の扱いがあまりうまくない男性としてレッテルを張られてしまうだろう。けれど、サリーシャはそれが彼の誠実さを表しているようでかえって好感を覚えた。上っ面《つら》だけでない、素を見せてくれている気がしたのだ。

――ああ、この人はとても……。

そこまで考えて、サリーシャはフッと笑みを消した。

セシリオがこんなふうに接してくれているのに、自分はといえば……。いまだに背中の傷を隠し通し、素知らぬふりで平然と微笑んでいる。化かし合いはもうたくさん。そう思っていたのに、化かし続けているのはサリーシャの方だ。

「では、また明日。楽しみにしておこう。おやすみ、よい夢を」

セシリオは今日もサリーシャを部屋の前まで送ると、そう言って微笑んだ。ゆっくりと顔が近づき、右頬に柔らかいものが触れる。そして、すっぽりと全身を包むように、抱擁《ほうよう》された。

「はい。おやすみなさいませ、閣下」

サリーシャは微笑んでその後ろ姿を見送った。

それは時間にして、ほんの二、三秒の出来事だ。けれど、すっぽりと包み込んでくれた温《ぬく》もりが離れていくことをひどく寂しく感じ、サリーシャはぼんやりとその場に立ち尽くした。

――わたくしは、あの人に包まれることが、心地よいのだ。

それに気付いてしまうと、独りぼっちの部屋がひどく寒く感じられた。ブルリと身を震わせると、部屋に入りガウンを肩にかける。けれども、その肌寒さが解消されることは、一向になかった。

＊＊＊

翌朝は爽やかな快晴だった。青空にはところどころに白い雲が浮かび、太陽が燦々《さんさん》と輝き大地を照らしている。

可愛らしい小鳥のさえずりで目を覚ましたサリーシャは、ベッドから起き上がると真っ先に窓際に駆け寄った。カーテンを開けると、部屋の中に明るい光が差し込む。その明るさに少し目を細めながら外を眺めると、飛び込んできたのはこの景色。

「まあ、快晴だわ」

思わず口から零《こぼ》れ落ちたのは、感嘆の声だった。とっても素敵なお出かけになる予感がする。

クラーラとノーラに相談して選んだピンク色のシンプルなワンピースは、若い娘が着て街を歩いていても全く違和感がないながら、上品さを感じさせるデザインだった。襟元は最近王都でも流行だった、Vネックだが、背後は上まで生地で覆われているため、背中は見えないようになっている。

「変じゃないかしら？」

「とてもお美しいですよ。旦那様は見惚れてしまうことでしょう」

「そ、そんなことっ」

サリーシャの頰が赤く色づく。その様子を見たクラーラは「あら、まあ」と嬉しそうに微笑んだ。

「旦那様は、あの調子ですからあまり女性からの受けがよくないでしょう？　見た目が衛兵みたいで大きいですし、目つきは悪いですし、気の利いたロマンチックなこともできませんし」

「そうかしら？」

突然なにを言い出すのかと、サリーシャは小首を傾《かし》げて黙って先を促した。

「サリーシャ様がいらしてくれて、本当によかったですわ。お二人が仲良くしている姿を見ると、わたくし本当に嬉しくって」

感極《かんきわ》まったように目元をハンカチで覆ったクラーラを見て、サリーシャは慌てた。

「ちょっと、クラーラ。大袈裟だわ。それに、セシリオ様は確かにあまり貴族らしくない部分はあるかもしれないけれど、とても素敵な方だわ」

それはサリーシャにとって、嘘偽《うそいつわ》りのない言葉だ。

──本当に、偽りの仮面を被り続けるわたしにはもったいないような、素敵な人だわ。

サリーシャは思った。なんの足枷《あしかせ》もなくあの人の胸に飛び込んだら、どんなに幸せだろうかと。

きっと、あの大きな体で自分を受け止めてくれる気がした。

早く自分の秘密を彼に言わなければと思うのに、時間が経てば経つほど、言い出すタイミングを失ってゆく。

クラーラは少し化粧が崩れた目元をハンカチで拭きつつ、微笑んだ。

「それをわかってくださる方は、なかなかいないものなのです。さあ、そろそろ参りましょう。あまり遅くなると、旦那様が落ち込んでしまわれます」

「まあ、それは大変だわ」

そんな台詞が、冗談に思えないから、本当に困ってしまう。

サリーシャは美しい金髪をクルリと翻《ひるがえ》し、足早に玄関ホールへと向かった。

＊＊＊

サリーシャは斜め前に立つセシリオの後ろ姿をまじまじと見つめた。

今日はいつもの深緑色の軍服を着ておらず、真っ白なシャツに黒いズボンを履いている。けれど、その体格のよさから普通の人にはとても見えない。つまりは、衛兵にしか見えない。そのセシリオと小柄な小麦屋の店主が話し込んでいる姿は、さながら職務質問しているかのように見えた。

「――ということは、入荷量は例年より一割ほど少ないということだな？」

「そうだねぇ。今年はほら、あのバクガの幼虫が至る所で付いちまってよ」

「わかった。他のところも同じようなことを言っていた」

「でも、味は変わんねえよ？　また買ってくれよ」

「知っている。アハマス領主館にまた届けてくれ」

セシリオの最後の言葉を聞いた小柄な小麦屋の店主はホッとした表情を見せる。品質が落ちて一番の大口顧客であるアハマス領主館から取引量を減らされるのを恐れたのだろう。そして、先ほどからセシリオと話しながらチラリチラリと視線を向けていたサリーシャのことを、上から下まで舐めるようにジロジロと見つめた。

「ところで領主様よ。今日のこの綺麗なお連れさんはどうしたんだい？」

「俺の婚約者だ」

「へえ！」

小麦屋の店主は驚いたように目を見開き、まじまじとサリーシャを見つめる。

「ここらじゃ見かけないすごい美人だな。瞳の色が珍しい色だ。青……とはちょっと違うな」

「ああ、綺麗な瞳だろう？　今日初めて街に出たんだ」

「──領主様、そりゃ、デートだな？　デート中に仕事しちゃだめだろう？　愛想尽かされるぞ。それなら、そうだな……。おすすめはあっちの公園だ」

眉をひそめた小麦屋店主が通りの向こうを指さす。デートのおすすめ場所を紹介され、セシリオとサリーシャはこの日だけで四軒目となる小麦屋を後にしたのだった。

沈黙したまま横を歩くセシリオが、少しだけ気まずそうにサリーシャを見下ろす。

「……ドレスでも見に行くか？」

「いいえ。たくさん持っていますわ」

サリーシャは首を振った。ドレスなら、マオーニ伯爵家で用意されたものをたくさん持ってきたので不自由していない。それに、アハマスでも事前に普段使い用を数着用意してくれていた。

「では、宝石でも」

「宝石も持参したものがありますから、大丈夫ですわ」

「……そう」

セシリオは困ったように答えると、沈黙した。

その様子を見てサリーシャは、セシリオが先ほどの小麦屋さんで言われたことを気にしているのだと気づいた。本当にこの人は……と胸がじんわりする。

「閣下。では、侍女達にお土産を買いたいので、お菓子屋さんに連れて行ってくださいませんか。それに、先ほど教えていただいた公園にも行ってみたいです」

「！　菓子屋と公園か。わかった」

役目を与えられた子供のように笑うその姿を見て、サリーシャは頰を綻ばせた。

＊＊＊

教えてもらった公園は、大通り沿いにある大きなものだった。道に沿った長細い形をしており、中には花壇や芝生広場、噴水などが設《しつら》えてある。午前中ずっと歩きっぱなしだった二人は芝生の上に腰をおろすことにした。

「あら、このハンカチ……」

サリーシャは芝生に敷かれた見覚えのあるハンカチを見て、小さく呟いた。

「ああ、すまない。今、これしか持っていなくてな。きちんと洗うから」

セシリオがサリーシャの服が汚れないようにと敷いてくれたハンカチには、シルクハットと『C』のアルファベットが刺繍されていた。初めて会った日、サリーシャが持っていたものだ。チェスティ伯爵の『C』を刺繍したものだったのだが、口の回る義父のマオーニ伯爵はセシリオのためにサリーシャが刺したものだとうそぶき、そのままセシリオの手に渡った。

――こんなところでも、わたしは嘘をついているのね。

サリーシャはそのハンカチを無言でしばらく見つめてから、おずおずとそのハンカチの上に腰をおろした。セシリオは汚れることなど気にならない様子で、そのままゴロンと芝生に横になる。心地よい風が吹き、陽の光が暖かく辺りを照らしていた。

セシリオは頭の横にひょろりと生えたシロツメクサを一輪手に取ると、それを頭の上に上げてぼんやりと眺めていた。

「今日は、花冠は作らないのか？」

「花冠？」

「きみと初めて会ったときに、王宮の庭園でこれで作った花冠を貰った。ここの平和を守る俺に敬意を表して、と言って」

セシリオはシロツメクサを見つめたまま表情を綻ばせると、ゆっくりとサリーシャに視線を移した。それを聞いた瞬間、すぐに一つの遠い記憶とリンクしてサリーシャは目を見開いた。

「……閣下は……もしかして、あのときのお兄さん？」

「ああ、そうだよ。きみは小さかったからすっかり忘れていると思っていたが、覚えているんだな」

「だって……、あそこに来た人はフィル――フィリップ殿下以外では後にも先にもあのお兄さんしかいなかったわ」

「そうか。実は、『フィル』にあの場所を教えたのは俺だ」

セシリオはフッと笑った。サリーシャはぼんやりとセシリオを見つめる。

あれはサリーシャが王宮に連れられて行き始めて間もない頃だったので、もう六年くらい前のことだ。随分と昔のことで、記憶が曖昧だ。けれど、一度だけフィリップ殿下以外の男性が待ち合わせ場所に来て、花冠をプレゼントしたのは覚えている。あれは確か……。

「わたくし、閣下の気持ちも知らずに勝手なことを申し上げました」

「なぜそう思う？」

「だって……」

サリーシャは顔を俯かせた。

あの日はアハマスで起きた戦争の祝勝記念式典だった。後から聞いた話で、戦況はとても厳しく激しいものだったと知った。

あのとき、あのお兄さんは「たくさんやっつけた」と言って自嘲気味に笑った。それは恐らく、そういうことなのだろう。それに、クラーラから先代のアハマス辺境伯もあの戦争の傷が元で亡くなったと聞いた。つまり、セシリオはあの当時、父親も失ったばかりだったのだ。

言葉に詰まるサリーシャの頭に大きな手が伸びてきて、ポンポンと撫でた。

「あの日、自分がなにもかも嫌に感じていた俺は小さなレディの言葉に心底救われたんだ。ありがとう」

こちらを見上げるヘーゼル色の瞳が優しく細まる。

「違う」とサリーシャは思った。救われたのはサリーシャの方だ。当時は国境付近で戦火を鎮圧《ちんあつ》し、文字通り物理的に守られた。今は老人伯爵に売られそうになっていたところを、間一髪《かんいっぱつ》で救われた。そして、サリーシャに、このようによくしてくれる。

「救ってくださるのは、いつだって閣下ですわ」

セシリオはゆったりと上半身を起こすと、少しだけ首を傾《かし》げた。

「いや、きみだ」

ゆっくりと大きな手がサリーシャの顔に近づく。豆だらけの手は優しく頬を撫で、髪をすいた。

「俺はきみに救われた。俺がそう思っているのだから、間違いなくそうだ」

低い声と落ち着いた口調は彼の真摯《しんし》さを感じさせる。サリーシャはそっとその瑠璃色の瞳を伏

せた。

襲ってきたのはとてつもない罪悪感。

「閣下。このハンカチは汚れてしまったから、お返しできませんわ」

サリーシャは少しだけ体を離し、セシリオを見上げた。セシリオは困惑したように眉を寄せる。

「だから、新しいハンカチに刺繍して差し上げます。午後は裁縫用品店に連れて行ってくださいませ」

サリーシャのおねだりに、セシリオが小さく目を見開く。

今度は『セシリオ』の『C』を刺繍したハンカチをプレゼントしよう。この人についてしまった嘘を、少しでも減らしたいと思った。


午前中とは打って変わって、午後は婚約者同士らしい時間の過ごし方だった。

セシリオに連れて行ってもらった裁縫用品店はアハマスの城下町で一番大きな裁縫用品店だった。広い店内にはあらゆる種類の素材や糸や布、リボンやボタン、レースなどがところ狭しと並べられている。

サリーシャは自分で頼んでおきながら、男性、且《か》つ、軍人でもあるセシリオは裁縫用品店など知らないかもしれないと心配していた。しかし、アハマスの辺境伯でもあるセシリオは、自分の膝元であるアハマスの城下町のことをしっかりと把握しているようで、サリーシャの希望を的確に汲んだ店を紹介してくれた。

「閣下、これとこれはいかがでしょう？」

サリーシャはお店で売られている中でも一番上質なシルク製のハンカチを二枚、セシリオに差し出した。一枚は真っ白の無地、もう一枚は縁にアハマスの軍服の色に似た緑色の模様が入っている。

「いいと思う。だが、先ほどのハンカチは本当に返してもらえないのだろうか？」

「あれはお返しできませんわ」

サリーシャはつんと澄ましてピシャリと断った。

「きみは妙なところで頑固だな」

少し呆れたような声で紡《つむ》がれた言葉に決して怒っている様子はなく、むしろ楽しげな色を含んでいた。ヘーゼル色の瞳は面白いものでも見つけたかのように、サリーシャを見つめている。

「それで、一体俺になにを刺繍してくれるんだ？」

「秘密ですわ。わたくしが閣下をイメージして、考えます」

「それは、楽しみなような、怖いような……」

セシリオは少し眉間に皺を寄せる。

サリーシャはその様子を見てフフっと口元を綻ばせた。

裁縫用品店を出ると、セシリオは右手でサリーシャを制すると、先に一歩出て左右を見渡した。

一台の馬車が目の前を通り過ぎると、すぐに通せんぼするように伸ばしていた腕を下げた。往来《おうらい》する馬車や馬など、危険がないかを先に確認したのだろう。

「菓子屋は、焼き菓子でいいか?」

振り向いてサリーシャを見下ろしたセシリオは、どこに行くかを思案するように顎《あご》に手を当てた。

「はい。どこかいいところをご存知《ぞんじ》ですか?」

「俺は直接買ったことはないのだが、モーリスからよく聞く菓子屋があってな。奥方が好きで時々買って帰っているようだ」

「モーリス? 確か、閣下の右腕でしたかしら? もしかして、クラーラの息子さんかしら?」

「そうだ。よく知っているな?」

意外そうな顔をするセシリオに、サリーシャはにんまりと笑ってみせる。

「クラーラから教えてもらいましたわ」

「そうか。今度、紹介しよう。そう言えば、あいつからもきみを紹介されてないとぼやかれたな」

セシリオは小さく笑うと、右手をサリーシャに差し出した。サリーシャはそこに自分の手を重ねる。相変わらず握り込むように包む力加減はエスコートと言うには力が強すぎる。けれど、サリーシャはその力強さを心地よく感じて、無言で握り返した。

セシリオに連れられて訪れた菓子屋は、裁縫用品店から歩いて五分ほどの場所にあった。店内を覗くと、ガラスケースの中には色々な焼き菓子が並んでいる。水色に塗られた入り口のドアを開けると、ふんわりと甘い香りが鼻腔をくすぐった。

「好きなものを選んでも？」

「もちろん」

サリーシャは目を輝かせてガラスケースを覗き込んだ。王都の人気パティスリーのようなお洒《しゃ》落《れ》さはないが、どれもとても美味しそうだ。いくつかのフィナンシェを選んでいると、横で見ていたセシリオがとても大きな焼き菓子の詰め合わせに手を伸ばした。

「閣下もお土産ですか？」

「ああ。この後一ヶ所だけ、寄り道しても？」

「もちろんです」

そうして最後に連れられて行った場所は、やや郊外に位置していた。辻馬車に揺られること十五分、先に降りたセシリオに手を差し出されて降り立った地面は、街の中心部のような石畳ではなく、土に覆われていた。

「ここは？」

サリーシャは辺りを見渡してから、目の前の建物を眺めた。白い壁にグレーの屋根の木造二階建てのそれは、集合住宅だろうか。こちらから見える壁沿いには等間隔で窓が並んでいる。建物の前の庭には洗濯物が干されており、ヒラヒラと風に揺れていた。

「ここは支援施設だ。アハマスでは数年前、戦争があったのは知っているな？　あのとき、多くの兵士が亡くなった。それと同時に多くの女子供が夫や父親の庇護を失った。ここはそういう者達が暮らしていくための支援施設になっている」

「修道院ですか?」

「修道院とは違う。あれは神の花嫁になる場所だが、ここは女性や子供が独り立ちして生きていくための支援をしている」

そう説明しながら、セシリオはその建物の入り口まで行くと呼び鈴を鳴らした。中から出てきた年配の女性は、セシリオの姿を見て頬を綻ばせた。

「これはアハマス閣下。ようこそお越しくださいました。どうぞ上がってください」

「いや、ちょっと立ち寄っただけだ。不便はないか?」

「はい。おかげ様で、皆元気にしております。先月、ルクエが材木屋に弟子入りして出ていきました」

「それはよかった」

サリーシャは二人の様子を眺め、女性はこの施設の管理人のような役割の人で、セシリオはこの入居者達の近況を気にしているのだと理解した。ルクエというのは、恐らく孤児にでもなってここに入居していた子供の名だろう。セシリオは少し立ち話をすると、先ほど購入した焼き菓子をその女性に渡していた。ここの入居者の分を買ったのであれば、あの量も頷ける。

「いつもありがとうございます」

と言いながら焼き菓子を受け取った女性がサリーシャの姿に気付き、不思議そうに見つめる。

「閣下。こちらの美しいお方は？」

「俺の婚約者だ。今日、初めて街を案内している」

サリーシャは横で小さく女性に対して会釈した。それを聞いた女性は「まぁ！」と驚いたように片手を口に当て、戸惑ったような表情を見せた。

「このようなむさ苦しい場所にお連れして大丈夫ですか？」

心配そうな女性の声に、セシリオがこちらを向く。サリーシャはにこりと笑って大丈夫だと伝えた。

「こんなに可愛らしい方がアハマス閣下に嫁いでいらっしゃるなんて、今から楽しみですわ」

その女性は、サリーシャのことを見つめて嬉しそうに微笑んだ。帰り際、サリーシャがその白い建物を振り返ると、先ほどの女性が入り口でこちらに頭を下げているのが見えた。

「ここでは、女性が一人でも生きていけるのですね」

「そうできるよう、支援している。彼らもまた、戦争の犠牲者だ」

サリーシャはチラリと隣を窺《うかが》い見る。穏やかな口調のセシリオは、まっすぐに前方を向いていた。

＊＊＊

その日の夜、サリーシャの寝る前の準備をしていたノーラは、櫛《くし》を手に持つと髪用の油を少し垂らし、サリーシャの後ろに立った。

「サリーシャ様。今日はお土産をありがとうございます」

「いいのよ。口には合ったかしら？」

サリーシャは鏡越しに髪をとかしているノーラに尋《たず》ねた。

「はい、とても美味しかったですわ。今日はいかがでした？」

「すごく楽しかったわ。午前中はセシリオ様の用事に付き合って小麦屋さん巡りをしたの。小麦屋さんって面白いのね。わたくし、ちっとも知らなかったわ。色々なひきかたがあって、小麦粉にも種類がたくさんあるのよ？　それから、芝生の広がる公園に行ったわ。座って色々お喋りをしたのよ」

サリーシャは今日の昼間のことを思い返す。けれど、お喋りの内容はなんだか特別なことのような気がして、秘密にしておいた。

「あとは、裁縫用品店に行ってセシリオ様にプレゼントするハンカチを買ったの。あとはね──」

夢中になってお喋りをするサリーシャを見て、ノーラは目を丸くして動かしていた手を止めた。そして、堪えきれないというようにクスクスと笑い出した。

「なあに？　ノーラ、どうかして？」

「いいえ。こんなに楽しそうに話すサリーシャ様を見るのは久しぶりだと思いまして」

ノーラは口元に手を当てて、嬉しそうに微笑む。

「サリーシャ様はアハマスへ向かう行きの馬車の中で、どちらかというと落ち込んでいらっしゃいましたでしょう？　でも、今の笑顔は輝いていています」

「……わたくし、そんなに浮かれて見える？」

「とても楽しそうに見えますわ」

ノーラがあまりにも楽しそうに笑うので、サリーシャは少し恥ずかしくなって、ふて腐れたように口を尖らせた。

セシリオは午前中に散々仕事の用事に付き合わせるような無骨《ぶこつ》な男だし、若い女性向きのよいお出かけ先を調べておくようなスマートさもなかった。それなのに、サリーシャは今日の彼とのお出かけがとても楽しかったのだ。

＊＊＊

セシリオと一緒にお出かけをした翌日、サリーシャは早速ハンカチに刺繍をしようと思い立った。一時期は毎日のように刺繍を楽しんでいたが、最近は久しくやっていない。

確か、あそこにあったはずだとサイドボードをガサゴソと探ると、目的のものはすぐに見つかった。黒く塗られた四角い木箱はマオーニ伯爵邸から持参した刺繍用品箱だ。マオーニ伯爵邸で最初に用意してもらった子供用の簡素な木箱をもう七年も使っている。だいぶくたびれた見た目をしており、ところどころ色も剝《は》げて木が捲《まく》れ上がっていた。

ノーラには何回も買い替えを勧められたし、マオーニ伯爵に言えば新しいものをすぐに買ってもらえただろう。けれど、元々貧しい農家出身のサリーシャは贅沢することに気が引けて、そのまま使い続けていた。ドレスなどとは違って誰かに見せるものでもないので、別にボロボロでも構わないと思ったのだ。

サリーシャがその木箱を取り出そうと手を伸ばしたとき、手のひらに鋭い痛みが走った。

「痛っ!」

サリーシャは咄嗟《とっさ》に手を引いた。人差し指の付け根の辺りから血が滲《にじ》み、ポタリポタリと床に血が滴り落ちる。

「大変!」

サリーシャは自分のハンカチを摑んで血が滴るのを止めると青ざめた。部屋に敷かれた絨毯は、複雑な格子模様が描かれている。きっと高価な品に違いない。このままではシミになってしまうと思い、しゃがんで拭き取ろうとしていると、ちょうど部屋にやってきたクラーラが異変に気付いた。

「サリーシャ様、どうされました?」

「クラーラ、ごめんなさい。絨毯を汚してしまったの」

クラーラはおろおろしながら床を押さえるサリーシャの手元のハンカチが赤く染まっているのに気付くと、サッと顔色を変えた。

「まあ、大変! サリーシャ様、お怪我をされたのですか?」

クラーラは慌ててサリーシャのもとに駆け寄り、その手を掴んだ。

「ごめんなさい。刺繍をしようと思って箱を触ったら、木が捲れ上がってて切ってしまったの。絨毯が……」

「絨毯など、気にしなくていいのです！　サリーシャ様の手の手当てを」

ピシャリとクラーラに叱られ、サリーシャはそのまま医務室へと連れていかれた。


その日の夕食前、部屋で読書していたサリーシャはドアをノックする音に気付き、「どうぞ」と返事をした。てっきりノーラかクラーラだとばかり思っていたのに、カチャリと音がしてそこに現れたのは予想外の人物――セシリオだった。

「閣下。どうかされましたか？」

もしや本に熱中しすぎて夕食の時間に遅れてしまっただろうか。視線を移動させて時計をチラリと確認したがまだ時間には早い。今までセシリオがここを訪ねてくることなどなかったので何事かと思い、不安げに見つめるサリーシャの前に来ると、セシリオは眉をひそめてこちらを見下ろした。

「サリーシャ、怪我をしたのか？」

「あ……」

サリーシャは咄嗟《とっさ》に右手を体の後ろに隠した。きっと、クラーラに聞いたのだろう。アハマスへの移動中の揺れのせいか、刺繍箱の木の捲れはマオーニ伯爵邸にいたときよりもだいぶひどくなっており、サリーシャは右手の人差し指の付け根から手のひらの中心部分をざっくりと切ってしまった。領主館に常駐する医師に診《み》てもらったので大事はないが、手には包帯が巻かれていた。

「たいしたことはないのです」

「見せてくれ」

隠していた右腕を取られ、包帯をした手が目の前に晒される。

「お医者様が少し大袈裟で。大丈夫ですわ」

サリーシャが笑ってごまかすと、セシリオは僅かに眉を寄せた。包帯をした部分をそっと指でなぞり、サリーシャを見つめた。

「……本当に、たいしたことはないのです」

まるで悪いことが見つかってしまった子供のように、サリーシャは俯いた。木箱の一部がささくれ立っていたのは前から知っていたのに、本当に不注意だったと思う。そのせいで高価な絨毯も汚してしまった。木箱はクラーラがすぐに新しいものを用意してくれて、その分の手間もかけさせてしまった。

「サリーシャ」

目の前のセシリオが少し腰を屈《かが》め、サリーシャを覗き込む。

「これからは、怪我をしたら隠さずに言ってくれ」

「え？」

「きみが傷つくのは、俺が嫌なんだ」

セシリオはそう言うと、絨毯にひざをついてサリーシャと目線を合わせた。

「クラーラから、きみは自分の怪我よりも絨毯を気にしていたと聞いた。いいか？　絨毯は替えが利くが、きみは利かない。もっと自分を大切にするんだ」

サリーシャは無言で俯いた。真摯な眼差しから、自分のことを大切に思ってくれていることが痛いほどわかった。

「……ごめんなさい」

「いや、いいんだ。けれど、今度同じことがあったら言ってくれ。わかった？」

「はい」

そう言うと、セシリオはヘーゼル色の瞳を優しく細めてサリーシャを見つめた。

「そろそろ食事だ。一緒に行こうか」

「はい」

返事をすると、セシリオはいつも立つサリーシャの右側ではなく、左側に立ってさりげなくエスコートしてくれた。底抜けに優しいこの人は、いつだってサリーシャを包み込んでしまう。

――ああ、困ったわ。

サリーシャは胸の内で独りごちた。ここに来てからというもの、心の中にある大切な器《うつわ》に、どんどん美しい水が満ちてゆく。その器から、煌めくものが溢《あふ》れ出たのを感じた。一度溢れた水は、もう二度と元には戻せない。

――いつかはここを去らなければならないのに。

まだ、大丈夫。この気持ちはきっとただの気の迷いで、その日が来れば封印できる。そう自分に言い聞かせた。

けれど、きっともう手遅れなのだろう。本当はそんな予感じみたことを感じていたけれど、それには気付かないふりをした。

＊＊＊

そろそろ、サリーシャがここに来て二ヶ月が経つ。アハマスでの生活はとても穏やかだった。屋敷ですれ違う人達は皆、サリーシャを歓迎して笑顔を浮かべる。使用人の子供達はサリーシャのことを見かけると、早くも「奥様」と呼んでこぞって手を振ってくれた。彼等を見ていると、この貴族の社会に入ってからずっと張りつめていた気持ちが、ふっと緩むのを感じる。

――ここの人は、皆、いい人ばかりだわ。

サリーシャはいつもそう思う。

田舎の村からマオーニ伯爵邸に連れられてきて以来、サリーシャにとっての上流社会とは、あまり楽しい世界ではなかった。

家庭教師による厳しいレッスンでは、上手にできることを当たり前のように求められた。その日の出来具合は全てマオーニ伯爵に報告されるので、少しでも失敗すると厳しく叱責された。

同じ年頃のご令嬢は皆、ライバルだと思えと教えられた。フィリップ殿下の横に立つ邪魔をする敵だと。そのため、仲の良いお友達もいなかった。大抵のご令嬢は幼い頃からの幼馴染のご令嬢や親戚のご令嬢同士で仲良くなるようなのだが、サリーシャにはそれもいなかった。

唯一の息抜きはフィリップ殿下とお散歩したり、お茶をしたりする時間だった。おそらく、それは王太子であったフィリップ殿下も同じだったと思う。けれど、二人の間に芽生えたのは友情だけで、恋心は芽生えなかった。

今思い返せば、おそらく二人とも、それが芽生えてしまったらこの関係が終わりを迎えることに気付いていたのだと思う。

セシリオは、どんなに仕事が忙しかろうと必ずサリーシャと食事をともにした。夕食に関してはほぼ毎回軍服のままで現れ、仕事を抜けてきているのは明らかだった。しかし、恐縮するサリーシャに対して、セシリオは笑顔で「大丈夫だ」と微笑むだけだ。

「もしかして、わたくしのせいで無理をしていらっしゃいませんか？」

サリーシャはあるとき尋ねた。

サリーシャが一緒に夕食を食べていいかと初日に聞いたせいで、律儀にその約束を守り続け、セシリオの仕事に支障をきたしているのではないかと思ったのだ。

「いや？　なにも無理はしていない」

「でも……」

「前に言っただろう？　きみはなにも気にする必要はない」

そう優しく微笑まれると、サリーシャはいつもそれ以上はなにも言えなくなってしまうのだ。

セシリオはいつも夕食後、部屋の前までサリーシャを送り届けてくれる。その日も部屋のドアを開けたセシリオは、サリーシャに向き直った。

「サリーシャ。俺はあまり休みも取れない。つまり、我が愛しの婚約者を同じ屋敷に迎えながら、その顔を見る機会が朝食と夕食の一日たった二回しかないんだ。その貴重な二回くらいは、死守させてほしい。わかるかい？」

「っ！　……はい」

サリーシャの心臓はドクンと跳ねた。セシリオは、これまでも態度で好意を示してくれてはいたが、『我が愛しの婚約者』と直接的に言われたのは初めてのことだ。それと同時に、そのことに舞い上がるほど喜んでいる自分にも気付き、愕然《がくぜん》とした。すぐ先に別れが見えているのに、自分はこの人にどうしようもなく惹《ひ》かれているのだ。

「よし。あと、今日はこれをきみに」

セシリオは軍服のポケットからなにかを取り出すと、サリーシャの手に握らせた。サリーシャがそれを握らされた右手を開くと、それは銀製の小さな鍵だった。

「鍵？　これは⁇」

「中庭の鍵だ。時々、あそこに行っていると言っていただろう？　あそこは俺の母親が管理していたんだが、よかったらこれからはきみに管理してほしい。好きなように変えてくれて構わない」

銀色の鍵は、確かにいつも中庭に出る際にクラーラが使っているものと同じに見えた。屋敷の中に灯《とも》された明《あか》りを浴び、それは鈍《にぶ》く光っていた。

「なんなら、シロツメクサが咲く草原にしても構わない」

「？　シロツメクサ⁇　庭園の嫌われものですわ」

「でも、俺達にはぴったりだろう？」

セシリオは表情を綻ばせると、サリーシャに顔を寄せる。チュッというリップ音とともに、今日も頬に柔らかいものが触れた。そして、包み込むような優しい抱擁。

「あんまりこうしていると離れ難くなるな。おやすみ。よい夢を」

全身を包む温もりが離れ、思わず追いそうになったところでサリーシャは踏みとどまった。追ってどうするのか。その温もりを求める資格が自分にはある？　答えは、否《いな》だ。

黙り込むサリーシャのおでこに、もう一度柔らかな感触が触れる。

ドアが閉じられてシンと静まり返った部屋がいつも以上に肌寒く感じられ、サリーシャは言いようのない寂しさを感じた。ふと右手を開くと、そこには間違いなく先ほどセシリオから渡された中庭の鍵が鈍く輝きを放っていた。

言わなくてはならない。いつまでも隠し通せるものではない。

サリーシャは自分の背にそっと手を回した。指先に感覚を研ぎ澄ませると、ボコボコした感触が指に触れる。間違いなく、そこには醜い傷跡がある。消すことができない、醜い傷が。

――セシリオ様なら、これも受け止めてくださるかもしれない。

そんなことを思い、すぐに小さく首を振る。でも、受け止めてもらえなかったら？　拒絶されるのが怖い。あの温もりを失うことが怖くてならないほどに、自分は既にあの人に惹かれているのだ。

＊＊＊

その日、アハマスの領主館の散策をしていたサリーシャは、馬の嘶《いなな》く声を聞いて足を止めた。

アハマスの領主館はとてつもなく広大な敷地を有している。敷地内には中心となる屋敷の他に、使用人達の住む家や兵士達の宿舎、訓練場、倉庫など、ありとあらゆる施設があるのだ。サリーシャが知る限り、馬車置き場は屋敷の正面側にある。しかし、それとは別に、どこかに厩舎《きゅうしゃ》があるのかもしれない。

ノーラとともにうろうろしていると、やっとそれらしき建物を見つけることができた。木造平屋建ての簡素な建物は、サリーシャのいたマオーニ伯爵邸の厩舎に似た構造だ。ただ、規模が違った。ざっと見ただけで、数えきれないほどの馬が繋がれている。

「まあ！　見て、ノーラ。すごいわ」

サリーシャは思わず歓声を上げた。厩舎の入り口から見えるのは馬・馬・馬。こんなにもたくさんの馬を見るのは初めてだ。覗き込んでみると、よく見る馬車をひく用の馬と、それよりも一回り大きく脚の太い馬の二種類がいるようだった。

ゆっくりと厩舎内を歩いているとき、サリーシャは一頭の馬の前で足を止めた。全ての馬が手入れが行き届いており立派なのだが、その馬は特に抜きんでていた。こげ茶色の毛並みや鬣《たてがみ》は艶やかに輝き、体格も一際《ひときわ》大きい。しなやかに伸びた四肢はしっかりとついた筋肉により引きしまっており、美しいという言葉がぴったりの軍馬だ。

「とても綺麗な馬ね」

サリーシャはほうっと息を吐く。大きな瞳はその毛並みと同様に濃いこげ茶色をしており、ガラス玉のように透き通っている。

「サリーシャ?」

しばらくその馬を眺めていたサリーシャは、不意に呼びかけられて驚いて振り返った。そこには、軍服姿のセシリオが少し驚いたような顔をして立っていた。片手にはバケツを握っている。

「閣下? あの、散歩をしていたら、厩舎を見つけまして。もしかして、入ってはいけませんでしたか?」

「いや、自由に出入りしてくれて構わない」

セシリオはゆっくりと歩いて近づいてくると、サリーシャの前で立ち止まってバケツを床に置いた。その拍子に少しだけ水が零れ、土を固めて造った床にこげ茶色のシミを作る。

「どれか気になる馬はいた?」

「この子が綺麗だな、と思いまして。閣下はなぜここに?」

サリーシャが聞き返すと、セシリオは目を細めてそのこげ茶色の軍馬を見つめた。

「こいつは俺の馬だ。十二歳になる。いい馬だろう？　デオという名だ」

サリーシャはその馬を見つめた。こちらの話を聞いているかのように、デオはつぶらな瞳でじっとこちらを見つめている。

「馬は軍人にとって相棒だ。生死を分ける危険の中をともに戦う。馬丁《ばてい》はもちろんいるのだが、デオの世話は基本的に俺がしている」

そう言うと、セシリオは愛おしげにデオの首を撫でた。よく慣れているようで、デオは嫌がることもなく大人しくしている。

「触ってみるか？」

「いいのですか？」

「きみなら、構わない」

セシリオに微笑まれ、サリーシャの胸はトクンと跳ねた。彼に、自分は特別な存在だと言われているような気がした。自惚《うぬぼ》れてもいいだろうか？　そんなことが脳裏を掠《かす》める。

そろそろと手を伸ばすと、デオはサリーシャの手の方向に鼻を向けた。サリーシャはビクンと手を引く。

「怖がらないで。ほら」

引っ込みそうになったサリーシャの手にセシリオの手が覆いかぶさるように重なり、そのままデオの首元に触れた。手のひらに、少し固い毛並みの感触と、その奥から伝わる熱を感じた。

「温かい……。可愛いわ」

「気に入った？」

「はい」

手を離すと、セシリオはしばらくそのままデオを眺めていたが、ふとサリーシャの方に視線を移した。

「今度、一緒にデオに乗ってどこか出かけるか？」

「いいのですか？」

「もちろん。次の休みに、行こう」

「ありがとうございます」

サリーシャは花が綻ぶかのように、満面の笑みを浮かべた。

またセシリオと一緒にお出かけできる。しかも、今度は馬の相乗りで。そのことは、サリーシャの気持ちを舞い上がらせるには十分だった。

——わたくしは、この人のことが好きなのだ。

そうはっきりと自覚させるくらいに。

＊＊＊

サリーシャは中庭に立っていた。

初めてここを訪れたときと同じく、通路の石畳はところどころがひび割れ、苔が付いている。

花壇になっていたと思われるブロックに囲まれた一部も崩れ落ちているし、全体的に荒れているとと思った。

つい先日、セシリオから中庭を管理してほしいと言われ、鍵を渡された。そのとき、それをたまらなく嬉しいと感じた自分がいた。

食事に向かうたびに気持ちが浮き立つ自分に、とっくに気付いていた。

微笑まれるたびに胸の鼓動が跳ねることに、とっくに気付いていた。

包み込むように与えられる抱擁に歓喜する自分に、とっくに気付いていた。

そして、頬に触れる温もりに、物足りなさを感じている自分にも……。

足元に咲くスミレが目に入り、サリーシャはそれを摘《つ》むと顔を寄せた。

「綺麗だわ……」

紫と黄色の花弁は小さくとも、しっかりと自らの美しさを自己主張している。サリーシャはしばらくそれを見つめ、ふぅっと息を吐いた。

サリーシャは今も背中の傷のことをセシリオに隠し続けている。それを知られたとき、セシリオはこれまで通り、あの優しい目で自分を見つめてくれるだろうか。あのヘーゼル色の瞳で軽蔑《けいべつ》するような眼差しを浴びせられたら、自分は耐えられないかもしれない。

大切な友とその愛する人を守るために、この身を挺《てい》した。後悔など絶対にしないと思っていたのに、この背中の傷さえなければ……、と思ってしまう自分にも嫌気がさす。

「サリーシャ」

ふと呼ばれて顔を上げれば、仕事中のはずのセシリオがいた。廊下を歩いていたようで、ちょうど入り口から階段を降りてくるところだ。

「閣下。お仕事は？」

「ちょっと私室に忘れ物をしたから、取りに戻ったんだ。それで戻る途中に、きみを見かけたものだから」

セシリオは柔らかく微笑むと、右手に持っている封筒を少し高く上げてサリーシャに見せた。白い封筒は一見するだけで上質なもので、赤い封蠟の一部が開封したせいで欠けているのが見えた。

「早速中庭の改造計画を練《ね》ってくれているのかな？　だいぶ荒れているだろう？　俺が小さな頃は、まだ母親が管理していた当時の面影があったんだが……」

セシリオは体格がいいので足の長さもサリーシャとは比べ物にならない。あっという間に間合いを詰め、サリーシャの前に立つとぐるりと周りを見渡した。

「あまり、今と変えないようにしようかと思うのです」

「そうなのか？　本当にきみの好きにしてくれて構わないのだが？」

「このお屋敷の方にとってここはなにかと思い出深い場所のようなので、できるだけ今の形を残そうと思います。閣下はなにかご希望はございますか？」

「俺の希望？」

サリーシャには好きにしろというくせに、自分が聞かれることは想定していなかったのか、セシリオは黙り込むと顎に手を当てて考えるような仕草《しぐさ》をした。二人の間に沈黙が流れ、優しい風が木々を揺らす。

「そうだな。きみとゆっくりできる場所があるといいな」

「わたくしとゆっくり？　大きめのガゼボということでしょうか？」

「大きめのガゼボでもいいし、外から見えにくい芝生でもいい」

ニヤッと笑ったセシリオの表情を見て、サリーシャは目をパチクリさせた。すぐに、ピンと来た。それは、あの王宮にあったような秘密の場所だろう。

「どうしたいか決めたら、ドリスに言うといい。すぐに庭師を手配する」

柔らかな眼差しでこちらを見つめるセシリオを見返し、サリーシャはぎゅっと胸を摑《つか》まれるような痛みを感じた。

そろそろ仕事に戻ろうと背を向けたセシリオを、思わず呼び止めた。

「閣下！」

セシリオは足を止め、ゆっくりと振り返った。こちらを向いたヘーゼル色の瞳が優しく細められる。

「どうした？」

「あの……、わたくしは……。わたくしは、本当にここを管理してよいのでしょうか？」

——あなたに、大事なことを隠したままなのに。

けれど、その言葉は最後まで言えなかった。言ってしまって、この人に軽蔑されることが心底怖かった。

セシリオは少し首を傾《かし》げると、もう一度サリーシャのもとに戻ってきた。

「もちろんだ。きみに任せたい」

「……でも。でも……、わたくしは……」

「きみは？」

聞き返したセシリオの眉根が僅かに寄り、大きな手がサリーシャの頬を撫でた。節《ふし》くれだった指が両頬を滑り、サリーシャは自分が泣いていることに気付いた。

「……わたくしは、ふさわしくないのです」

やっと口から零れ落ちた言葉を聞き、セシリオはサリーシャの両頬を包んだまま、その瑠璃色の瞳を覗き込んだ。

「そんなことはない。だか、一人では心配なら、一緒に考えようか。まだここに来たばかりで、不安なんだな。気付いてやれなくて、悪かった」

両頬から手が離れ、代わりに体がすっぽりと包まれた。毎晩部屋の前でしてくれるような、優しい抱擁。大きな手が背中を優しく撫でる。サリーシャはその温もりにすがりたい気分になり、大きな背中に手を回した。

──わたくしは、この人にだけは、嫌われたくないのだ。ずっと抱きしめられて、安心させてほしいのだ。そして、できることなら、愛してほしいのだ。

それは、ひどく自分勝手な欲望だ。自分は隠し事をしながら、相手には愛情を求める。けれど、どうしても失いたくなくて、サリーシャは背中に回した腕に力を込めた。

「今日は、随分と甘えん坊だな」

「……だめでしょうか？」

「いや、構わない」

答える声は、少しだけ笑いを含んでいた。背中に回るセシリオの手がポンポンとあやすようにサリーシャの背を規則正しく叩く。

今はその幸福な感覚に浸りたくて、サリーシャはそっと目を閉じると広い胸に頬を寄せた。

＊＊＊

セシリオが執務室に戻ると、椅子に座るモーリスは待ちくたびれたような様子で両手を頭の後ろで組んだまま、外を眺めていた。窓の外では鳶《とんび》が一羽、空高く飛んでいるのがガラス越しに見える。ドアが開いたことに気付いたはずだが、こちらには頭の後ろを向けたままだ。

「遅かったな？　見つけるのに手間取った？」

「いや」

セシリオはそれだけ言うと封筒を無造作に執務机に置き、椅子にドサリと腰をおろした。

「たまたま、中庭にサリーシャがいるのを見かけてな。──彼女、なにかに悩んでいるようなんだ。はじめは、初めて訪れるこの地に戸惑ってるだけかと思ったんだが、どうも違う気がして……」

「なら、お前との結婚に迷ってる？」

セシリオは痛いところを突かれて、眉根をぐっと寄せた。視線を移動させたモーリスはそんなセシリオを見て、くくっと笑う。

「冗談だ。――それはきっと、マリッジブルーってやつだな」

「マリッジブルー？」

「女っていうのはいざ結婚を前にすると、色々と悩み事が湧いてくるらしいぞ？　本当にこの男でいいのか、自分はいい妻になれるのか、いい母になれるのか……」

「そうなのか？」

「と、俺の妻は言っていた。この前、第二部隊のヘンリーの結婚がごたついたときに」

「ああ。あれか」

セシリオは納得したように顔をしかめ、モーリスから目を逸らす。

ヘンリーとはアハマスの第二部隊に所属する軍人だ。とても優秀な男だが、ついこの間、結婚式に花嫁が現れないという、セシリオが知る限りでは前代未聞《ぜんだいみもん》の大事件を起こした。人さらいが出たのではと、家族や職場の同僚まで巻き込んでの大騒ぎになり、皆で必死に探し回った。もちろん、セシリオもその捜索《そうさく》に加わった一人だ。

結局、花嫁は自宅から教会に向かう途中の河岸で物思いに耽《ふけ》っているところを発見された。

そして、教会に現れなかった理由は「ウェディングドレスの裾の刺繍が、本当にあれでよかったのか、よくわからなくなったから」という、セシリオからすればなんともバカらしい理由だった。しかし、本人からすれば大問題だったらしい。

セシリオはあの日のことを思い出して、苦々しい気分になった。

「では、彼女もウェディングドレスに悩んでいると？」

「知るか。本人に聞けよ。ところで、昨日来た報告書にはなんと？」

モーリスがセシリオの手にある手紙を視線で指し示す。セシリオが私室に忘れてきたのは、宰相からの密命を受けてダカール国の動きを探るために国境付近で活動している部下達から届いた報告書だった。

「報告書とマリアンネ嬢からの手紙を間違えるなんて、お前どうかしてるぞ」

「同じ白に赤の封蠟だったから、見間違えたんだ」

セシリオはバツが悪そうに少し口を尖らせたが、すぐに気を取り直したようにその封書をモーリスに手渡した。

「読んでみろ。これを読む限り、今回のフィリップ王子の襲撃事件に関してはダカール国はシロだな。しかし、裏で手を引いた連中を炙《あぶ》り出すまでは、我々はダカール国を疑っているように見せかけた方が色々とカモフラージュできて都合がいい」

「そうだな。恐らく、ホシの狙いはタイタリアとダカール国が険悪になることだ。下手に警戒されると尻尾《しっぽ》が摑みにくくなる」

受け取った封筒から報告書を取り出して一通り目を通したモーリスは、それをセシリオに返すと、真剣な表情で頷き返した。

「ところで、セシリオ。お前、マリアンネ嬢はどうするつもりだ？」

「どうするもなにも、何年も前に話は終わっている」

「俺もそう思っていたんだが、あの手紙を見る限りでは向こうはそうは思ってなさそうだぞ？」

「なにを今更。こちらの説得を振り切って実家に帰った上に糾弾《きゅうだん》してきたのは向こうだ。それに、この前の手紙の返事にもサリーシャがいると書いておいた。放っておけばいい」

「でも、こっちに来ると書いてある」

「断っておく。片道十日以上かかるんだぞ？　来ないだろ」

セシリオは心底嫌そうに顔をしかめると、その話を打ち切った。

＊＊＊

苔がむしてひび割れ、荒れ果てていた小径は黄土色《おうどいろ》の石畳に敷き換え、立ち枯れていた古い木は撤去する。けれど、今も美しく咲くバラや立派に育った大きな樹木はそのまま残して。

中庭の造園はとても順調だった。

今の状態を最大限にいかしつつ、古い部分は新しく変えてゆく。朽ち落ちていたガゼボも撤去され、空いた空間には真新しいガゼボが設《しつら》えられた。ガゼボの中には小さなテーブルと、椅子が四脚用意された。真っ白なガゼボだけを切り取ると、王宮の庭園と遜色《そんしょく》ないほどだ。

「奥様。あちらはあれでよろしいですか？」

ガゼボの完成具合に見惚れていたサリーシャに、庭師がおずおずと声を掛ける。そこには、L字を二つ、逆字に重ねたような形に植木を植えた空間があった。今は仮植えのために並べただけなので隙間から中の空間が見えるが、じきにあの王宮の庭園にあった秘密の場所のようになるだろう。

「ええ、ありがとう。素敵だわ」

セシリオはこれを見たらなんと言うだろう。懐かしがってくれるだろうか。あのヘーゼル色の瞳を優しく細めて笑ってくれるだろうか。

サリーシャはそんなことを想像して、自然と表情を綻ばせた。

――この庭園が完成したときに、彼にちゃんと打ち明けよう。

いくら二十代の若き辺境伯とはいえ、婚姻後間もなく離縁すればそれなりに悪評が立つ。これまでは自分可愛さに隠せるところまで隠し通すつもりだった。けれど、セシリオのことを思うならばそんなことはすべきではないと思った。これ以上、彼に嘘をつきたくないのだ。

――大丈夫。きっとセシリオ様は受け止めてくださるわ。

サリーシャはそう自分に言い聞かせると、自身の手を胸の前でぎゅっと握りしめた。

＊＊＊

真っ白なハンカチに、一針一針、丁寧に針を刺してゆくと、はじめはなにもなかった真っ白な生地に徐々に形が現れてゆく。一刺しを積み重ねるたびにだんだんと思い描いているものに近づいていくのは、作っていてとても楽しい。

サリーシャは刺していた刺繡を一度テーブルに置くと、少し背中を反らせ、距離を置いてそれを眺めた。そこにはまるで今にも走り出しそうな軍馬が、絡み合う糸によって描かれていた。モチーフにしたこげ茶色の軍馬は、この前見せてもらったセシリオの愛馬――デオだ。サリーシャのよく知る、馬車やちょっとした乗馬に使う馬とは違う、とても大きな馬だった。大きな体つきのセシリオにぴったりの、立派な馬だ。

「あとは、セシリオ様の『C』を入れれば完成だわ」

サリーシャはその出来映《できば》えに満足して微笑んだ。

セシリオと城下町に出かけた日に、サリーシャは初めて会った日に渡したシルクハットの刺繡を施したハンカチを回収した。

「せっかくきみにもらったのだから、洗って使う」

あのとき、ハンカチを握りしめて離そうとしないサリーシャを見下ろして、セシリオは困ったように眉尻を下げ、そう言った。しかし。

「いいえ。これはもう土で汚れておりますし、わたくしの尻に敷いたものを閣下に使わせるわけにはまいりません」

と、サリーシャは返すことを断固拒否した。本当は土で汚れてなどいなかった。けれど、これはチェスティ伯爵に作ったものをセシリオに作ったと嘘を言って渡したものだから、どうしても返してほしかったのだ。そして、今度こそ本当にセシリオのために作ったハンカチを渡したかった。

「セシリオ様は、喜んでくださるかしら？」

サリーシャは黒い刺繍糸を針に通すと、仕上げのイニシャルを刺しながら、独りごちた。これを渡したとき、セシリオはどんな反応を示すだろうか。あのヘーゼル色の瞳が優しく細まり、「ありがとう」と言ってくれたなら……。

それを想像するだけでサリーシャの胸は高鳴った。フィリップ殿下と一緒にいても決して感じなかったこの気持ちの名は……。

そこまで考えると、胸の奥がきゅんとなり、自然と表情が緩む。

セシリオには王都でサリーシャが見てきたモテる貴族令息のようなスマートさはない。確かに不器用な男だと思うが、とても優しい。いつも最大限にサリーシャとの時間を確保しようと努力してくれていることが感じられるし、サリーシャのことを大切に思ってくれており、事実、とても大切にしてくれていることもよくわかった。

──セシリオ様なら、この背中の傷もきっと受け入れてくださるわ。

最近では、そんなふうに前向きに考えることもできるようになった。サリーシャが改造を任された中庭はもうすぐ整備を終える。そうしたら、勇気を持って自らの偽りに終止符を打とう。あの中庭に行くたびに、サリーシャはその決意をますます強めていた。

最後の一刺しを終えると、糸の始末をしようとハサミに手を伸ばす。パチンと小さな金属音が響き、ハンカチから糸が離れた。

「できたわ。ふふっ、なかなか上手にできたのではないかしら？」

サリーシャはハンカチを広げると、窓際で太陽にかざすように広げた。真っ白な生地に野を駆ける凜々《りり》しい馬と、セシリオの頭文字である『C』の文字。

今夜の夕食の際にでも、これを渡そう。サリーシャはそう決めると、口元を綻ばせてハンカチを机の上に置いた。

＊＊＊

その日の夕刻、アハマス辺境伯の屋敷の前に、一台の豪華な馬車が乗りつけた。六頭立ての黒塗りの馬車には金で縁取られた精巧な飾りが施されており、夕日を浴びてキラリと光っている。その絢爛《けんらん》な見た目から、高位貴族の所有する馬車であることは明らかだった。屋敷を守る衛兵達も、辺境の地には珍しいこの来客に、皆興味深げに注目した。

馬車が正面エントランス前に停まり、扉がカチャリと馭者によって開けられる。開いた扉の隙間から床に伸びた足を飾る靴にはクリスタルが縫いつけられており、これも夕日を浴びてキラキラと耀いていた。その豪華な靴の踵《かかと》が石畳に当たり、辺りにカツンと軽快な音が響く。

中から出てきた若いご令嬢――ブラウナー侯爵家のマリアンネは、目の前のアハマス領事館を見上げて目を細めると、独りごちた。

「ここはちっとも変わらないわね」

肩にかかった髪を片手で払いのけると、美しく巻かれた栗色の縦カールはふわりと揺れた。

馬車の到着から間もなく——それは時間にして一分もなかった——屋敷からは執事のドリスが大慌てで出てきた。来客の姿を確認すると、驚いたように目をみはり、すぐに頭《こうべ》を垂れる。

「これは、ようこそいらっしゃいました。マリアンネお嬢様」

「遅いわよ、ドリス」

つんとした態度の来客に、ドリスの後ろに控える侍女達は不安そうに顔を見合わせた。ドリスがチラリと目配せすると、一人の侍女がいそいそと屋敷に戻っていく。

「なにをしているの？　早く部屋に案内してちょうだい」

「かしこまりました。ところで、旦那様には……」

「もちろん、手紙で来ることは伝えてあるわ。なにか問題でも？」

「いえ、なにも」

話にならないとばかりに、口ごもるドリスの横をすり抜けてマリアンネは屋敷の方へ歩き始めた。足を進めるたびに、高価な靴が石畳に当たりカツンカツンと軽快な音を鳴らす。マリアンネの侍女達も荷物を持ってその後に続くのを見て、ドリスは慌てた様子で追いかけた。

「お待ちください、お嬢様！」

「マリアンネ」

領主館の玄関ホールで、ドリスの呼びかけに混じって若い男の呼び声がしたのが聞こえて、マリアンネは澄ました様子で振り返った。そちらを振り向いたドリスがホッとしたような表情を浮かべる。玄関ホールの左側の廊下からは、上下深緑色の軍服を身に着けた大きな男が歩いてくるのが見えた。侍女からの知らせを聞いて急遽《きゅうきょ》降りてきたセシリオだ。

「どうしてここに？」

「どうして？　来ると伝えておいたではありませんか。それに、お父様から仕事のお手紙を預かっていますのよ？　あ、お父様はフィリップ殿下と謁見の予定が入ってしまったので少し遅れてこちらに来るそうです」

眉間に皺を寄せ訝しむセシリオに対し、マリアンネは胸元から扇子《せんす》を取り出すと口元を隠してウフフっと笑う。

それは断ったはずだ、と言いかけて、セシリオはぐっと言葉に詰まった。最後に受け取った手紙の時期を考えると、王都からこちらに移動してきたマリアンネがそれを見たとは思えない。それに、ブラウナー侯爵から仕事の手紙を預かっているならば、表向きはブラウナー侯爵家からの正式な使者だ。遠路はるばる来たところを追い返すわけにもいかない。

「旦那様、どのお部屋にご案内すれば？」

不機嫌な表情のセシリオに、ドリスがおずおずと小声で確認する。

「……二階の客間の奥の部屋を。彼女の部屋とはできるだけ離してくれ」

「かしこまりました」

セシリオは苦々しい気分で答えると、右手で額を押さえてハアッと深いため息をついた。

第三章　招かれざる訪問者

紅茶を片手にゆったりと本を読んでいたサリーシャは、ふと廊下から響く騒がしい物音に気付いた。

この屋敷は廊下が石タイルなので、足音がよく響く。セシリオによると、要塞という特性上、敵が気付かないうちに侵入してこないよう、わざとそうなっているのだという。カツンカツンと鳴る女性用の靴のような足音に、何人かが通るようながやがやとした物音。姿は見えずとも、少なくない人数がサリーシャのいる部屋の前を通り過ぎて行ったことはわかった。

「なにも聞いていないけど、今日はお客様でもいらっしゃるの？」

サリーシャは首を傾《かし》げて、部屋に飾られた花瓶の水を替えていたクラーラに尋ねた。今日も朝食をセシリオとともにしたが、お客様の話はなにも聞かなかった。

「どなたでしょう？　使用人の朝会でも聞いておりません」

クラーラも首を傾《かし》げる。朝会というのは、執事のドリスからその日の予定などを使用人全員に伝える会のことのようだ。使用人達は毎朝集まって、それを行っているという。

「では夕食のときにでも、セシリオ様に聞いてみるわ」

サリーシャが壁の機械式時計を確認すると、夕食まではあと三時間ほどある。気を取り直して再び本を読み始めようと、窓際のテーブルに手を伸ばした。

と、そのとき、テーブル越しの窓から、屋敷の馬車用の車寄せ付近に深緑色の軍服を着た大きな男が二人立っているのが見えた。ここでは深緑色の軍服を着た大男はたくさんいるが、その男性の肩に金色の肩章が付いているのが見えて、サリーシャは窓際に寄った。話し込んでいるもう一人の軍服にも肩章が付いているが、それは銀色だ。目を凝らして、そのうちの一人がセシリオであることを確認したサリーシャは目を輝かせた。

「セシリオ様だわっ」

屋敷の左側の空間に行くことのないサリーシャが昼間にセシリオの姿を見かけることは滅多にない。なんだか無性に嬉しくなって、サリーシャは部屋を飛び出した。

＊＊＊

マリアンネが本当にここアハマスに来るとは、セシリオにとって誤算だった。

表向きは父親から仕事の話——国境警備に使用する武器や火薬などの購入に関する手紙を預かって届けに来たと言っていた。しかし、手紙など、郵便業を営《いとな》む専門業者かそのための使者に託すのが普通だ。それに、数日後にブラウナー侯爵本人が来るのであれば、マリアンネがわざわざ先に来たこの来訪に、別の目的があるのは明らかだった。

「本当に来たのかよ。すげーな。ある意味、その面《つら》の皮の厚さに畏敬《いけい》の念すら湧いたよ」

マリアンネが乗った馬車を駐める位置などを指示して屋敷に戻ろうとすると、セシリオを追いかけるようにちょうど屋敷から出てきたモーリスが、呆れたような顔で立っていた。

「来るにしても今の時期はちょっとまずいよな。もちろん、お前の結婚のこともあるんだが、例の件が……」

セシリオのすぐ前まで来て顔を寄せたモーリスが、二人にしか聞こえないような小さな声で囁く。それを聞いたセシリオは、ぐっと眉を寄せ、口をへの字にした。

「ああ、想定外だ。しかも、ブラウナー侯爵まで来ると言っていた」

「そりゃ、想定外だ。もう王都にボールは渡したと思っていたんだがな。まあ、しかし、来ちまったもんは仕方がねーな」

モーリスは首の後ろに片手を当て、弱ったような顔をした。

モーリスの言う通り、マリアンネが来るのに今は非常に時期が悪い。サリーシャのこともあるが、国から調査依頼されたフィリップ殿下の婚約披露会の襲撃の件で動きがありそうなので、今はとても重要な時期なのだ。マリアンネの相手などしている暇はない。それに、マリアンネの父親であるブラウナー侯爵はよりによって……。

「閣下！」

大男二人で厳しい表情で向き合っていると、鈴を転がすような可愛らしい呼び声がした。声がした屋敷の方へ目を向ければ、サリーシャが息を切らせてこちらに駆け寄ってくるところだった。急いで来たのか、少し頬が紅潮して真っ白な肌をピンク色に染めている。

「サリーシャ？　どうした??」

セシリオは突然の婚約者の登場に首を傾《かし》げた。その途端、サリーシャがピタリと足を止め、しまったというような顔をする。みるみるうちにピンク色の肌は赤色に染まった。

「あのっ…、その……、特に用事はなかったのです。ただ、窓から閣下の姿が見えたので……」

言いにくそうに小さな声で弁解するサリーシャを見て、セシリオは目を丸くした。どうやらサリーシャは、たまたま窓から外を眺めているときに自分の姿を見つけて、特に用事もないのに飛び出して来たらしい。思いがけない愛らしい行動に思わず顔がだらしなく緩みそうになり、慌てて表情筋にぐっと力を入れた。

「そうか。ちょうどよかった。こちらが前にも話していた、モーリスだ。俺の右腕だ」

努《つと》めて平静に横にいたモーリスを紹介すると、モーリスに視線を移したサリーシャの表情がパッと明るくなる。

「まあ、あなたが。初めまして、モーリス様。サリーシャ＝マオーニですわ。母君のクラーラにもお世話になっております」

「初めまして。モーリス＝オーバンです。以後よろしく」

モーリスがサリーシャの右手を取り、軽くキスをする。セシリオは馴《な》れ馴《な》れしく触るなとその手を叩き落としたい衝動に駆られたが、そこはぐっと堪《こら》えた。静かに見守っていると、モーリスはチラリとセシリオの方を向いて、ニヤリと笑ったような気がした。

「こんな辺境までようこそ、お嬢様。こいつは今、鬼神《きしん》のごとき恐ろしい顔をしてますが、これはあなたが突然現れたことへの照れと、あなたと仲良く喋る俺への嫉妬心を燃やしているだけなので怖がらないでやってくださいね」

「怖くなどありません。閣下はいつもお優しいですわ」

サリーシャはキョトンとした顔で、少し首を傾《かし》げた。そして、ふふっと照れたように笑う。

殺人的な愛らしさである。数々の修羅場《しゅらば》をくぐり抜けてきたセシリオですら、一撃で致命傷を負って白旗を上げそうになり、慌てて気を引きしめた。無理に顔の緩みを直そうとしたため、ますます眉間に皺が寄った。

「ほう？　これはこれは。へぇ、ふーん……。じゃあ、俺は戻るよ。お二人はごゆっくりどうぞ」

モーリスが片手を上げてそう言った。笑いを噛み殺したようなニヤニヤした表情を浮かべて。後で覚えていろよ、とセシリオはモーリスを忌々《いまいま》しげに睨み据える。

「あの……、わたくし、お仕事のお邪魔をしてしまいました。申し訳ありません」

しばらく屋敷の方を睨み据えていると、落ち込んだようなサリーシャの声がしてセシリオはハッとした。目を向ければ、サリーシャは目を伏せて、手で自身のドレスのスカートを握りしめている。

「いや、全くもって邪魔ではない」

「でも、閣下は今、怒ったお顔をされています」

サリーシャの眉尻が困ったように下がったのを見て、セシリオは自分がどんな表情になっているか今更ながら気付いた。しかし、表情筋の緩みを隠し通すためにこの表情を崩すわけにはいかなかった。

「仕事のときは大抵この顔だ」

「まあ……、そうなのですか？　大変なお仕事ですわね」

サリーシャは本当に心配している様子で、眉をひそめてセシリオを見上げた。それを見て、もうだめだと思った。サリーシャが可愛らしすぎるのが悪い。どうやったって勝てそうにない。根性の表情筋の酷使《こくし》も虚《むな》しく、セシリオは声を上げて笑った。

「どうかされましたか？」

サリーシャが目をまん丸にしてセシリオを見上げる。セシリオはくくっと肩を揺らした。

「いや、きみは本当に可愛らしいと思ってな」

そう言った途端にサリーシャの顔は、耳まで真っ赤になる。セシリオはそんなサリーシャの頬に手を伸ばし、そっと撫でた。滑らかで柔らかい感触が、指先から伝わってくる。赤くなっているせいか、いつもより少し熱をもっていた。

「……明日は無理なのだが、明後日であれば半日くらい時間が取れそうだから、約束していたようにデオに乗って出かけようか？」

「本当ですか？　行きたいです！」

「では、決まりだな」

サリーシャの表情が、大輪の花が咲いたかのように綻び、瑠璃色の瞳が歓喜の色に染まる。セシリオはその様子を愛しげに見つめ、瞳を優しく細めた。

＊＊＊

サリーシャは鏡の前で自分の姿を確認した。

流れる金糸のようだと例えられる金色の髪は、簡単に結い上げて髪飾りを飾るだけで、途端に上品な夜会スタイルが出来上がる。身に着けたドレスはマオーニ伯爵邸から持参した少しだけ飾りの多いもので、Aラインのスカートは美しく裾に向かって広がっている。Vネックになった襟元から覗く首の白さと紺色のドレスは対照的でよく映えており、背中はしっかりと上まで隠れるデザインになっていた。

「おかしくないかしら？」

「とてもお綺麗です」

鏡越しにノーラに尋ねると、ノーラは口の端をしっかりと上げ、にっこりと微笑んだ。

今日の昼間、来客があったらしいことはサリーシャもその気配で気付いた。先ほどセシリオに聞いた話では、ブラウナー侯爵家のご令嬢が仕事の書類を届けに訪問したと言っていた。今夜はそのブラウナー侯爵家のご令嬢の歓迎のため、いつもよりは豪華な晩餐にすると聞いたので、少しだけ着飾ってみたのだ。

耳元に、ドレスと同じくマオーニ伯爵邸から持参したサファイアのイヤリングを飾りながら、サリーシャは記憶をたどっていた。

ブラウナー侯爵家のご令嬢、マリアンネとは何回も王都の舞踏会や夜会で顔を合わせたことがある。サリーシャより少し年上の二十二歳で、艶やかな栗色の髪と大きな茶色の瞳が魅惑的な、美人だった。そして、サリーシャ同様に、今年二十歳を迎えたフィリップ殿下のお妃候補としてもっとも有力視されていた一人だった。

フィリップ殿下と長らく一番親しくしていた女性は間違いなくサリーシャだったが、フィリップ殿下のお妃候補はサリーシャの他にも十人以上いた。そして、その中で侯爵令嬢という申し分のない身分で、なおかつあれほどの美しさを持つ女性はマリアンネしかいなかった。

当時、サリーシャは他のお妃候補のご令嬢達はライバルなのだからと、マオーニ伯爵より接触することを禁じられていた。直接言葉を交わしたことはないが、脳裏に蘇るのはいつも自信に満ちた様子で微笑を浮かべている、華やかな美女だ。

イヤリングを着け終えると、今度は同じデザインのサファイアのネックレスに手を伸ばす。サリーシャは、一体マリアンネはどんな人なのだろうと少しわくわくした気分の高揚を感じながら、首に飾った青い輝きを見つめた。

＊＊＊

晩餐の会場は、屋敷の一階に位置する接客用の晩餐室だった。サリーシャはまだ入ったことのない部屋だ。時間の少し前に階下に降りると、ちょうどセシリオも仕事を抜けて来たところのようで、軍服姿で前を歩く姿が見えた。

「閣下」

サリーシャは小さく呼びかける。

さほど大きな声ではなかったにもかかわらず、セシリオはくるりとこちらを振り返った。そして、サリーシャの姿を目に留めると、少しだけ目をみはった。

「マリアンネ様の歓迎晩餐会《かんげいばんさんかい》とお聞きしたので、少しだけお洒落をしてみました。どうでしょう？」

サリーシャは両手でスカートの端を摘《つま》み、何回も練習した淑女の礼をしてみせる。顔を上げると、なぜかセシリオは眉間に皺を寄せ、難しい顔をしていた。

「閣下？」

サリーシャはセシリオの様子に、自分がなにかまずいことをしでかしたのかと狼狽《うろた》えた。セシリオはサリーシャを見つめたまま、コホンと咳払いをする。

「サリーシャ。今日はモーリスも出席する」

「はい。もちろん、知っております」

サリーシャはコクンと頷く。その話は先ほど晩餐会を行《おこな》うと聞いたときに、聞いている。

「こんなに美しいきみの姿をあいつに見せるのは腹立たしいな」

「はい？」

聞き間違えかと思わず聞き返したが、セシリオはそれに答えることはなかった。忌々しげな様子で舌打ちすると、気を取り直したようにサリーシャに片手を差し出した。

サリーシャはセシリオの顔とその手を交互に見比べ、おずおずとそこに自らの手を重ねる。手と手が触れ合った瞬間、しっかりと握られたそれがグイッと引かれ、少しよろけたサリーシャはセシリオに抱きとめられるような格好になった。大きな体に包まれるように、力強く腰を支えられた。

「とても綺麗だ。俺が独り占めしたいくらいに」

「っ！　ありがとうございます」

耳元に口が寄せられ、直接吹き込むように囁かれる。サリーシャは全身がカアッと熱くなるのを感じた。サリーシャは元は社交界で『瑠璃色のバラ』とうたわれた身だ。男性からの甘い言葉など聞き慣れているはずなのに、セシリオから直接的な褒め言葉を囁かれると、どうにもうまくかわせない。

セシリオは真っ赤になったサリーシャを見つめると、愛おしげに抱き寄せてこめかみにキスをした。

「おい、セシリオ。イチャイチャするのは結構だが、後ろが詰まってる。そういうことは私室でやってくれ」

そのとき、呆れたような声が後ろからして、サリーシャは飛び上がるほど驚いた。振り返ると、軍服を着たモーリスが気まずそうな顔をして立っていた。

「ここは俺の屋敷だ」

「そりゃ、そうなんだが。さすがに目のやり場に困る。もうすぐマリアンネ嬢が来るぞ」

「むしろ、見せつけるべきだな」

「なるほど。そういう作戦か」

やれやれといった様子でモーリスが肩を竦める。

平然とした様子のセシリオに対し、サリーシャは顔から火が出そうだった。慌ててセシリオから離れようとしたが、腰に回った手の力が強すぎて離れられない。サリーシャはしばらく無言でその腕と格闘したが、最終的には逃れることは無理だと悟り、セシリオに抱き寄せられたままでしずしずと晩餐室へと向かったのだった。


晩餐室に入ったサリーシャは、部屋の中を見渡した。幅五メートル、奥行き十メートルほどの部屋の中には、中央に長細い形をした木製の重厚なダイニングテーブルが置かれ、その周りには椅子が十脚置かれていた。マオーニ伯爵邸にもあった接客用ダイニングルームとよく似た造りだ。

部屋の両隅にはプレートアーマーの飾り鎧が一領《いちりょう》ずつ置かれており、壁には馬に乗って剣を掲げる軍人達のタペストリーが飾られていた。そして、テーブルの中央には大きな装花があり、室内を華やかに彩《いろど》っている。

サリーシャ達が部屋に入りしばらくすると、廊下をカツカツと鳴らす足音が聞こえた。徐々にその足音が近づき、間もなく開いたドアの向こうからマリアンネが現れる。

「ごきげんよう、セシリオ様、モーリス」

マリアンネは部屋に入るなり、眩《まばゆ》いばかりの笑みを浮かべて完全なる淑女の礼をした。

サリーシャはその姿を見て少なからず驚いた。サリーシャも今夜は少しお洒落をしてきたが、マリアンネの衣装はその比ではなかった。王都で流行していたオフショルダーのシルク製の黄色いドレスは、たっぷりとレース飾りが施され、随所にクリスタルが縫いつけられていた。マリアンネの動きに合わせてそれらがキラキラと幻想的に輝きを放つのだ。

胸元と耳に飾られているのはダイヤモンドだろうか。透き通った石は、上から吊るされた小さなシャンデリアの光を受けて圧倒的な存在感を放っている。

そして、しっかりと施された化粧は一切の隙がなく、髪もまるで王宮の舞踏会に行くがごとく美しく結われていた。

「マリアンネ。こちらは俺の婚約者のサリーシャだ」

セシリオがサリーシャの肩を抱き、マリアンネに紹介した。

「よろしくお願いします、マリアンネ様。王都ではお姿を拝見していたのですが、ご挨拶が遅れて申し訳ありません」

サリーシャはスカートの端を摘み、ペコリと挨拶をした。

「ごきげんよう。……婚約者……ね」

マリアンネは小さく呟くと、値踏みをするように上から下までジロジロとサリーシャに視線を這わせた。サリーシャは幾分かの居心地の悪さを感じて、困惑した。この視線は、王都でフィリップ殿下の隣にいたときによく感じたものだ。

「立っているのもなんだし、座ってくれ」

セシリオの声掛けで居心地の悪い時間が終わる。

サリーシャはホッと胸を撫で下ろして椅子に腰をおろした。しばらくすると食事が運ばれてきたが、それはいつもの食事とは違い、きちんとしたコース料理だった。前菜は根菜のムース仕立てと、野菜とレバーの二種類のテリーヌだった。その食事を口に運びながら、会話は和《なご》やかに進んでいく。

「ここは昔と変わらないわね。とても懐かしいわ」

「ああ、そうだな。物の流通も増えてきて、町の人口もすっかり戦争前と同じレベルまで回復した」

マリアンネが懐かしそうに目を細めると、セシリオが頷いて相槌《あいづち》を打つ。サリーシャが見る限り、マリアンネとセシリオ、モーリスは旧知の仲のようだった。サリーシャの知らない話題も多く、サリーシャはほとんど会話に参加することができなかった。

「サリーシャ様、素敵なドレスですわね」

ふと会話が途切れたときにマリアンネに微笑みかけられ、サリーシャはパッと表情を明るくした。

「ありがとうございます。父が新調して持たせてくれたのです」

「そう。本当に素敵だわ」

そう言ってマリアンネは一旦言葉を切った。そして、少し小首を傾《かし》げる。

「でも、最近はVネックよりオフショルダーの方が人気が出てきてますのよ。サリーシャ様は肌が白くてお綺麗だから、似合うと思いますの」

「え……」

聞き間違えかと思い、サリーシャは絶句したままマリアンネをまじまじと見つめた。マリアンネはにこにこと笑顔を浮かべている。

サリーシャはそのとき、にっこりと微笑むマリアンネから明確な悪意を感じ取った。サリーシャがフィリップ殿下とエレナを庇って背中に重傷を負ったとき、マリアンネはサリーシャと同様に王太子妃候補としてその場にいた。サリーシャが背中に醜い傷を負っていることを知らぬはずがないのだ。

「俺はサリーシャにはこのような控えめなデザインの方が似合うと思うが」

青ざめてなにも答えられないサリーシャの横から、セシリオが口を挟んだ。そして、サリーシャの方を向いて目が合うと優しく微笑んだ。

「それに、美しい肌を晒してはあらぬ虫が寄ってこないとも限らない。きみの肌を直接見るのは俺だけでいい」

「そうだな。舞踏会会場で怪我人を出さないためにも、俺もそれがいいと思うぜ。お嬢様はできるだけ肌を隠した方がいい」

正面に座るモーリスも納得したように頷くと、ニヤリと笑った。マリアンネは一瞬だけ顔をしかめたが、すぐに何事もなかったかのようににっこりと微笑んだ。

「まあ。これはセシリオ様のお好みでしたのね。わたくしったらなにも知らずに、失礼を申し上げました」

「いいえ、お気になさらずに……」

サリーシャは引き攣りながらもなんとか笑みを返す。一体目の前のこの女性がなにを考えているのかわからず、空恐ろしいと思った。

「ところで、久しぶりにここに来たのですから、城下を見て回りたいわ。セシリオ様、明日にでも案内してくださいませ」

マリアンネは斜め前に座るセシリオに話しかける。サリーシャはそれを聞いてセシリオに視線を向けた。確か、明日は用事があるようなことを言っていた。

「明日？　明日はちょっと、都合が悪いな……。誰か別の者に案内させよう」

「別の者？　せっかくなのですから、セシリオ様に案内していただきたいわ。明日がだめなら、明後日は？」

「明後日ももう予定が入っている」

「まあ！　せっかくはるばる遠くから来ましたのに、案内もしてくださらないなんて。昔は馬に相乗りでよく色んなところを見せてくださったじゃないですか」

「……それは、ずっと昔の話だ」

セシリオが低い声で小さく呟く。

サリーシャは、よくわからないがこの場の空気が悪い方向に向かっていることは感じ取った。それに、マリアンネがセシリオが案内すると言うまで引く気がないことも感じ取り、なんとかしなければと思った。

「あのっ！　明後日であれば、わたくし達のお出かけにご一緒していただいてはいかがでしょう？」

自分でも、なぜこんなことを言ってしまったのかわからない。ただ、この場のピリピリした雰囲気をなんとか収めなければと思った。

「あら、明後日はお二人でお出かけの予定が？　なら、ちょうどいいわ。わたくしもご一緒させてくださいませ」

マリアンネがさも名案とばかりに、にっこりと微笑む。対して、セシリオは苦虫を噛み潰したような表情を浮かべていた。

「……本当にいいのか？」

「もちろんです」

探るような口調でセシリオに問いかけられ、サリーシャは笑顔で頷く。

本当は、二人で出かけたかった。けれど、この場で「やっぱり、嫌です」と言い出せるほどの無神経さをサリーシャは持ち合わせていなかった。

「……わかった。きみがそれでいいなら、そうしよう」

ため息をつくようにそう言われ、サリーシャは自分はなにか間違ったのだろうかと不安になり、顔を俯かせた。

食事が終わった後、セシリオはサリーシャとマリアンネを伴《ともな》って二階の客間に送り届けてくれた。二人とも滞在する部屋は屋敷の二階に位置していたが、サリーシャの部屋の方が階段から近いので、先に到着した。

「おやすみ、サリーシャ」

「おやすみなさいませ。閣下、それにマリアンネ様」

「おやすみなさいませ」

部屋の前でサリーシャは小さくお辞儀する。マリアンネがいるのでいつものような抱擁はなく、あっさりとした別れだ。去って行くセシリオの後ろ姿を見送りつつパタンとドアを閉めると、シーンとした部屋にはドア越しに、遠ざかってゆく足音がかすかに聞こえた。

「これ、渡せなかったわ」

部屋で一人椅子に腰掛けたサリーシャは、ハンカチを眺めながら小さく独りごちた。今夜、セシリオにこれを渡そうと思っていたのに、二人きりになる機会がなくて渡しそびれてしまった。手元にあるそのハンカチに刺繍された『C』の形を指でなぞると、指先に糸の膨《ふく》らんだ感触がした。

サリーシャはそのハンカチを眺めながら、先ほどの晩餐会のときのことを思い返した。マリアンネとセシリオ、モーリスは間違いなく旧知の仲ようだ。それも、マリアンネは子どもの頃の話などもしていたので、ずっと昔からの知り合いだ。

「馬に相乗りで出かけたと言っていたわね」

サリーシャはじっとその刺繍の軍馬を見つめた。

相乗りした馬はセシリオのデオだろうか。どんな状況で相乗りしたのだろう。それを思うと急速にもやもやしたものが胸に広がっていく。昔のことを蒸し返しても仕方がないことはわかっている。それなのに、嫉妬せずにはいられない自分がいた。

「親戚ではないと思うし、どういうご関係なのかしら？」

親しげに昔話をする三人の様子を思い返し、サリーシャは一抹《いちまつ》の寂しさを感じた。

＊＊＊

翌日は前日とは打って変わって、朝からしとしとと降り続く雨だった。

朝食を終えたサリーシャが部屋に戻り窓から外を覗くと、外はぼんやりと白く霞《かす》んでいた。いつもならはっきり見える領主館を取り囲む高い塀も、今日は少しぼやけている。すぐ斜め下に見える馬車寄せの地面には水溜まりができており、降り続く雨粒が水面をしきりに揺らしている。

こんな日はお散歩にも行けない。サリーシャはもう一枚残ったハンカチの刺繍を進めるか、本を読むかで迷い、結局本を読むことにした。一日は長いので、刺繍は午後からでもいいだろう。こういうとき、アハマス領主館の大きな図書室は非常にありがたい存在だ。

「ノーラ。わたくしは図書室に行こうと思うのだけど、一緒に行く？」

サリーシャはベッドメイキングをしていたノーラに声を掛けた。ノーラは緩んだ布団のカバーをピシッと伸ばしてセットしながら、首を横に振ってみせた。

「わたくしはもう少しやることがございますので、どうぞお気にせずに行かれてください。早く終わればそちらに向かいます」

「そう？　わかったわ」

やるべき仕事を中断させてまで図書室に付き合わせるのも心苦しい。サリーシャは作業するノーラを部屋に一人残し、図書室へと向かった。

どれくらい書架に並ぶ本を眺めていただろうか。図書室にはやはり、最近の本も何冊か置かれていた。多いのは領地経営に関する本や軍の指揮に関する本で、それらはきっとセシリオが読むものだろう。ただ、それとは別に女性向けの恋愛小説もちらほらと混じっていた。

「これにしようかしら」

サリーシャは一冊の本を本棚から抜き取った。

『窓際の恋人』と書かれたその小説は、読んだことはないが、とても人気があるお話なので話題として聞いたことがある。針子をしている町娘が、毎日決まった時刻に通りかかる配達員の青年を作業場の窓から見かけるうちに恋をするお話だ。表紙には窓から外を覗く若い娘の姿が描かれており、題名の下に記載された発刊年は今から八年前だった。

その本を持って部屋に戻ろうと出口に近づいたサリーシャは、そのドアが先にカチャリと開いたので足を止めた。そして、そこから顔を覗かせた人物を認めて、少しだけ目をみはった。

「マリアンネ様？」

そこには、朝食のときと同じ水色のドレスを着たマリアンネが立っていた。昨日の晩餐のときほどではないが、レースがたっぷりと付いた豪華なドレスだ。

「あら。サリーシャ様」

マリアンネの方も少し驚いたように目をみはったので、ただ単に暇潰しに本を選びに来ただけのようだ。マリアンネはサリーシャより格上の侯爵令嬢だ。サリーシャはすぐに頭を少し下げてお辞儀をした。

「本を選んでましたの。わたくしはもう選び終わりましたので、どうぞごゆっくり」

サリーシャはそう言うと、マリアンネの横をすり抜けて部屋に戻ろうとした。しかしそのとき、マリアンネがサリーシャを呼び止めた。

「待って、サリーシャ様。ちょっとよろしくて？」

「はい？」

サリーシャは戸惑いつつもそこで立ち止まった。マリアンネは視線を左右に走らせてぐるりと図書室の中を見回すと、廊下と繋がるドアを後ろ手でパタリと閉じた。

「あの……、どうかされましたか？」

「わたくし、少しだけサリーシャ様とお話がしたかったの。ちょうどよかったわ。あそこに椅子があるから、少し座らない？」

マリアンネはにこりと笑ってみせると、図書室に設えられた小さなテーブルと、テーブルを挟んで向かい合う一人掛けソファーのセットを指さした。

そして、返事を聞くことなく先に自分がそこに腰をおろしたので、サリーシャもおずおずとそれに従いマリアンネの前に腰をおろした。


改めてマリアンネと向き合って彼女を近くで見たサリーシャは、マリアンネのことを妖艶《ようえん》な美女という言葉がぴったりの人だと思った。

緩くカールした栗色の髪は艶やかで、今日も昨日と同じくオフショルダーの大きく開いたドレスを着ている。真っ白な胸元からは豊かな谷間が覗いており、ドレスの水色により、余計に肌の白さが引き立っていた。大きなこげ茶色の瞳は自信に満ちており、紅がひかれた真っ赤な唇はぷるんとして魅惑的だ。

「それで、お話とは？」

「お久しぶりね、サリーシャ様。ここでお会いする以前にお見かけしたのは王都でのフィリップ殿下の婚約披露のとき以来かしら？」

「そうですわね」

サリーシャは小さく頷いた。

マリアンネは視線を移動させてサリーシャのひざに置かれた本を見つめると、「それ、懐かしいわ」と呟いた。サリーシャもつられて今さっき見つけてきた、ひざの上の本に視線を落とした。

「この本をお読みになったことが？」

「ええ。だって、その本、わたくしのためにセシリオ様が買ってくださったのだもの」

「マリアンネ様のために？」

マリアンネのためにセシリオが買ったという意味がよくわからず、サリーシャは眉をひそめた。

マリアンネはゆったりとした動作で窓の外の雨が降る様を眺めると、ほうっと小さく息を吐く。

窓の外ではしとしとと小雨が降り続いていた。

「──ねえ、婚約披露があった日、ならず者が事件を起こしたでしょう？」

「はい……」

「あれね、ダカール国が怪しいんですって。お父様が言ってたわ。陰で糸を引いてる可能性が高いの」

マリアンネはなんともないことのように、恐らくは国家機密にすら当たるであろう秘密事項を言い放つ。

サリーシャは、突然マリアンネが話し始めた話題に面食らった。図書室でわざわざ呼び止めてきたと思えば、この人は一体なんの話を始めるのか。マリアンネはそんなサリーシャの様子に構うことなく、話を続けた。

「ダカール国と戦争になれば、間違いなく前線はここ、アハマスになる。セシリオ様は軍を率《ひき》いる将軍の役目を負うわ。ところで、わたくしの実家のブラウナー侯爵家は、タイタリア王国一の武器・防具を扱う商社を経営しておりますの。つまり、国防軍を担うアハマス辺境伯家と兵器を扱うブラウナー侯爵家は切っても切れない関係なのよ」

サリーシャは、無言のままマリアンネを見つめた。やはり目の前の人がなにを言いたいのか、さっぱりわからなかった。マリアンネは喋りながら持っていた扇を弄《もてあそ》んでいたが、ふぅっと息を吐くとサリーシャを見つめてニコリと笑った。

「わたくし、昔、セシリオ様と婚約してましたのよ。たぶん、セシリオ様は言わないでしょうから、サリーシャ様は知らなかったかもしれませんけど」

「え？」

サリーシャは、元々大きな目を、更に大きく見開いた。マリアンネはチラリとサリーシャのひざの上の本を見た。

「そちらの本も、そのときにセシリオ様から贈られたものです。わたくしには不要ですから、ここに置いていきましたのよ」

目の前のこの女性が言ったことが、よく理解できなかった。マリアンネは笑顔のまま、持っていた扇をパシンと開くとゆっくりとそれを口元に近づけた。

「ご存知の通り、今は違いますわ。色々あって解消しましたの。――サリーシャ様はついこの間までフィリップ殿下の有力な婚約者候補、その後はチェスティ伯爵との婚約が内定したと社交界で話題でしたのに、いつの間にかセシリオ様の婚約者になっていらっしゃるのね」

「……なにが仰りたいのですか？」

「あら、嫌だ。そんな怖いお顔しないでくださいませ」

表情を強張らせたサリーシャを見て、マリアンネはふふっと笑った。

「つまり、アハマス辺境伯家にとって、ブラウナー侯爵家ほど理想的な婚姻の相手はいませんの。サリーシャ様がセシリオ様と結婚して、なにかセシリオ様にメリットはありますか？」

「――メリット？」

「婚約など、何度だって覆《くつがえ》るのです。より、条件のいい方にね。サリーシャ様はそのことを、よくご存知でしょう？」

雨は先ほどより勢いを増し、音をたてて窓を叩いている。その後もマリアンネはなにか言っていたようだが、サリーシャにはほとんどなにも聞こえなかった。

＊＊＊

どこまでも抜けるような青い空、頬を撫でるのは爽やかな風。なのに、サリーシャの気分は晴れなかった。

前に目を向ければ、弾けんばかりの笑みを浮かべたマリアンネがセシリオに寄り添っており、その腕は逞しい腕に回されている。はたから三人を見れば、どう考えてもサリーシャが邪魔者だろう。もしかすると、侍女だと思われているかもしれない。

「セシリオ様。わたくし、あそこのお店が見たいですわ」

甘えたような声でマリアンネが少し離れた小物屋を指さした。

セシリオに絡めている腕を引いたようで、セシリオもそちらの方へ足を進める。サリーシャがそちらに目を向けると、そこはちょっとした小物を売っているお店のようで、髪飾りなどのアクセサリーから小さな小物入れなど、様々なものが置かれているのがガラス越しに見えた。

サリーシャがぼんやりとその様子を眺めていると、セシリオがくるりと振り向いた。心配そうな表情でこちらを見ているので、サリーシャは大丈夫だと示すように笑顔で頷いてみせる。それでも少し眉をひそめたままこちらを見つめるセシリオを心配させないように、サリーシャは慌ててその後ろを追いかけた。

「サリーシャ、手を」

セシリオが近づいてきたサリーシャに空いている手を差し出す。けれど、サリーシャは無言でその手を見つめて、小さく首を横に振った。

「三人横に並ぶと道の邪魔になってしまいますわ」

「きみを一人にはできない。それに、昨日の雨で足元が悪い」

セシリオが顔をしかめる。

「でも、マリアンネ様を一人にするわけにも参りません」

サリーシャは困ったように首を傾《かし》げる。

さっきからずっとこの繰り返しだ。

小さな声で今日何度目かのお決まりの台詞を告げると、セシリオはぐっと眉を寄せて最終的には有無《うむ》を言わせずサリーシャの手を握った。

「閣下。邪魔になってしまいますわ」

「では、邪魔にならないようにもっとくっついてくれ」

セシリオは手を離す気はないようで、ぶっきらぼうに言い放った。力が強すぎて、握られた手が少し痛い。けれど、しっかりと握られたその手に「きみのことは忘れていない」と言われている気がして、サリーシャは弱くその手を握り返した。

小物屋で、マリアンネは大量の小物をセシリオにおねだりしていた。遠くから久しぶりに来たのだからお土産を、と言われると、セシリオも断りにくいようだ。ましてや相手は仕事で強いパイプのある侯爵令嬢、ないがしろにできないのも理解できる。サリーシャはその様子をまたぼんやりと眺めていた。

「サリーシャ。きみはなにか欲しいものはないのか？」

セシリオに尋ねられて、サリーシャは小さく首を振った。

「いえ、大丈夫です。必要なものは揃っていますわ」

「本当に？　きみは慎ましすぎて困る。きみにもなにか買ってあげたいんだ」

「でも、揃ってますから」

サリーシャの言葉に、セシリオは本当に困ったように肩を竦めてみせた。

＊＊＊

屋敷に戻ってきてからも、サリーシャの気分は晴れないままだった。

本当だったら今日はセシリオと二人で馬に相乗りして出かけるはずだった。それなのに、相乗りはもちろんのこと、ろくに話すことすらできなかった。回った行き先だって、全てマリアンネが行きたがった場所だ。

マリアンネは外出中、ずっとセシリオの腕に手を回したまま離そうとしなかった。侯爵令嬢であるマリアンネをサリーシャが押しのけることはできないし、セシリオも無下《むげ》にすることはできない。仕方がないとはわかっていても、胸にもやもやしたものが広がっていくのを感じた。

部屋にいるのがなんとなく嫌で、とぼとぼとサリーシャが向かった先は中庭だった。

八割がたの造園作業が完了した中庭は、見事にかつての美しさを取り戻していた。苔がむしていた階段は真っ白な石に置き換えられ、小径も小さなブロックを組み合わせたものに作り替えられた。元々あった木々はそのままに、低い位置には小さな花が追加で植えられ、小径の両脇を色とりどりに彩っている。その小径の先には木製のガゼボが設置され、その中には小さなテーブルと椅子のセットも置かれた。

そして、サリーシャが一番こだわった場所は庭園の一番端にあった。芝生の広場の一角に、一見すると四角く植栽《しょくさい》が施されている。しかし、その植栽はL字を二つ組み合わせたような形をしており、真ん中は外から見えないようになっているのだ。

その中に入ったサリーシャはひざを抱えて座り込んだ。足元の芝生を見つめながら脳裏に蘇るのは、昨日、マリアンネから言われた言葉だ。

『婚約など、何度だって覆るのです。より、条件のいい方にね』

それが意味するのは即《すなわ》ち、サリーシャとセシリオの婚約など簡単になかったことにできるということだ。そして、武器などの兵器を扱うブラウナー侯爵家が国防を担うアハマスにとって、とても重要な存在であることはサリーシャにもよくわかった。

サリーシャには、マリアンネとセシリオの婚約がなぜ解消になったのかはわからない。けれど、それを聞いて色々と納得したことも多かった。

図書室で最近の女性向けの本があったのは、間違いなくマリアンネのためだ。幼いときから何度も会っていたのも、婚約者だったからだろう。それに、セシリオと相乗りして出かけたというのも……。

セシリオは以前、婚約者に優しくするのは当然だと言った。彼はマリアンネにも自分に接するかのように優しく接したのだろうか。柔らかく微笑み、抱きしめたのだろうか。それを思うと、嫉妬でおかしくなりそうだった。

「サリーシャ」

一時間はそうしていただろうか。サリーシャは自分を呼ぶ低い声に体をびくりと震わせた。もう日が沈みかけ、中庭を囲む壁の一面がオレンジ色に染まっている。

「サリーシャ？　こんなところでなにをしてる？　皆が、外出から戻った後にきみの姿が見えないと心配している。そろそろ冷えるから、戻ろう」

「――戻りたくありません」

「サリーシャ？」

サリーシャを探しに来たであろうセシリオは、少し棘《とげ》のある言い方に困惑したように立ち止まった。そして、サリーシャを無言で見下ろすと、スッとサリーシャの前にひざをついた。

「今日は悪かった。やはり、マリアンネの件は俺がきっぱりと断るべきだった」

「いいえ、わたくしはなにも気にしてませんわ」

口から出るのは心にもない言葉だ。なんと可愛いげのない女なのだろうと、自分でも呆れてしまう。それを聞いたセシリオは、サリーシャを見つめたまま少しだけ眉をひそめた。

「俺が気にしている。きみには悪いことをした。……それに、俺はきみと二人で出かけたかった」

ひざを抱える手を取られ、サリーシャは足元を見つめていた視線をゆっくりと上げた。ヘーゼル色の瞳はまっすぐにサリーシャを見つめている。

「俺はきみと二人で出かけたかったんだ」

サリーシャに言い聞かせるように、セシリオがもう一度そう言った。

その言葉を聞いたとき、抑えていた気持ちが堰《せき》を切ったように溢れ出てきた。

本当はサリーシャだって二人で出かけたかった。一緒に馬に乗りたかった。休みがほとんど取れないセシリオと半日過ごせるのを、どんなに楽しみにしていたか。感情が長雨の後の河川《かせん》の濁流のごとく押し寄せ、大きなうねりとなって一気にサリーシャを覆い尽くした。

「わたくしだって閣下と二人で出かけたかったです！　すごく楽しみにしてたのに！　婚約者はわたくしなのに、まるでわたくしが邪魔者みたいでしたわ！　マリアンネ様ったらずっと閣下にくっついていらっしゃるし！　馬にも乗れないし！」

ぼろぼろと零れ落ちる涙とともに、一度口から飛び出した不満は次から次へと溢れ出し、止まることを知らない。涙ながらに怒り出したサリーシャを見つめながら、セシリオは驚いたように目を丸くしていた。そして、一通りの不満をぶちまけたサリーシャがはぁはぁと息を切らしていると、優しく抱き寄せてポンポンと背中を叩いた。

「ああ、俺が悪かった。きみの優しさに甘えてしまった。すまない。……埋め合わせに、今からデオに乗りに行こうか？」

「今から？」

サリーシャは驚いて顔を上げた。まだ暗くはないが、だいぶ日が傾いている。壁の色は既にオレンジから赤に変わってきていた。出かけるには少し遅すぎるし、もう少ししたら夕食の時間になる。

「でも、もうすぐ夕食の時間ですわ」

「またきみはそうやっていい子になる。一緒に馬に乗りたかったのだろう？　こんなに怒るくらい」

「……乗りたかったわ」

「じゃあ、行こう。この時間にはこの時間のよさがある」

セシリオはすっくと立ち上がると、サリーシャの手を引っ張り上げ、立ち上がらせた。そのまま力強くサリーシャの手を引き、迷うことなく歩きだすと厩舎へと向かう。

「ドリス、夕食は遅くなる。マリアンネには先に食べてもらってくれ」

屋敷の入り口付近でドリスに会い、セシリオは短く要件を伝えた。ドリスは目をぱちくりとさせると、すぐになにかを察したように柔らかく微笑んで「かしこまりました」と、お辞儀をした。

「急ごう。間に合わなくなる」

セシリオはサリーシャの手を引いて少し早歩きするように促した。アハマス領主館はとても広いので、厩舎もそれなりに離れているのだ。

「なにに間に合わなくなるのです？」

「行けばわかる」

セシリオは振り向いてサリーシャの顔を見つめると、意味ありげに口の端を上げた。

そうしてデオに乗って連れられてきた小高い丘に到着したとき、サリーシャはそこから見える景色に息を呑んだ。遥か遠くまで見渡せる景色は、まるで円盤のようにぐるりと丸く地平線が見えた。黒い影のように見える地上に対し、真っ赤に染め上げられた空。その空は上に行くにつれて青さを増し、何重にも絵の具を重ねたかのような複雑な色彩を放っていた。

近くには町が広がっているが、その向こうには森林の緑が広がっている。更に先には、サリーシャがいた王都があるのだろう。

「……すごい。綺麗だわ」

「そうだろう？　晴れた日の、この時間帯にしか見られない。間に合ってよかった」

セシリオは夕焼けに染まる景色を見つめながら、目を細めた。そして、デオから降りると、サリーシャのことも地面にそっと降ろした。大きな石がゴロゴロとした足元の悪い丘に立ち、サリーシャはおずおずとセシリオを見上げた。

「マリアンネ様とも、デオに乗ってここへ来たのですか？」

「マリアンネと？　いや、来ていないが？」

「でも、以前はよく相乗りして出かけたと仰っていました」

沈んだ声でそう言ったサリーシャを見て、セシリオは驚いたように目をみはった。そして、耐えきれないといった様子で肩を揺らし始めた。

「マリアンネとよく相乗りしたのは、まだ彼女が十歳くらいの頃だ。デオがまだ産まれる前だ」

「……そうなのですか？」

「ああ、そうだ」

「閣下はマリアンネ様と婚約していたって……」

「昔にな。マリアンネが生まれたときに、父親同士が決めた。だが、昔のことだ」

セシリオはゆっくりと大きな手を伸ばすと、サリーシャの頬を包み込んだ。ヘーゼル色の瞳でサリーシャのことを覗き込む。

「それで拗《す》ねていたのか？」

優しく見つめられ、止まっていたはずの涙がまたぽろりと零れ落ちた。

「……閣下は……、わたくしと婚約解消してマリアンネ様とまた婚約されるのですか？」

「なにを、バカなことを。そんなことをするわけがないだろう？」

セシリオの眉が不愉快げに寄る。

「でも、マリアンネ様のご実家はアハマスに欠かせない存在だって……」

「サリーシャ。マリアンネからなにを聞いてどう思ったのかは知らないが、俺はきみと結婚したいと思っている。他の誰とでもなく、きみとだ」

両頬を包まれたまま、セシリオの顔が近づき、不意に唇に柔らかなものが触れた。サリーシャは驚きで目を見開いた。鼻と鼻がぶつかりそうな近距離で、ヘーゼル色の瞳がサリーシャを見つめている。

「それに今、きみは全身で俺を好きだと言っている」

「っ！　そんなことは！」

サリーシャは羞恥からカアッと体が熱くなるのを感じた。確かにぼろぼろと泣いて一緒に出かけたかったと拗ねるなど、セシリオを好きだと言っているようなものだ。

「そんなことは？」

「……」

「聞かせてくれ、サリーシャ。俺が信じられない？」

「いいえ、……お慕いしています」

その言葉を小さく呟いた途端、セシリオはヘーゼル色の瞳を細めて少年のように笑った。

「いいか、サリーシャ。なにも心配はいらない。きみは俺が必ず幸せにしてやる。だから、安心して愛されていていいんだ」

今まで生きてきて、誰かからこんなにも嬉しい言葉を言われたことがあっただろうか。滲む視界にもう一度大好きな人の顔が近づくのを感じ、サリーシャはそっと目を閉じた。


屋敷に戻る頃、辺りはすっかり薄暗くなっていた。セシリオはサリーシャに手持ちのランタンを持たせて明りをとると、足場に注意しながら慎重にデオを操《あやつ》る。ランタンのガラスの中では、橙色《だいだいいろ》の炎がチロチロと揺らめいていた。

「サリーシャ」

デオの背に揺られていると小さな声で呼びかけられ、サリーシャは後ろを向こうと身体を捩《よじ》った。その途端、背中にズキリと痛みが走る。痛みで顔をしかめたサリーシャは仕方なくセシリオの顔を見ることを諦めて、前を向いたまま「なんでしょう？」と尋ねた。

「マリアンネはまだしばらく滞在する。父親のブラウナー侯爵がここに来るらしいんだ。マリアンネはブラウナー侯爵がフィリップ殿下と謁見する予定だと言っていた。もしかすると、手紙でも預かってくるかもしれない」

「王室からのですか？」

「ああ。恐らく、フィリップ殿下の婚約披露の場での襲撃事件の件で、進展がある」

頭上から聞こえる言葉を聞き、サリーシャはコクンと息を呑んだ。それはまさに、昨晩マリアンネがサリーシャに言ったことだ。

「……もしや、ダカール国と戦争になるのですか？」

そう尋ねる自分の声が少し震えていることに気付いたが、この震えを止められそうになかった。

「大丈夫。心配いらない」

「でも……」

万が一戦争になれば、戦場はここアハマスになり、セシリオは総指揮官として戦場に出る必要がある。セシリオの父親である先代のアハマス辺境伯はそれで亡くなったのだ。否が応にも嫌な想像が頭に浮かんだ。

「大丈夫だ。戦争にはならない。安心しろ」

後ろにいるセシリオは、不安で押し潰されそうになるサリーシャを安心させるように、手綱《たづな》を握ったままお腹に手を回してぎゅっと抱きしめた。そうされると、なぜだか本当に大丈夫な気がしてきて、とても安心した。それと同時に、とても申し訳ない気持ちにもなった。

「――閣下。今日は申し訳ありませんでした」

「なにが？」

「だって、マリアンネ様をご一緒にと誘ったのはわたくしなのに、あのように閣下を責めて……」

「ああ、構わない。俺がもう少し、きみの気持ちを考えるべきだった」

シュンとしたサリーシャを元気づけるようにセシリオはサリーシャのお腹に回した手でぽんぽんと叩く。そして、サリーシャの首元に顔を埋《うず》めるように寄せた。耳元で囁かれた低い声が優しく鼓膜を揺らす。

「見て、サリーシャ。星が出てきた」

サリーシャはゆるりと顔を上げた。見上げた空には、半分ほど欠けた白い月が浮かんでいる。そして、そこから少し横に目を向けると、薄暗くなり始めた空にちらほらとまたたく星が見え始めていた。

「まあ、綺麗だわ」

「そうだな。きみと見られてよかった」

サリーシャの首元から顔を上げたセシリオも星を見上げる。その美しさに目を細めると、前に座るサリーシャを抱き寄せる腕に力を込めた。

＊＊＊

その日の夜、自室に戻ったサリーシャは、テーブルの上に刺繍をしたハンカチが置きっぱなしになっていることに気が付いた。せっかく今夜は二人で食事ができたのに、またもや渡しそびれてしまったのだ。

サリーシャはそのハンカチをテーブルに置くと、サイドボードの方向に歩み寄り、そこに置かれた刺繍道具ともう一枚のハンカチを見つめた。ハンカチはセシリオとお出かけした際に買った二枚のうちの一枚で、ふちにアハマスの軍服のような深緑色のラインが入っている。既に『C』の刺繍は施したのだが、いまだにモチーフが決まらずにいた。

「うーん、どうしようかしら。やっぱり剣と盾のセットかしら？」

屈強な軍人のイメージが強いセシリオにはやはり剣と盾が似合うような気がした。マオーニ伯爵から促されたとは言え、なぜ初めて会った日にシルクハットの刺繍を施したハンカチなどをセシリオに渡してしまったのか。セシリオという人を知れば知るほど、イメージとはかけ離れている。

「二枚揃ってだと、まだ何日かかかるわね……」

サリーシャはまだ『C』しか刺繍されていないハンカチを手に、頰に手を当てて独りごちた。サリーシャの刺繍のスピードは普通だとは思うけれど、剣と盾を仕上げるにはあと二、三日はかかる。

サリーシャは振り返って壁の機械式時計を見た。時刻は九時過ぎを指している。遅いといえば遅いが、夜会や舞踏会であればまだ会場で盛り上がっている時刻、それほど問題はないように感じた。

しばらく逡巡《しゅんじゅん》した後、サリーシャはハンカチを持ってそっと部屋を抜け出した。

先ほど夕食をとったプライベート用ダイニングルームも既に片付けが終了したようで、階段を登った先にある三階はひっそりと静まり返っていた。サリーシャは誰もいない長い廊下をできるだけ足音を立てないようにそっと、けれど早足で進む。初めて立つ一番奥の大きな両開きの扉の前で、緊張の面持ちでノックした。

「誰だ？」

閉じられたままの扉の向こうから聞こえてくる声は、サリーシャが聞いたことがないような硬くてひどく冷たいものだった。

「あの……、サリーシャです……」

答えながら、早くも後悔の念が湧いてきた。こんな冷たい口調のセシリオは初めてだ。やはり、ここへは来るべきではなかった。ハンカチを渡すのはまた今度にしよう。そう思って踵を返そうとしたとき、扉がカチャリと開いた。

「サリーシャ!?」

慌てた様子で扉を開けたセシリオは明らかに驚いた顔をしていた。

「申し訳ありません。こんな夜更けに非常識でした」

サリーシャは慌ててぺこりと頭を下げてそこから辞そうとしたが、それは叶わなかった。セシリオに腕を取られたのだ。

「待て。きみなら、大歓迎だ」

「わたくしなら？」

腕を取られて振り返ったサリーシャは、訝しげにセシリオを見上げた。セシリオは少しバツが悪そうな顔をしてサリーシャを見返した。

「悪い、マリアンネかと思ったんだ」

「マリアンネ様？」

その様子から、サリーシャはマリアンネが少なくとも一回は夜にセシリオの部屋を訪ねてきたのだと悟り、胸にもやもやしたものが広がるのを感じた。この様子だと恐らくセシリオは部屋には入れていないと思うが、不愉快であることに変わりはない。

「入ってくれ」

セシリオはサリーシャの背に手を添えると、自室へと促した。

サリーシャは部屋の中を見渡した。

広さはサリーシャが滞在する客間の倍程度の広さで、大きな執務机と本棚、サイドボードが置かれている。執務机の上にはなにかの書類が無造作に置かれていた。屋敷の正面から見て左側の建物にもセシリオは執務室を持っているので、これは持ち帰った仕事やプライベートのものなのだろう。

奥に目を向けると、一人用の小さなベッドと接客用のソファーとテーブルが見えた。飾られた装飾品は、やはり剣や盾だ。壁には長さや太さの違う三本の剣が横向きに並べられている。そして、壁には今入ってきたのとは違うドアがもう一つ、付いていた。

「今、侍女が出払ってるから水くらいしかないんだ。――酒は飲まないだろ？」

「はい、飲みません」

ソファーに座ったサリーシャが頷くと、セシリオはサイドボードからグラスを取り出し、手ずから水差しから水を注いだ。透明の液体が透き通ったグラスの中になみなみと揺れている。

「酔わせてみたい気もするが、また今度だな」

セシリオは口の端を上げてニヤリと笑うと、水の入ったグラスをサリーシャの前に置いた。

「それで、どうかしたか？」

自分用のブランデーを片手に持ったセシリオが隣に腰をおろす。

「あの、約束していたハンカチができたのでお渡ししようと思いまして。最近いつもマリアンネ様がいらっしゃるので渡しそびれてしまって」

サリーシャはポケットに入れたハンカチを取り出し、セシリオに手渡した。セシリオはしばらく無言でそれを眺めると、指で刺繍部分をなぞった。

「これは……デオか？」

「はい。いかがでしょう？」

サリーシャはおずおずとセシリオを見つめた。気に入ってくれると嬉しいとは思ったが、やはり緊張する。セシリオはハンカチから顔を上げると、ヘーゼル色の瞳を細めて微笑んだ。

「とても上手だ。ありがとう」

その表情を見て、サリーシャはホッと胸を撫で下ろした。

「気に入っていただけてよかったわ。もう一枚も一週間程度でお渡しできると思います」

「そうか。楽しみにしておく」

そう言ってセシリオはハンカチを自身のひざの上に置いて、サリーシャを見つめた。

「サリーシャ。これからは言いたいことがあるときは言ってくれ。もう知っているかもしれないが、俺はあまり女性の心の機微《きび》に気付くことができない。きみを我慢させたくないんだ」

「……一つだけお願いしても？」

「もちろん」

サリーシャは自分の手元を見つめてから、勇気を出して顔を上げた。ずっとこちらを見つめていたのか、セシリオのヘーゼル色の瞳とすぐに視線が絡まった。

「マリアンネ様には本を贈られたと聞きました」

そう言った途端、セシリオの顔がサッと強張った。

「マリアンネから聞いたのか？　――すまない。配慮が足りなかった。きみが来る前に全て処分するべきだったのに……」

「いえ！　本に罪はないのでいいのです！　わたくしもあれを読んで楽しめましたし」

唇を噛むセシリオを見て、サリーシャは慌てて弁解した。

「ただ……本を。わたくしも、閣下から本を贈ってほしいです」

語尾がだんだん細くなっていることには自分でも気付いた。色々なものをプレゼントされているマリアンネが羨《うらや》ましくて、だいぶ大人げないおねだりをしている自覚はある。

「本？　本だけでいいのか？　ドレスや宝石は？」

セシリオは一転して、少し拍子抜けしたような顔をした。

「ドレスと宝石は今のところ大丈夫ですわ。でも、本は読み終わったらまたすぐに新しいものが欲しくなりますから。その……、閣下にプレゼントしていただけたら、とても素敵だと思ったのです」

「そんなものなら、すぐにドリスに今人気の本を調べさせて用意しよう。きみのためなら、本屋ごと買い取ってもいい。それに、今あるのは処分して新しいのに――」

「それは多すぎますわ！　それに、処分は必要ありませんっ！」

サリーシャは慌ててセシリオににじり寄って言った。

そう言えば、初めてクラーラと会った日に、クラーラはセシリオがドレスを十着以上買おうとして止めたと言っていたのを忘れていた。きちんと見張らないと、本当に本屋ごと買い取ってしまうかもしれない。

「そうか？　遠慮しなくていいのだが……。では、リストを作るから好きな本を何冊か選んでくれ。いくらでも、贈ろう」

「はい」

勢いよく詰め寄ったので、気付けばセシリオの顔がとても近い。思った以上に近い距離に、サリーシャの胸がトクンと跳ねた。

セシリオは片手をサリーシャの頭の後ろに回すと、髪を撫でながら柔らかく微笑んだ。

「きみが俺になにか物をおねだりしてくれるのは、初めてだな」

「面倒だと思われましたか？」

「いや？　女の我儘《わがまま》は面倒だと思っていたが、きみからのおねだりは、むしろ嬉しいものだな」

そう言うと、ヘーゼル色の瞳をまっすぐにサリーシャに向けた。

「今日の俺は、色々と浮かれている」

こちらを見つめる瞳の奥に熱を孕《はら》んでいるのに気付き、サリーシャはドキリとした。ゆっくりと顔が近づくのを感じ、目を閉じるとそっと唇が重なる。最初は触れるだけだったそれは、角度を変えながら徐々に深まっていった。

鼻に抜けるような吐息が漏れる。僅かなお酒の味と、ふわりふわりと浮つくような高揚感。遠くからカツンカツンと、何か固いものを鳴らすような音がした。

トントンと木を叩くような音。

突如セシリオがガバっとサリーシャから離れた。

入り口の方を向いて不愉快そうに顔をしかめ、チッと小さな舌打ちをする。そのとき、もう一度扉がノックされ、セシリオが答える前にガチャリと開いた。

「おい、セシリオ。今、早馬が来た——って、お邪魔だったか？」

そこから顔を覗かせたのはモーリスだった。サリーシャが部屋にいることに気付くと、少しだけ気まずそうな表情を浮かべる。サリーシャは慌てて密着しているセシリオから距離を取ろうとしたが、最初からソファーの端にいたのでたいした距離は取れなかった。

「ああ、邪魔だ。出て行け」

「黄色なんだよ」

忌々しげに睨みつけるセシリオに対し、モーリスは肩を竦めて手に持っている封筒を掲げた。それは真っ白な封筒に赤い封蠟が施されているように見えた。

「赤の間違いじゃないか？」

「イチャイチャしているところを邪魔されて現実逃避に走りたい気持ちはわかるが、残念ながら黄色だ。よく見ろ」

「……今は見たくない」

セシリオの眉間にぐっと皺が寄る。

「だめだ。見ろ」

近づいてきたモーリスは、セシリオの前にズイっと封筒を差し出した。その封筒を受け取ると、憮然《ぶぜん》としたセシリオが封蠟を確認するように眺めた。

「確かに黄色だな。くそっ」

セシリオは忌々しげにそう吐き捨てると、片手で鼻の付け根部分の両目頭の辺りをぐりぐりと押した。そして、あからさまに不満げな表情をしたまま、はぁっとため息をつくとサリーシャの方を向いた。

「すまない、急な仕事が入ったようだ。部屋まで送ろう」

サリーシャはきっと赤くなっているであろう頰を両手で押さえてコクリと頷き、セシリオが持つ封筒を見た。赤い封蠟の印はサリーシャの知る、王室の紋章に見えた。

──なにが黄色なのかしら？

封筒は白いし、封蠟は赤い。どこにも黄色い要素は見当たらなかった。サリーシャはちょっとした疑問を覚えたものの、セシリオに促されるまま部屋に戻ったのだった。

＊＊＊

ハンカチを渡した翌日のこと。

サリーシャはセシリオと並び、アハマスの領主館の入り口に立っていた。ブラウナー侯爵が乗っているとおぼしき馬車が見えると見張り台の兵士から報告があったのだ。

アハマス辺境伯の屋敷に到着したブラウナー侯爵を見たとき、サリーシャはこの人はなんとまあ上位貴族らしい上位貴族なのだろうと、半ば感心にも近い感情を覚えた。

たっぷりと蓄えた口ひげは芸術的なほどに横に細長く伸び、髪はよく見る貴族男性らしく、長く伸ばして後ろで一つに結われ、藍色のベロアのリボンで結ばれていた。そして、もっともサリーシャがブラウナー侯爵を『上位貴族らしい上位貴族』と評した理由は、その傲慢《ごうまん》な態度にあった。

「ブラウナー侯爵、こちらが俺の婚約者のサリーシャです」

「サリーシャ＝マオーニですわ」

セシリオに紹介され頭を下げたサリーシャに対し、ブラウナー侯爵は一瞥するのみで会釈すらしなかった。そして、一緒に出迎えた娘のマリアンネを「どういうことだ」とでも言いたげに睨みつけると、マリアンネは恐縮するように俯いた。

サリーシャはその様子を見て、マリアンネはおおかた父親に『セシリオを射止めてこい』とでも言われて先に送り込まれたのだろうとすぐに察した。

マリアンネはサリーシャ同様、フィリップ殿下の婚約者候補だった。タイタリア王国は一夫一妻制であり、それは王族とて例外ではない。その座を逃したら側室という選択肢もないため、別に嫁ぎ先を探す必要があるのだ。

今、多くの有力貴族の年頃の令嬢がフィリップ殿下の婚約者になれなかったことにより、一斉によい相手を探し始めている。辺境伯でありまだ若いセシリオが、彼女達にとって相当の優良物件であることは容易に想像がついた。

そのふてぶてしい顔を眺めながら、サリーシャは強い不快感を覚えた。

セシリオからは、マリアンネとの婚約はブラウナー侯爵家側から解消が申し入れられたと聞いた。一度婚約した相手に解消を申し入れておきながら、もっと条件のよい王太子殿下の婚約者になれなかった途端にやっぱりもう一度婚約してほしいなど、そんな虫のいい話があるのか。同格の貴族の中では若輩《じゃくはい》に当たるセシリオをバカにしているとしか思えないような、失礼な行為に思えた。

ブラウナー侯爵はすぐに娘のマリアンネから目を逸らすと、何事もなかったように笑みを浮かべてセシリオに向き直った。

「『瑠璃色のバラ』とうたわれただけありお美しい婚約者ですな。しかし、アハマス卿、気をつけられた方がよい。美しいバラには棘がある」

「……どういう意味でしょう？」

スッと目を細めたセシリオに対し、ブラウナー侯爵はフンと鼻で笑うような仕草をし、片手を振った。

「もののたとえですよ。世間の一般論を申し上げたまでだ。さあ、疲れたから部屋に案内してもらえませんかな？」

「ご用意できております。どうぞこちらへ」

横に控えていたドリスが小さく頭を下げて声を掛け、部屋に案内するためにブラウナー侯爵を先導する。ステッキを片手に持ったブラウナー侯爵はその後に続いた。

「この狸《たぬき》が」

「え？」

小さな呟きに驚いたサリーシャが隣に立つセシリオを見上げると、セシリオはいつになく厳しい表情を浮かべたまま、じっとその後ろ姿を睨み据えていた。

＊＊＊

それから二日ほど、サリーシャは領主館の敷地の中を散歩したり、刺繍の仕上げをしたりして過ごしていた。

ブラウナー侯爵が到着してからというもの、セシリオは通常の仕事に加えて侯爵との商談のようなもので、日々とても忙しそうだ。食事のときもマリアンネやブラウナー侯爵が同席するので、ゆっくり話すこともできない。剣の絵柄の刺繍を刺し終えたサリーシャは、壁の機械式時計を見た。時計は五時半を指していた。そろそろ夕食の時刻だと、サリーシャは刺繍道具を片付けるといそいそと準備を始めた。

「フリントロック式マスケット銃が五千丁と、その点火剤と、装填用弾薬。それに車輪付き砲架《ほうか》を備えた大砲を六百台、砲丸を一万五千……」

その日も皆で囲んだ食事の最中、セシリオの正面の上座に陣取《じんど》ったブラウナー侯爵は、熱心に武器の売り込みをしていた。昨日は防具の売り込みをしていたが、今日は攻撃用の新兵器の紹介のようだ。

「フリントロック式マスケット銃は最近出始めたばかりだが、そんなにたくさん短期間に用意できるのか？」

「我がブラウナー侯爵家の力を甘く見てもらっては困りますな。有事《ゆうじ》に備え、二週間以内に用意できます」

「二週間？　大砲も？　もうどこかに在庫があるのか？」

訝しむセシリオに、ブラウナー侯爵はにんまりと口の端を上げてみせた。

フリントロック式マスケット銃とは、近年火縄式銃に代わって台頭してきた新型の銃だ。従来製品と比較して不発率が低い、射撃間隔が短い、湿度に強いなどの利点がある。アハマスでも数年間から徐々に揃え始めているが、まだせいぜい数百丁ほどしかないという。

何年もかけて数百丁しか揃えられなかったのに、二週間で五千丁。セシリオが訝しむのも無理はなかった。

それに、大砲だって普段から作るようなものではない。突然購入しようとしても、なかなか急に多くの数を揃えるのは難しいのだ。

「我々も持てる手を全て使って集めているのです。なにせ、ダカール国との危機的状況ですからな。いやはや、敵も思いきったことをやらかしたものです。我が国の未来の国母を狙うとは——」

「未来の国母を？」

「エレナ＝マグリット子爵令嬢のことですよ」

「なるほど」

怪訝な顔をして聞き返したセシリオに、ブラウナー侯爵はなにを当たり前のことを、と言いたげな態度で説明した。

サリーシャはその様子を、ハラハラした気分で見守っていた。

ブラウナー侯爵がフィリップ殿下から受け取って持ってきた親書には、襲撃事件についてはやはりダカール国が疑わしいこと、国境付近のアハマスではいつでも対応できるように準備を始めること、全権をセシリオに与えることが書かれていた。ブラウナー侯爵家にとって、軍需産業は最大の収入源だ。ここぞとばかりに鼻息荒く、次々と新兵器の紹介をしていた。タイタリア王国がこの親書をブラウナー侯爵に託したのも、兵器を確保するための準備をスムーズに進めさせるためだろう。

「あの……、争いを回避するということはできないのでしょうか？」

会話の途中で、サリーシャはおずおずとそう切り出した。それを聞いたブラウナー侯爵は不快感を隠さない様子で、じろりとサリーシャを見据えた。

「フィリップ殿下の婚約披露パーティーでエレナ嬢が襲われたのですぞ？　こんな仕打ちをされて黙っているなど、タイタリア王国の威信《いしん》にかかわる。我が国はなにをされても抵抗できない腰抜けだと知らしめるようなものだ。これだから、なにもわかっていない素人《しろうと》は――」

「――余計なことを申し上げました。申し訳ありません」

すごい剣幕《けんまく》で捲し立てるブラウナー侯爵に睨まれ、サリーシャは小さな声で謝罪すると顔を俯かせた。

サリーシャにはよくわからなかった。

つい先日、デオに乗って出かけたときに、ダカール国と戦争になるのではと心配するサリーシャに、セシリオは『戦争にはならない』と言った。安心しろと何回も言い聞かせて抱きしめてくれた。それなのに、今の会話やフィリップ殿下からの親書の流れでは、完全にダカール国と開戦が近いような方向に話が進んでいる。

開戦すれば、アハマスの兵士達はもちろんのこと、総指揮官となるセシリオが危険に晒される。そんなことにはなってほしくなくてつい口を挟んでしまったが、ブラウナー侯爵の不興《ふきょう》を買ってしまったようだ。

「争いはないに越したことはない。サリーシャの言い分はもっともだ」

俯くサリーシャを擁護《ようご》するように、セシリオが口を開いた。ブラウナー侯爵の片眉がピクリと動く。セシリオはそんなブラウナー侯爵を見つめて、言葉を続けた。

「しかし、万が一に備えることも重要です。これらの商品は購入の方向で、後ほど話を進めましょう」

それを聞いた途端、ブラウナー侯爵は不機嫌そうにしていた表情を綻ばせた。

「いや、わたしも争いはないに越したことはないと重々承知ですよ。しかし、アハマス卿の言われる通り、万が一にもあちらから攻めてこないとも限らない。それに、これは国の威信に関わるので回避不可能です。さすがアハマス卿、話がわかる。賢明な選択だ。この話は後ほど進めましょう」

ブラウナー侯爵は横に伸びたひげを何回か揺らしながら、満足げに頷いた。サリーシャはその様子を見つめながら、どうかセシリオが危険に晒されませんようにと祈った。

＊＊＊

表面上は平穏な日々が続いていた。

サリーシャが見る限り、表立ってアハマスの軍隊が動いているような様子はなかった。

セシリオはブラウナー侯爵が来てからのここ数日、いつもに輪をかけて忙しそうにしていた。

サリーシャはセシリオとほとんど会話らしい会話もできていなかったが、それはマリアンネも同じようで、マリアンネは最近不機嫌そうにしている。

ただ、朝晩の食事の際に顔を合わせると、セシリオはマリアンネに対しては表情を変えないのに対し、サリーシャと目が合うと優しくヘーゼル色の瞳を細めて微笑んでくれる。ただそれだけで、サリーシャは十分に彼の愛情を感じることができた。

灰色の刺繍糸の最後の一刺しを終えて、サリーシャはハンカチを置いた。いつもするように少し離れてそれを眺め、おかしなところがないかを確認する。

縁に深緑色のラインの入ったハンカチには、剣と盾、そしてセシリオの頭文字である『C』が入れられている。盾と剣は、三階のプライベートダイニングルームに飾られていたものを真似してデザインした。灰色と白と黒色の刺繍糸を組み合わせて立体的に見せている。

しばらくそれを眺めていたサリーシャは、満足げに口の端を上げた。

「早くお渡ししたいけど、どうしようかしら」

サリーシャはハンカチを見つめてから時刻を確認した。既に夜の八時を過ぎている。

忙しいセシリオは夕食の後も屋敷の反対側の仕事場に行ってしまうことが多い。部屋を訪ねてもいないかもしれないが、もしいれば、いつぞやのように優しく笑って歓迎してくれるに違いない。抱きしめてキスをしてくれるかもしれない。そう思ったら、自然と表情が緩む。少し迷ってから、サリーシャはハンカチを持って部屋を抜け出した。

三階に上がると、やはりそこは静まり返っていた。サリーシャは照明が落とされた薄暗い廊下の奥を見た。暗がりにある一番奥の両開きのドアの下の隙間からは明りがもれているのが見えた。明かりがもれているということは部屋にセシリオがいるに違いない。

サリーシャは目を輝かせると、いたずら心から少しだけセシリオを驚かせたい気持ちになって、靴を脱いで忍び足で近づいた。しかし、いざドアをノックしようとして腕を上げたところでピタリと動きを止めた。中から小さな話し声が聞こえたのだ。

「必要な弾薬はあと三日で指定の倉庫に到着する予定です」

「助かります。代金は後で纏めてでも?」

「構いません」

部屋の中にいるのはセシリオとブラウナー侯爵のようだった。もれ聞こえた内容からして、仕事の話をしているのだろう。これは出直した方がよさそうだと踵を返そうとしたとき、サリーシャは思わず耳を澄ました。自分の名前が出てきたのが聞こえたのだ。

「サリーシャ嬢のことですが、わたしは賛成しかねますね。彼女は長らくフィリップ殿下と親しくしていた。実は愛人だったのではと疑っています」

サリーシャは我が耳を疑った。確かにサリーシャはフィリップ殿下と一番親しい異性だった。しかし、その関係は友人の域を出たことはなく、断じてそのような男女の関係になったことはなかった。

「憶測《おくそく》でものを言われては困ります。彼女とフィリップ殿下はそのような関係ではないはずだ」

セシリオがそれを否定する声が聞こえた。奥のソファーで話しているのか、だいぶ声が遠い。盗み聞きなどはしたないと思いつつも、ついサリーシャはもっとよく聞き取ろうと、部屋のドアに耳を押し当てた。

「しかしですね、先日も『争いは回避できないのか』などと頓珍漢《とんちんかん》なことを言い出すし、アハマス辺境伯夫人としての素質に欠けるとしか思えない」

「アハマス辺境伯夫人が好戦的な性格では、争いが絶えなくなりむしろ素質に欠ける。彼女はあれでいいのです」

「それはそうかもしれませんがね、うちのマリアンネは小さな頃からアハマス卿と付き合いがあっただけあり、その辺のところがよくわかっているのですよ。サリーシャ嬢より、よっぽどアハマス辺境伯夫人としての適性があり、ふさわしい。それに、我がブラウナー侯爵家はアハマスにとってなくてはならない存在でしょう？」

セシリオの返事は聞こえなかった。答えなかったのか、聞き取れなかったのかはわからない。

「それにですよ、彼女は背中に醜い傷跡があるはずです。いくら美しいとは言え、アハマス卿の妻にはふさわしくない。辺境伯夫人ともあろう者が傷物など——」

「ブラウナー侯爵」

セシリオの怒りを抑えたような低い声が聞こえた。

「あなたの言う通り、本当に見るに堪《た》えない醜い傷があるのならば俺の妻には適さないのかもしれない。だが、彼女に醜い傷などない。だから、なにも問題はない」

それを聞いたとき、サリーシャは衝撃のあまり頭が真っ白になった。体から力が抜け、持っていたハンカチがハラリと床に落ちる。今耳にしたことが現実でないような、心が空っぽになった気がした。

夢は儚いものだ。

なぜ、今まで忘れていたのだろう？

これまで積み重ねてきたものが一瞬で消え、呆気なく終わりを告げる。アハマスに来てから、セシリオと少しずつ夫婦になるための絆《きずな》を深めてきたと思っていた。でもそれは、ちょっとしたことで崩れ去るような、冬の湖に張った薄氷のようなものだったのだ。

あの日、見つめ合うフィリップ殿下とエレナを見て羨ましかった。

自分にもあんなふうに笑い合える人ができたら、と夢見た。

——夢は所詮《しょせん》、夢なのね。

そんな未来はあるわけがないと知っていながら、厚かましくもこの人とならそうなれるかもしれないと、夢見ていた。自分を愛してくれるならば、背中の傷も受け入れてくれるはずだと、愚かな思い違いをした。

——わたくしはなんと、バカなのだろう。

瞳から零れ落ちそうになるものを片手で拭《ぬぐ》うと、サリーシャは一人そこから走り去った。

＊＊＊

サリーシャがドアの前から動けなくなっていたそのとき、セシリオは怒鳴り出したい衝動を必死に抑えつけながら、その男と向き合っていた。フィリップ殿下から託されたと渡された親書の赤黒い封蠟には、確かに王室の紋章が押されていた。内容は予想通り、ダカール国との開戦に備えよ、という内容だ。

ブラウナー侯爵は到着以降、熱心に武器の売り込みをしてくる。それは彼の仕事なので別に構わない。セシリオが我慢ならないと感じていたのは、娘であるマリアンネを自分の妻にとしきりに勧めてくるだけでなく、ブラウナー侯爵がサリーシャを貶《おとし》めるような発言や態度を繰り返していたことだった。

その日も夕食後にセシリオの私室を訪ねてきたブラウナー侯爵は、武器の売り込みを始めた。昼間は領地経営と軍隊の指揮で忙しいセシリオはブラウナー侯爵に十分に時間を割《さ》けていない。そのため、セシリオが高確率で捕《つか》まるこの時間帯を狙ってきたのだろう。

以前の剣と弓矢のみを使った戦いの時代は終わりを告げ、近年台頭しているのは火薬を使った新型兵器だ。しかし、この新型兵器はまだ出始めて間もないため、なかなか手に入らない。それらを短期間に大量に用意できると言いきったブラウナー侯爵は、なかなか油断ならない男だ。

「必要な弾薬はあと三日で指定の倉庫に到着する予定です」

銃や大砲を戦争で使用するためには大量の弾薬を必要とする。ブラウナー侯爵は、これについても驚くほど短期間で考えられないほどの量を用意できると言いきった。しかも、こちらが指定した武器庫まで運送してくるという。

「助かります。代金は後で纏めてでも？」

「構いません」

セシリオは請求額が書かれた書類から顔を上げると、こめかみを指で押さえた。今まで売り込みをされたこれらを全て纏めて支払うと、アハマスの年間の領地収入に匹敵する額になる。なんとか支払えない額ではないが、領地経営に支障が出るほどの額だ。逆に言うと、領地は広いものの、そこにこれといった大きな収入源のないブラウナー侯爵家からすると、何年分もの収入に相当するはずだ。

話し合いが終わると、ブラウナー侯爵は自慢のひげを右手で軽く触り、大袈裟に口をへの字にしてみせた。

「サリーシャ嬢のことですが、わたしは賛成しかねますね。彼女は長らくフィリップ殿下と親しくしていた。実は愛人だったのではと疑っています」

セシリオは内心で深いため息をついた。また始まった、としか言いようがない。ここ数日、セシリオは再三にわたってブラウナー侯爵にサリーシャとの婚約を解消するつもりがないことを伝えている。にもかかわらず、馬耳東風《ばじとうふう》の状態だ。

しかし、今回は聞き捨てならなかった。サリーシャとフィリップ殿下が愛人関係だったなど、言いがかりもいいところだ。セシリオはサリーシャに求婚するに当たり、一通りのことを部下に調査させた。調査報告を読んだ限りでは、そんなことはどこにも記載されていなかった。

「憶測でものを言われては困ります。彼女とフィリップ殿下はそのような関係ではないはずだ」

努めて冷静に話さないと、手を出してしまいそうだ。セシリオは肘をひざにつき、両手を組んで手の甲に顎を乗せると、静かにそう言った。しかし、ブラウナー侯爵はその後もセシリオの神経を逆撫でするような言動を続けた。セシリオやアハマスのことを心配して言ったであろうサリーシャの『争いは回避できないのか』という発言の揚《あ》げ足を取るような真似をし、更にはサリーシャ自身のことをアハマスにはふさわしくないなどと侮辱《ぶじょく》した。

好戦的な性格の妻など、真っ平ごめんだ。年がら年中戦争していてはアハマスが潰れてしまう。セシリオが妻に望むことは、仕事で疲れて帰ってきたときに笑顔で迎えてくれるような愛らしさだ。

セシリオはそのことについて再三にわたってやんわりと伝えてきた。しかし、ブラウナー侯爵はなおも納得いかない様子で話を続け、マリアンネを自分の妻にと推《お》してきた。

どの口が言うのかと、呆れてものも言えないとはこのことだ。

アハマスが戦後疲弊《ひへい》していた時期に婚約者として自分を支えてくれるどころか、我儘ばかりだった娘がアハマス辺境伯夫人にふさわしい？　挙げ句の果てに実家にとんぼ返りした娘を叱るどころか、一緒になって婚約破棄をしたのはどこのどいつだと、セシリオは強い嫌悪感を覚えた。

少なくとも、セシリオはあのとき、ブラウナー侯爵家から『アハマス辺境伯家には婚姻を結ぶほどの利用価値なし』と見切りを付けられたと感じた。更に、婚約破棄直後からマリアンネがフィリップ殿下の婚約者の有力候補として頭角《とうかく》を現し始めたことは王都にいる部下達からの報告で知っている。最初からそのつもりで破棄したのだろう。

「それにですよ、彼女は背中に醜い傷跡があるはずです。いくら美しいとは言え、アハマス卿の妻にはふさわしくない。辺境伯夫人ともあろう者が傷物など──」

「ブラウナー侯爵」

セシリオは必死に理性で怒りを抑えながら、低い声で言った。もう限界だと思った。どれだけサリーシャを貶める発言をすれば気が済むのか。この男にサリーシャの背中の傷を『醜い』などと言われるのは、我慢ならない。

「あなたの言う通り、本当に見るに堪えない醜い傷があるのならば俺の妻には適さないのかもしれない。だが、彼女に醜い傷などない。だから、なにも問題はない」

セシリオはそう言うと、不愉快げに眉をひそめた。

「それに、あなたはサリーシャのことよりもご自分の娘を心配された方がいい。夜遅くに婚約者でもない男のもとに何度も下着と見紛うような薄着で訪ねてくるなど、ふしだらな女だと噂が立っても文句は言えない行動だ。はっきり言わせていただくと、非常に迷惑している」

「なっ、なんですとっ！」

ブラウナー侯爵はさっと顔を怒りで赤く染めた。まるで茹《ゆ》でダコのようだ。

「アハマス卿は若いゆえによくわかっていないようだ。我がブラウナー侯爵家と良好な関係を築けないと、困るのはそちらだ」

『その言葉はそのままお返しする』と言いかけて、セシリオはぐっと黙り込んだ。アハマスが兵器を買わなければ、ブラウナー侯爵家にとっては一番の収入源がなくなり大打撃となるはずだ。しかし、今のこの大事なときにブラウナー侯爵と険悪になるわけにはいかない。少なくとも、フィリップ殿下からの黄色い親書に書かれた期日までは。

黙り込んだセシリオを見つめながら、不機嫌顔のブラウナー侯爵が腰を上げた。

「今夜はこれくらいで失礼する。アハマス卿、あなたは少し頭を冷やされた方がいい」

捨て台詞を吐くと、ブラウナー侯爵はステッキをついて執務室から出ていった。そのブラウナー侯爵の後ろ姿を眺めていたセシリオは、ドアを開けたすぐ向こうになにかが落ちていることに気がついた。

「なんだ？」

ソファーから立ち上がったセシリオがそれを拾い上げて眺めると、ハンカチだった。緑に深緑の線が入ったそのデザインは見覚えがある。そして、ハンカチには剣と盾、それに『C』が刺繡されていた。

「サリーシャ？」

セシリオはパッと顔を上げると暗い廊下の向こうに呼びかける。どこまでも続く暗闇の通路は、しんと静まり返っていた。

セシリオはハンカチを持って、すぐに階下のサリーシャの部屋に向かった。ドアをノックしたが、返答はない。

「サリーシャ、いないのか？」

何回かノックしたのちにドアノブに手を掛けて開くと、そこはいつもと変わらぬ様子を見せていた。

シンプルな家具に落ち着いた雰囲気の客間。部屋の中を見渡したが、人の気配はなかった。窓際には花が生けられた花瓶が飾られ、サリーシャがいつもつけている香油の甘い香りがスンと鼻孔を掠める。

ベッドには夕食のときにサリーシャが着ていたドレスが脱ぎ捨てられており、クローゼットは開け放たれていた。そして、廊下側の壁際に置かれたサイドボードの上には刺繡道具の箱が開けっ放しのまま置かれていた。

「あら、旦那様。どうかされましたか？」

入り口から少し入ったところで立ち尽くしていると、驚いたような声がしてセシリオは振り返った。そこには、湯あみのための道具を持ったクラーラとノーラが立っていた。

「サリーシャを知らないか？」

「サリーシャ様？　お部屋にいらっしゃるはずですが？」

「……それが、いないんだ」

呟くような小さな声に、クラーラとノーラの表情が怪訝なものへと変わる。セシリオはそんな二人の横をすり抜けると、そのまま図書室へと向かった。ドアを開くとそこは真っ暗で、人の気配はしない。

「サリーシャ？　どこだ？」

セシリオの呼びかけが、誰もいない部屋に虚しく響く。

マリアンネのもとにサリーシャが行くとは考えにくいし、ブラウナー侯爵は夕食後から今さっきまでセシリオの部屋にいたのだから、サリーシャの行方を知るよしもない。

セシリオは踵を返すと廊下へ戻り、階段を駆け下りた。

以前もサリーシャがいないと皆が探し回っていたことがあった。マリアンネと三人で外出した日だ。あの日、マリアンネとのことで拗ねたサリーシャはひざを抱えて中庭で小さくなっていた。

勢いよくそのドアを開けると、中庭は何基かついた外灯にぼんやりと照らされていた。全て、サリーシャが中庭の改造をするにあたって新設したものだ。ガラスの中でチロチロと揺らめく炎に浮かび上がる小径を足早に駆け抜ける。ほとんど完成した中庭の奥で、セシリオは呼びかけた。

「サリーシャ？」

返事はない。

「サリーシャ！」

少し乱暴に植栽を踏み荒らしながら向かった先の芝生の上にも、サリーシャはいなかった。

＊＊＊

セシリオは混乱しきっていた。

サリーシャがいない。思い当たる場所は全て探した。

広い屋敷とは言え、ここは半分は軍と政務の施設を兼ねている。多くの人目があり、誰にも見つからずに隠れられるような場所はそんなにはない。クラーラとノーラも手分けして探したが、今のところ見つからない。二人とも全く行き先に心当たりはないと言うし、屋敷中の侍女にそれとなく確認したが、誰一人としてわかる者はいなかった。

屋敷内を当てもなくうろうろしていると、左側の執務棟から険しい表情でモーリスが近づいてきた。

「こっちにも、いないな。周りにも聞いたが、誰も見てないと。それとなく理由をつけてマリアンネ嬢とブラウナー侯爵の部屋も確認してきた。部屋に人を隠してる様子も、特におかしな様子もないな」

「では、どこにいる？」

「これだけ探していないとなると、屋敷の外に出たのでは？」

セシリオはそれを聞いてカッとした。

「屋敷の中で人さらいでも出たと言うのか！」

「そんなにカッカするな。今、城の門番にそれらしき奴らを見ていないか聞きに行かせてる」

モーリスはそこまで言うと、セシリオを見つめた。

「それに、お嬢様が自分から出ていった可能性だってある。セシリオ、お前は本当になにも心当たりはないのか？」

眉を寄せたモーリスに問いかけられ、セシリオは片手を額に当てた。

心当たりと言われても、さっぱり思い当たらなかった。

むしろ、最初はよそよそしくて物憂《ものう》げな様子だったサリーシャは、最近ではよく笑うようになったと思っていた。そして、目が合うとほんのりと頬を染め、嬉しそうにはにかむ。思い上がりでなければ、自分のことを慕ってくれていると思っていた。事実、サリーシャとデオに乗った日に、彼女は自分に『お慕いしています』と言ったのだ。

サリーシャが自分からここを出ていく理由などなにもない。それに、アハマスは辺境の地だ。

つい最近、初めてここに来たサリーシャに、夜飛び出して行く宛てなどどこにもないはずだった。

しばらくすると、モーリスの部下が息を切らせて戻ってきた。内門の門番をしていた兵士の一人も一緒だ。

アハマスの領主館は二重の濠《ほり》に囲まれており、外門と内門の二つの門がある。門番は自分がなにか不手際をしたのかと、おどおどした様子でしきりにセシリオとモーリス、そしてここに連れてきた部下の顔を見比べていた。その門番によると、サリーシャはつい先ほど馬車で出かけたと言う。

「なぜ外に出した!」

「ど、どうしても外に行く用事があると仰っておりましたので……」

激しく怒《いか》るセシリオに恐れをなした様子の門番は、震え上がらんばかりの様子で答える。この役立たずが、と罵《のの し》りたい衝動に駆られたが、セシリオは必死に理性でそれを抑えた。

本来、夜間の閉門時の通行には許可証が必要で、それがなければ門が開くことはない。しかし、サリーシャはセシリオの婚約者という立場であるので、門番からすれば強く言われれば足止めできる相手ではないのだ。足止めなどすれば、逆に門番が不敬に問われる可能性があると思っても仕方がなかった。

「外門は？　外門の門番はどうした？」

「すぐにサリーシャ様が来ても門を開けるなと伝令を出しました。間に合ったかどうかはわかりませんが……」

モーリスの部下が答える。

「くそっ！」

それを聞いた途端、セシリオは屋敷の外の厩舎へと走り出した。馬車とはいえ、こんな夜更けに身なりのよい若い女が一人で外に出るなど、いくら治安のよいアハマスでもなにがあってもおかしくはない。強盗、人さらい、野犬……最悪の事態が脳裏をよぎり、セシリオはぐっと拳を握り締めた。

＊＊＊

サリーシャは無我夢中でセシリオの部屋の前から走り去ると、自室に戻った。後ろ手でバタンとドアを閉じると、両手で顔を覆った。

『本当に見るに堪えない醜い傷があるのならば俺の妻には適さないのかもしれない』

セシリオの言葉が脳裏に蘇る。サリーシャは立ち上がりドレスを乱暴に脱ぎ捨てると、姿見の前に体を斜めにして後ろ向きに立った。恐る恐る鏡を振り返ると、夜の薄暗い部屋でもわかるほど、はっきりと背中には傷跡が残っていた。

「なんで、なんで！　なんでよ……。なんでなの……!?」

口から零れるのは嗚咽《おえつ》混じりの悲鳴。

なぜ自分にはこんな醜い傷があるのか。もう何ヶ月も経っているのに、どうして一向に消えないのか。そもそも、あのときにあんな男さえ現れなければ、あの男がフィリップ殿下とエレナに刃を向けたりしなければ、自分はこんな醜い傷を負うこともなかったのに。

フィリップ殿下とエレナを庇ったことは、今も後悔はしていない。けれど、思うのだ。どうして自分だけがこんな目に遭《あ》わなければならないのだろうと。

先ほど、セシリオはサリーシャに醜い傷があるならば妻には適さないと言った。そして、サリーシャには事実として醜い傷がある。

「ここにはもう、いられないわ」

サリーシャは零れ落ちる涙を手で拭い、クローゼットから一番シンプルなドレス――初めてここに来たときにセシリオが用意してくれた水色のワンピースを取り出した。未練がましいが、なにか彼との思い出になる物を持っていきたかったのだ。それを素早く身に着けると、マオーニ伯爵邸から持参した宝石を袋に詰め込み、手に握った。

セシリオの妻になれないとしても、彼にこの傷を見られて罵られ、軽蔑されて捨てられるのだけは耐えられないと思った。好きになった人からそんな仕打ちを受けては、もう立ち直れない。それならば、そうなる前に自分から姿を消そう。

そう決意して手に力を込めると、右手に握った袋からじゃらりと金属がぶつかるような音がした。サリーシャはチラリとそれを見た。

サリーシャは現金を持っていない。けれど、この宝石を売れば、幾ばくかの資金にはなるはずだ。

ドアを開けて廊下を窺《うかが》い、誰もいないことを確認したサリーシャはそっと部屋を抜け出した。急がないと、そろそろクラーラとノーラが湯あみの準備に来てしまう。そうすれば今夜ここを抜け出すことは難しい。

サリーシャは薄暗い廊下を、背後を気にしながら足早に駆け抜ける。そして、出入り口の玄関ホール付近で足を止めた。

領主館の入り口から見て右側のエリアはセシリオの居住区なので、人通りはそれほど多くない。けれど、領主館の入り口は左側の領地経営のための役人や軍人達が働くスペースと共有になっているため、この時間も多くの人が出入りしていた。深緑色の制服を着て歓談する軍人達や、今日の務めを終えて欠伸《あくび》を噛み殺す役人、家に戻る使用人……。

物陰で身を隠して人通りが切れるのを待っていたせいで、思わぬ時間を食ってしまった。けれど、一瞬人の流れが途切れたのを見逃さなかったサリーシャは、一目散に領主館の入り口から飛び出した。

そのまま向かったのは、正面入り口の近くにある馬車置き場だ。

馬車置き場には急な外出が必要になった緊急時に対応できるように、夜間も最低一人は御者が控えている。馬車置き場の横の小屋の外にはランタンが一つぶら下がっており、中では御者がうたた寝をしていた。サリーシャは小屋の中を窓越しに確認すると、激しくドアをノックして御者を起こした。

「馬車を出してほしいの」

「それは構いませんが、こんな時間に奥様お一人でお出かけですか？」

サリーシャが馬車を出すように言うと、眠そうに目を擦っていた御者は訝しげに眉をひそめた。こんな夜更けに侍女もつけずにやってきたサリーシャのことを、さすがに不審に思ったようだ。

「どうしても出かけないとなのよ。いいから出してちょうだい。一番小さいものでいいわ」

ここで狼狽えては不審さに拍車をかけるだけだ。サリーシャはできるだけ強気にツンと澄ますと、そう言った。御者はどうにも納得いかない様子だったが、しぶしぶと馬車の準備をし始めた。

「それで、どちらにお出かけで？」

御者に尋ねられてサリーシャは言葉に詰まる。サリーシャには、行く宛てなどどこにもない。こんな夜更けでは宝石も換金できないだろう。

そのとき、サリーシャの脳裏に一つの場所が思い浮かんだ。かつてセシリオと行った、女子供のための支援施設だ。あそこなら、一晩の宿を貸してくれるかもしれない。この御者には宝石を一つ渡し、口止めをしよう。そう思ったサリーシャは、御者に行き先を告げた。

＊＊＊

その馬車に揺られること十分弱。早くもサリーシャは足止めを食らっていた。

一つ目の門でも足止めをされたが、サリーシャが出かける用事があると言い張ると門番は首を傾《かし》げながらも門を開けた。馬車は進み、今は二つ目の門の前だ。

「どちらに行かれるのですか？」

「ちょっと、外に用事があるの」

「外とは具体的にどちらです？」

「それをあなたに言う必要はありません」

サリーシャがピシャリと言うと、門番はぐっと押し黙って手元にある書類のようなものを確認し始めた。

「しかし、本日把握している予定表にはその旨の記載がありません。外出許可証はありませんか？」

サリーシャは内心でしまったと思った。

マオーニ伯爵邸では、屋敷を出るときにチェックなどなにもされなかった。普通の貴族の屋敷であれば、そんなチェックはされない。しかし、ここはアハマスの領主館であり、国境の要塞を兼ねているのだ。強固な外壁と濠に囲まれた領主館を守る門番は、その要塞を守るという職務を果たすため、そう簡単には門を開けそうになかった。

「わたくしは閣下の婚約者なのよ？　そのような許可証は必要ないわ」

「しかしですね……」

そんなやり取りをしていると、サリーシャが来た領主館の方から馬に乗った軍人が一人やってきた。サリーシャの乗る馬車の横で馬を止めるとさっと馬から降り、なにかを門番と話し始めた。

チラリチラリとサリーシャの乗る馬車の方を見ている。

嫌な予感がした。既に自分があの部屋を飛び出してからかなりの時間が経っている。クラーラやノーラ達が自分がいないことに気付いて、探し始めているかもしれない。もしかすると、セシリオにもそのことが報告されている可能性もある。

「ねえ、急いでいるの。早く開けて」

「もう少しお待ちください」

サリーシャは苛立《いらだ》った様子で開門を促したが、門は開かない。そうこうするうちに、再び馬の蹄《ひづめ》のような音が後方から聞こえてきた。先ほどよりずっと大きな、重い音だ。その馬は馬車の後ろで停まったようで、後方から馬の嘶く声が聞こえた。そして、乱暴に馬車のドアが開け放たれる。

「きゃっ!」

サリーシャは思わず耳を塞いで目を閉じ、小さな悲鳴を上げた。

乱暴に開けられたドアは勢いよく開いたせいで、百八十度回って馬車の軀体《くたい》に激しくぶつかり、ガシンと大きな音を立てた。サリーシャの座る椅子まで振動が伝わってきたほどだ。もしかするとドアは壊れてしまったかもしれない。少なくとも大きく傷ついたはずだ。

恐る恐る目を開けたサリーシャは、その開いたドアの方を向いて息を吞んだ。

「……閣下」

そこには鬼のように恐ろしい形相をしたままサリーシャを見下ろす、セシリオがいた。

第四章　謀略

サリーシャは俯いたままソファーに座っていた。ローテーブルを挟んで反対側には無言でセシリオが座っているが、怖くて顔を上げることができなかった。

サリーシャがセシリオの部屋の前でブラウナー侯爵との話を聞いてしまい、屋敷を飛び出したのが一時間半ほど前のこと。うまく抜け出したと思っていたのに、外門の検問所で呆気なく追いつかれ、そのまま屋敷に連れ戻された。今はセシリオの部屋のソファーでこうして二人向き合っている。

サリーシャは俯いたまま自分のスカートの裾を握りしめた。なにも言わないセシリオがかえって怖かった。目の前でこちらを見据える相手が一体なにを考えているのかがわからなくて、口汚く罵られた方がまだましだとさえ思えてくる。

しばらくそうやって無言で向き合っていたが、先に沈黙を破ったのはセシリオだった。

「なぜ、あのようなことをした？」

落ち着き払ったように聞こえる声は実際には硬く、サリーシャには彼が怒っていることがすぐにわかった。こんなことをしでかして、怒らないでくれという方が無理がある。

「申し訳ありません……」

俯いたままなんとか声を絞り出すと、セシリオが深いため息をつくのが聞こえた。サリーシャはビクンと肩を震わせる。

「謝ってほしいわけではないんだ。あんな行動をした理由を教えてくれ。一歩間違えれば、強盗に襲われて命を落とす可能性だってあったんだぞ」

「……」

なにかを言わなければならないと思うのに、声が出てこなかった。無我夢中で後先考えずに行動したので、強盗に襲われる可能性なんて微塵《みじん》も考えていなかった。

――わたくしは、今まであなたを騙していました。

――わたくしは傷物なので、あなたにはふさわしくありません。

――どうかマリアンネ様とお幸せになってください。

――今までお世話になりました。そして、ご迷惑をおかけして、申し訳ありません。

言うべき言葉は頭ではわかっているのに、どうしてもそれが口にできなかった。自分勝手だとわかっていても、別れなど告げたくはないし、セシリオとマリアンネが寄り添う姿など想像したくもない。

じんわりと視界が滲むのを感じた。

なにも答えないサリーシャに痺れを切らしたように、セシリオが質問を変えた。

「どこに行くつもりだったんだ？」

「……以前、閣下と訪れた支援施設に。一人で生きていこうと思いました」

「――サリーシャ」

深いため息混じりに、セシリオは言う。

「あそこはやむにやまれぬ理由で庇護を必要とする者が身を寄せる場所だ。家出人を匿《かくま》う場所ではない」

「はい……」

セシリオの言う通りだった。彼らは戦争で夫や両親を失い、あそこに身を寄せなければ生きていけない人々だ。傷つくことが怖くてここを飛び出した自分とは、根本的に違う。なんと甘ったれた考えをしていたのだろうかと、自らに呆れてしまう。

謝らなければと思ったのに言葉が出てこず、代わりにハラリと頬を涙が伝った。水色のスカートには青いシミができる。とめどなく溢れるそれはポタリ、ポタリと滴り落ち、スカートを水玉模様に染めた。

シーンと静まり返った部屋に、チクタクと時を刻む時計の音だけが響く。サリーシャはぐっと唇を噛み、俯いた。


「悪かった」

どれだけそうしていただろう。

しばらく無言でサリーシャを見つめていたセシリオは、絞り出すように一言、そう言った。

サリーシャは驚いて顔を上げた。サリーシャには、セシリオから謝られることなど、なに一つない。本当によくしてもらったと思っている。全ては最初にきちんと本当のことを打ち明けなかったサリーシャが悪いのだ。

サリーシャが見たセシリオのヘーゼル色の瞳には、怒りとも悲しみとも取れるような感情が揺らめいていた。

「俺はきみが俺のことを慕ってくれていると、勘違いをしていた。冷静に考えれば、きみにはこの婚約を断る術《すべ》がなかった。社交界で『瑠璃色のバラ』とうたわれたきみだ。こんな貴族らしからぬ男の妻には、なりたくなかったんだろう？　だからと言って、こんな夜更けに飛び出すなんて……、本当になにかあったらどうするつもりだったんだ？　そんなにも切羽詰《せっぱつ》まっていたと今まで気付いてやれなくて……悪かった」

自嘲気味に笑い、吐き捨てるように言ったセシリオの言葉に、サリーシャは頭を鈍器で殴られたかのような衝撃を受けた。

「ち、違うっ……」

「違う？　では、なぜこんな夜更けに人目を避けて逃げ出した？　結婚が嫌だったんだろう？」

「違いますっ！」

違う、断じて違う。

サリーシャは自分がどんなに愚かだったかを思い知らされた。なにも言わずに去れば、セシリオがそう思うのも無理はなかった。こんなにもよくしてくれた人をサリーシャはひどく傷つけ、侮辱するような行動を取った。恩を仇《あだ》で返したのだ。

「違うのです。わたくしが全て悪いのです。……わたくしは、閣下をずっと騙していました」

自分が傷つくことなど恐れずに、最初からちゃんと言うべきだった。もしここに到着した日にきちんと告げていれば、まだ目の前の男性と引き裂かれることに、こんなにも気持ちを抉《えぐ》られなかっただろう。全ては、先へ先へと延ばした自分の責任なのだ。

「俺を騙していた？」

セシリオが訝しげに眉をひそめる。サリーシャはぼろぼろと零れ落ちる涙を拭いながら、頷いた。

「夕食の後、ブラウナー侯爵とのお話を立ち聞きしてしまいました。ブラウナー侯爵の言う通り、あれは真実なのです」

「──どの部分がだ？」

地を這うような低い声だった。子どもであればその声だけで震え上がり泣き出すような、怒りに満ちた声。サリーシャは、一度目を閉じると深く息を吸い込み、覚悟を決めてセシリオの顔を見つめた。

「わたくしの背中には、醜い傷があります。ブラウナー侯爵の言う通り、傷物なのです。閣下の妻にはふさわしくありません」

「他には？」

「……他？」

今度はサリーシャが怪訝な表情でセシリオを見返した。しばらく無言で見つめ合ったのち、セシリオは小さく首を振ると、毒気を抜かれたような表情で、またサリーシャを見つめ返した。

「もしかして、それで屋敷を飛び出したのか？」

「……はい。挙式の後にすぐに離縁したのでは閣下の醜聞《しゅうぶん》になってしまうので、本当は中庭の改造が終わったら打ち明けるつもりでした。けれど、先ほどの会話を聞いて、もうここにはいられないと思いました」

「俺との結婚が嫌だったのではないのか？」

「断じてそのようなことはありません。わたくしは、閣下をお慕いしています。信じていただけないかもしれませんが、それは本当なのです」

セシリオはぐっと眉を寄せてから片手で額を押さえると、大きくため息をついた。そして、眉間の辺りを指で押さえて項垂《うなだ》れた。

「俺は今、激しく怒っている」

「……はい」

「きみに対してではない。自分に対してだ」

「はい？」

サリーシャは困惑気味にセシリオを見た。それはつまり、サリーシャの嘘を見抜けなかった自分自身に怒っているということだろうか。

顔を片手で覆ったままだったセシリオはゆっくりとその手を下ろすと、真剣な眼差しでサリーシャを見つめた。

「見せてくれ」

「え？」

「その傷を、見せてくれ。この目で見ないと、納得できない」

サリーシャはコクンと息を呑んだ。

傷跡の状態はこの屋敷を飛び出す前に鏡で確認した。薄暗くライトダウンしたサリーシャの部屋で鏡越しに見てもはっきりとわかるほどのひどい傷跡が、右肩から左脇腹にかけて入っていた。このような明るい部屋で直接見たら、見るに堪えないほどの醜さだろう。最悪の場合、化け物呼ばわりされるかもしれないと思った。

「……今、ここでですか？　こんな明るいところでお見せするのは……」

震える声でなんとか紡いだのは、そんな言葉。セシリオは考えるように手を顎に当てた。

「では、暗い部屋でならいいか？　行こう」

立ち上がったセシリオがサリーシャの手を引いて促したのは、壁にある出入り口とは違うもう一つのドアだった。


そのドアの向こうは、寝室になっていた。

セシリオの私室にも一人用の簡易ベッドのようなものがあるが、この部屋のベッドはサイズが全く違った。サリーシャに宛がわれた客間の大きなベッドよりも更に大きなベッドには豪華な天蓋の枠が付いており、そこには花と蔦《つた》のような模様が彫刻されている。寝具はピシッと整えられており、香を焚《た》いてあるのか僅かに甘い香りがした。明りは私室よりかなり暗めにライトダウンされている。

「ここは、寝室ですか？」

「そうだ。俺の寝室でもあるし、結婚後には俺ときみの寝室だ。普段、俺は私室の方で寝ることが多いが、いつでも使えるように毎日準備してくれている。ほとんど使っていないが……」

説明しながら、セシリオは少し気まずそうに視線をさ迷わせた。疚《やま》しいことがなくとも、まだ正式に結婚する前のサリーシャを寝室に連れ込むのは、あまり褒められることではないからだろう。

サリーシャは、その様子を見て初めてセシリオがマオーニ伯爵邸に来たときのことや一緒に初めて朝食をとったときのことを思い出した。少し照れたり気まずくなったりすると、セシリオは視線をさ迷わせることが多い。先ほどまでの怒《いか》れる鬼神のごとき様子から想像もつかない可愛らしい姿だ。

こんな可愛らしさを持ちながら、誰よりも男らしい人。こんな場面であるにもかかわらず愛しさがこみ上げ、この人と少しの間でも夢を見られた自分は幸せ者なのかもしれないと思った。

「それで……見てみても？」

「はい」

ためらいがちに聞かれ、サリーシャは頷いた。覚悟を決めてセシリオに背を向けると、自らのドレスのボタンを外し始めた。緊張で指が震えて、いつものようにうまく外せない。

一つ目のボタンを外すとき、セシリオと初めて会った王宮の秘密の場所が鮮やかに蘇った。フィルとの待ち合わせの場所に突然現れた年上のお兄さん。まさか婚約者になるなんて、あのときは想像もしていなかった。

二つ目のボタンを外すとき、求婚に来た日のセシリオの様子が脳裏をよぎった。怒っているように顔をしかめていたあの日の表情は、今思い返せば照れていたのだろう。

三つ目のボタンを外すとき、二人で城下へお出かけした日のことが思い浮かんだ。握られた手が温かくて、なぜだか安心した。きっとあのときには既に、自分はこの人に恋をしていたのだろう。

一つボタンを外すたびに思い出が蘇った。そして、最後のボタンを外すとき、サリーシャの脳裏に蘇ったのは、デオに相乗りして一緒に夕空を見に行った日のことだった。

『きみは俺が必ず幸せにしてやる。だから、安心して愛されていていいんだ』

そう言ったセシリオの言葉が、サリーシャにはなによりも嬉しかった。

ストンとドレスが床に落ち、シュミューズだけになったサリーシャは、それも肩ひもから外し、床に落とした。その瞬間、背後のセシリオが息を呑んだのがわかった。

──やっぱり、気味が悪いわよね……。

サリーシャは目を伏せた。

無防備な姿はひどく心細い。ましてや、下にドロワーズは着ているとはいえ、男性にこのような姿を見せるのは初めてだ。後ろからは見えないはずだが、なんとなく胸を隠すように両手を前でクロスさせて自分の肩に触れると、幾分気持ちが落ち着いた。

沈黙のベールが部屋を包む。

「閣下？」

こちらを見ているはずのセシリオが一言も発しないのを怪訝に思ったサリーシャは、小さく呼びかけた。背中を見せているせいで、セシリオの表情は窺《うかが》えない。

「……少し触れても？」

「はい」

ようやく紡がれた問いに返事をすると、背中に優しく触れる温もりを感じた。傷跡の具合を確認するように、指先が肌をゆっくりと這う。

「これは……思ったよりひどいな……。だいぶ深かったはずだ。痛みは？」

「普段はないのですが、動いたときに時々引き攣《つ》れるような痛みが」

「そうか……」

そう言ったセシリオは、背中から手を離す。ガザリと音がして、サリーシャの肩にずっしりとした重みがかかった。見ると、セシリオの着ていた軍服の上着が肩からかけられていた。つい今までセシリオが着ていたそれは、まだ仄《ほの》かに体温を残して温かい。そして、その軍服の上から、

セシリオはサリーシャを包み込むように抱きしめた。

「きみに醜い傷などない。今確認したが、やはりなかった」

サリーシャは驚きで目を見開いた。傷はある。今確認したはずなのに、なにを言っているのかと理解できなかった。

「なにを……。今、ご覧になったのでしょう?」

「ああ、見たさ。こんな大怪我を負って、きみが生きていてくれてよかった」

「……では、なぜ?」

震える声に答えることなく、背中からセシリオの体温が消え、再びばさりと衣《きぬ》ずれの音がした。サリーシャが振り返ると、セシリオは自らの上衣を脱ぎ捨てたところだった。鍛《きた》え上げられた肉体が暗い明りに照らされる。突然の行動に、サリーシャは驚きのあまりなにも言えなかった。

「きみは、俺の体を見て醜い傷だらけだと思うか?」

セシリオが静かにサリーシャに問う。

「え……?」

両手を広げたセシリオの体は、よく見ると腕、胸、腹の至る所に傷跡があった。銃創のような跡やなにかが刺さったような小さな傷もあれば、大きな傷跡も複数残っている。恐らく、実際の戦争で負った傷だということは、見てすぐにわかった。サリーシャはふるふると首を振る。

「思うはずがありません」

「なぜ?」

「だって……閣下の傷跡は、タイタリアのために戦った証《あかし》です。醜いだなんて、思うはずがないわ」

そう言ったサリーシャをセシリオは静かに見返した。

「きみだって、同じだろう？」

サリーシャは息を呑んだ。

「きみの傷跡は、タイタリアの未来の国王夫婦を敵から守った、勇敢さの証だ。なにも醜くない。きみは、とても美しい」

そう言うと、セシリオは微笑んでサリーシャの頬を優しく撫でた。止まっていたはずの涙がまたぽろりと零れ落ちる。

「いいか。きみに醜い傷などない。人を殺《あや》めた俺の方が、よほど醜い」

「そんなこと、ありません！」

サリーシャはぶんぶんと首を横に振った。そして、まっすぐにこちらを見つめるヘーゼル色の瞳を見返した。

「閣下の傷跡は、決して醜くなんてありません」

「なら、きみだって同じはずだ」

零れ落ちる涙はもう止められそうにない。

「わたくしは……わたくしは閣下のお傍にいてもよいのでしょうか？」

「まだそんな愚問を発するのか？　きみのことは俺が幸せにすると言ったはずだ」

セシリオの眉間に皺が寄る。片手を取られて引き寄せられると、大きな軍服ごと抱きしめられた。それだけで、言いようのない幸福感がサリーシャを包み込む。

サリーシャはおずおずと大きな背に手を回した。直接触れ合う肌からは熱が伝わってきた。ほんのり温かく、そして、とても安心する。

「サリーシャ。実は……傷のことは最初から知っていた。だが、クラーラ達とも相談して、きみが気にしているかもしれないから口に出すのはやめていたんだ。……逆効果だったな。きみがなにかに悩んでいるのに気付いた時点で、このことに気付くべきだった」

セシリオの手が軍服越しに優しく背中を撫でる。

それを聞いたとき、自分はなんてバカな思い違いをしていたのだろうかと思った。

思い返せば、ヒントはたくさんあった。ここに来たときにサリーシャのために用意されていたドレスは、若い女性向けであるにもかかわらず全て背中が隠れるデザインだった。マリアンネから意地悪を言われたとき、これが似合うとセシリオとモーリスは庇ってくれた。着替えや湯あみを一人、もしくはノーラとしかしたがらないサリーシャに対し、クラーラは理由も聞かずに好きにさせてくれていた。

たった一言だけでもどちらかが言えていれば、こんなにお互いが誤解して拗《こじ》れることにはならなかったのに。その一言が、どうしても言えなかった。

「服を……」

しばらくすると、セシリオが周囲を見渡して呟く。温かな熱が離れようとするのを感じ、サリーシャは咄嗟《とっさ》に背中に回していた腕に力を込めた。困惑気味にこちらを見るセシリオを、サリーシャはまっすぐに見上げた。

「わたくしを醜くないと、ずっとお傍に置いてくださると仰るならば、閣下にはもっと触れてほしいのです」

セシリオが目を見開き、ひゅっと息を呑んだ。

＊＊＊

金糸のような長い髪が白いシーツに広がり、光を浴びた海面のように煌めく。

大きなベッドに横たわり外を眺めると、窓越しに大きな月が見えた。眼前にいる最愛の人を見上げれば、逞しい体が部屋の仄かな明りと月明かりに照らされて浮かび上がっている。『辺境の獅子』とはセシリオの二つ名だが、その姿は本当に獅子のようだとサリーシャは思った。しなやかで、雄々《おお》しく、そして、とても美しい。

「怖い？」

ヘーゼル色の瞳が心配そうに覗き込む。サリーシャはまっすぐにその顔を見返し、微笑んだ。

「いいえ。閣下ならば、怖くはありません。むしろ、とても……とても嬉しいのです」

そう、嬉しいのだと思った。

この人と結ばれることが、とても嬉しい。

セシリオは少し驚いたように目をみはると、少し照れたのか眉根を寄せる。サリーシャはその様子を見て、ふわりと笑う。誰よりも勇敢でありながら、こんなにも可愛らしいこの人が、心から愛しい。

「約束だ。きみのことは、必ず幸せにする。だから、ここにいろ」

「……はい」

サリーシャが頷くと、セシリオが優しく微笑む。

慕っている人に愛されるとは、なんと幸せな奇跡なのだろう。

その幸せを噛みしめながら、サリーシャはそっと目を閉じた。

＊＊＊

小鳥のさえずりが聞こえて、サリーシャはゆっくりと意識を浮上させた。今日はいつにもまして、心地がいい。自分を包む布団の温かさに無意識に擦り寄ると、くくっと笑いを噛み殺したような声がして、サリーシャはパチッと目を覚ました。擦り寄った布団越しにヘーゼル色の瞳がこちらを見つめている。

「？　えっ⁇」

「おはよう」

「……おはようございます？」

すっかり明るくなった部屋で、なぜかセシリオが白いガウン姿で添い寝している。機嫌がよさそうなセシリオは目を真ん丸にするサリーシャの頭をくしゃりとひと撫でするとそっと額にキスをした。柔らかな感触が肌に触れる。

「気分はどう？　体はつらくない？」

「……気分も体調もいいです」

「それはよかった。水を飲む？」

「……はい」

セシリオは柔らかく微笑むと、ベッドからすっくと立ち上がってドアの方へ向かい、部屋を出ていった。サリーシャはその様子をただ呆然と見送った。

「え？　ええっ!?」

一体どういう状況なのかと頭を整理して、脳裏に蘇るのは昨晩のこと。一部始終を思い出していくにつれ、だんだんと頬は紅潮し、顔からは火が出そうだ。サリーシャは昨晩、自分からセシリオに触れてほしいと誘ったのである。

がばっと布団を上げて自分の姿を見ると、初めて見る白のガウンを着ている。生まれたままの姿でないことには少し安心したが、このガウンを自分で着たのかはよく覚えていない。しかし、それは恐らく思い出さない方がいい気がして、サリーシャは考えるのをやめた。

熱くなった両頬を押さえながら、サリーシャは改めて部屋を見渡した。広さはサリーシャの普段使っている客間と同じくらいだろうか。落ち着いたベージュのカーテンには白い花や幾何学《きかがく》模様の刺繍がふんだんに施されている。ベッドは客間で使用しているものの倍くらいのサイズがあり、精巧な彫刻が施された天蓋からは白いレースカーテンが下がっていた。壁際には本棚とサイドボードが置いてあるが、使っていないのかほとんど空に近い状態に見えた。そして、その隣にはクローゼットが置かれていた。

ぼんやりとしていると、先ほどと同じドアが開き、セシリオが戻ってきた。片手には水の入ったグラスを、もう片方の手には開封済みの封筒を何通か持っている。

セシリオはまっすぐにサリーシャのいるベッドの脇まで歩いてくると、まずグラスを手渡した。透明の液体がグラスの中でゆらゆらと揺れている。こくりと飲み込みむと、渇いた喉に冷たい水がスーッと染み渡った。

セシリオはじっとその様子を見守っていたが、サリーシャが飲み終えると空になったそれを受け取り、壁際のサイドボードの上に乗せた。そして戻ってくると、今度は当たり前のように同じベッドの上に腰をおろした。サリーシャの腰に逞しい腕を回すと、ぐいっと引き寄せる。後ろからすっぽりと抱え込まれるように抱き寄せられ、セシリオはサリーシャの肩に顎を乗せるように顔を寄せた。

「きみは昼間も可愛いらしいが、夜は妖艶だった。それでいて、寝ている姿は子供のように愛らしい。どれだけ俺を虜《とりこ》にするつもりだ？」

「なっ！」

厚い胸板に自らの背がぴったりと密着するような状態。後ろから囁くように直接耳に吹き込まれた言葉に、サリーシャは顔だけでなく首まで真っ赤になった。朝っぱらから一体なにを言い始めるのか。あわあわしていると、セシリオは真っ赤に色づいた耳にチュッとキスをする。

「さくらんぼのように赤くなるところも可愛いな」

「か、閣下！」

サリーシャがあまりの恥ずかしさから怒ったように言うと、背後のセシリオが楽しげに笑う気配がした。笑っているせいで、背中越しに振動が伝わってくる。

「朝からわたくしをからかっておいでですか？」

「いや？」

そう言うと、セシリオは両腕でサリーシャをぎゅっと抱きしめ、今度は肩にキスをした。

「昨夜の一件で、きみには直接はっきりと言わないと色々と伝わらないということがよくわかった。これからは思ったことは口にしよう」

サリーシャはそれを聞いた瞬間、ぎゅっと心臓を摑まれるような痛みを感じた。

お互いが言葉足らずだったせいで、サリーシャはひどい思い違いをしてセシリオや周りの人達に迷惑をかけた。きっと、昨晩は皆でサリーシャを探して大騒ぎだったに違いない。

「本当に申し訳ありません……」

サリーシャが俯くと、セシリオが窘めるようにポンポンとお腹を軽く指で叩いた。

「俺に謝る必要はない。ただ、クラーラ達には一言労《ねぎら》いの言葉を掛けてやってくれ。きみのことをとても心配していた」

「……はい」

きっと昨晩、クラーラ達はサリーシャを探してとても心配したに違いない。サリーシャは申し訳なく思った。

「俺とは、お互いにもっと話をしようか？　俺達はどうやら二人とも、察しが悪いようだ。またこんなことが起こらないように、たくさん話をしよう」

サリーシャは自分の腹部に回ったセシリオの手を見つめた。温かくて、サリーシャの華奢《きゃしゃ》な手とは全く違う、ごつごつした大きな手だ。この手を二度と離したくはない。だから、自分も思ったことや言いたいことは言おう。そう思った。

「きみを不安にさせないように、伝えたいことがある。きみが俺の妻になるからこそ、教えるんだ」

セシリオの片腕がサリーシャから外れると、カサリと紙の擦れる音がした。

「サリーシャ。これを見て」

サリーシャはセシリオが前に回した手に持っているものを見つめた。三通の封筒だ。どれも封蠟に王室の印が押されている。

「これは……、王室からの親書でございますか？」

「そうだ」

セシリオは短く答えると背後から腕を伸ばし、その三通をサリーシャの前に並べた。

「なにか違いがわかる？」

「違い？」

サリーシャはその三通を見比べた。白い紙はひと目で上質とわかる混じり気のないものだ。全て同じ長方形をしており、封の部分に施された封蠟は赤い。そこには、サリーシャのよく知るタイタリア王国の王室の印が押されている。

「同じに見えますわ」

「よく見て」

耳元でセシリオが囁くたびに、くすぐったいような、こそばゆいような、不思議な感覚がする。セシリオはサリーシャの手に自分の手を重ねると、その封筒を持たせた。伝わってくる熱にどぎまぎしながらも、サリーシャはもう一度その封筒をじっと見つめる。

「大きさは……一緒ですわね。紙の手触りも一緒だわ。封蠟の欠け方ですか？」

「封蠟に着目《ちゃくもく》したのは正解だが、欠け方じゃない。こうやって明るい場所で並べて見ると、なにかに気付かないか？」

そう言われて、サリーシャはもう一度その三通、特に封蠟部分を注意深く見比べた。欠け方でないならば、印の形だろうか。しかし、印はどれも同じに見えた。更にじっと見つめていたサリーシャは、ふとあることに気付いた。

「これとこれ、少し色が違いますわ」

サリーシャは、三通のうち二通を選んで、朝日にかざすように斜めに持った。ほんの僅かな違いだが、一方の封蠟が暗い色をしているように見えたのだ。

「そうだ。よくわかったな」

セシリオはサリーシャの頭をくしゃりと撫でる。

「王室からアハマスに送られる親書の封蠟の色には意味がある。混じり気のない赤は通常のもの、黄色味を帯びていれば重要だったり緊急のもの、そして黒味を帯びていれば、なんらかの理由で作成されたダミーだ。この三通なら、これが黒、これが赤、これが黄……」

セシリオはそう説明しながら、封筒を指差す。どれも、本当に注意深く見なければ赤にしか見えないような僅かな違いだった。

サリーシャはその説明を聞きながら、ハッとした。いつぞや、サリーシャがセシリオの部屋を訪ねた日に、モーリスが早馬で届いた親書のことを『黄色い』と言っていたのを思い出したのだ。もしや、あれは封蠟の色を指していたのではないか。そして、最近ずっと胸にわだかまっていることにも、もしかして……と考えが至った。

「もしや、ブラウナー侯爵が殿下から預かってきた親書は……」

サリーシャの呟きに、背後のセシリオが肯定《こうてい》するように、撫でていた手で優しく頭を寄せる。

サリーシャはずっと不思議に思っていた。セシリオは戦争にならないと言うのに、なぜブラウナー侯爵が持参したフィリップ殿下からの親書には戦争の準備を促すようなことが書かれていたのか。ブラウナー侯爵が持ってきた親書がダミーであるとすれば、色々と腑に落ちるのだ。

「でも……。なぜ、そんなことを？」

訝しげに眉をひそめるサリーシャをセシリオはきゅっと抱きしめた。耳元に口を寄せると、サリーシャにしか聞こえないような小さな声で言った。

「前にも言ったが、近々きみが傷を負ったあの事件に関して、大きな動きがあるかもしれない」

サリーシャは息を呑み、体を小さく震わせた。刃で死にそうな傷を負わされた恐怖は今も消えない。

「きみに傷を負わせた男の素性は不明とされているが、フィリップ殿下はずっと調査を続けていた。前回の親書によると、ようやく尻尾が掴めそうだということだ。黒幕の狙いはダカール国と険悪にさせることだ。あちらの狙い通りに動いて油断させた方が、炙り出しやすい」

「あの事件の捜査は、殿下が指揮しているのですか？」

「ああ、そうだ。きみがあんな目に遭って、殿下がなにもせずに黙っているわけがないだろう？」

サリーシャは白い封筒を見つめながら、もう数ヶ月も会っていない友人の顔を思い浮かべた。金の髪に青い瞳、すっきりと通った鼻梁は高すぎず低すぎず絶妙な高さ。とても凜々しい友人は、皆に優しく穏やかな性格で、物語の中の王子様をそのまま具現化《ぐげんか》したような人だった。

最後にフィリップ殿下を見上げたとき、彼はサリーシャを見下ろして泣きそうな顔をしていた。思えば、こんなにも長くフィリップ殿下に会わないでいるのは人生で初めてかもしれない。

――フィルは今頃、どうしているのかしら？

サリーシャは、ずっと会っていない友人をとても懐かしく思った。

「実は、殿下にはあの事件の後、お会いしていないのです」

「……実は、きみとの婚約を王室に報告に行ったとき、対応してくれたのがフィリップ殿下だった」

「殿下が？」

サリーシャはそれを聞いて意外に思った。王室への報告は実に様々なものがあり、概《がい》して文官が対応する。王族自らが姿を現すことはまずないのだ。

「会ってなくて、本当によかったよ。――まぁ、きみを思ってのことだろうが、間一髪の危ないところだった」

「？　危ない？」

サリーシャは、なにを言っているのだろうかと怪訝に思い、セシリオの顔を見ようとした。しかし、体を捩った途端に背中に痛みが走る。

「痛っ！」

「大丈夫か？」

大きな手が、サリーシャの背中を労るように何度も往復する。サリーシャが後ろを振り向こうと体をねじると痛みが走ることを察したセシリオは身動《みじろ》ぎすると、サリーシャの顔がしっかり見える位置まで体を移動させた。

「フィリップ殿下は、きみに会いたがっていたよ。大怪我をしたきみを、その現場になった王宮に呼びつけるわけにもいかないからな。きみのことを……とても……大切な存在だと言っていた」

セシリオはそのときのことを思い出すかのように目を細める。

「きみとフィリップ殿下は、とても信頼し合っているのだろう？　殿下ときみの様子を見ていれば、よくわかる。ブラウナー侯爵のきみが殿下の愛人であるなどという邪推《じゃすい》は、到底《とうてい》許せるものではない」

それだけ言うと、セシリオは口をつぐんだ。そして、ヘーゼル色の瞳でサリーシャを覗き込んだ。とても真剣な眼差しに、サリーシャは思わずベッドの上で足を整え、姿勢を正した。

「実は殿下とダカール国には何日か前に親書を出したんだが、俺は一度ダカール国と接触しに、国境へ行く。犯人の炙り出しのためとはいえ、きちんと説明もなしに国境沿いに兵器を集めれば、あちらが誤解しかねない。タイタリア王国が開戦準備をしていると誤解したダカール国が先に攻めてきて、本当に戦争になったら一大事だ。ただその間、きみをブラウナー侯爵とともにここに置いていくことになる」

サリーシャはこくんと息を呑んだ。

ここにブラウナー侯爵とマリアンネとともに残され、セシリオがいない。考えただけでも憂鬱《ゆううつ》な状況だ。しかし、サリーシャはゆくゆくはアハマス辺境伯夫人になるのだから、夫が不在時の屋敷の取り仕切りもやることになる。サリーシャは一度俯いてから決意したように顔を上げ、セシリオを見返した。

「はい、わかりました」

セシリオの顔にほっとしたような安堵の表情が浮かぶ。

「いいか、この封蠟の色の意味をよく覚えておいてくれ。俺からの手紙も、王室からの手紙も、色の意味は同じだ。だが、絶対に他人に口外してはだめだ。俺やモーリスや、限られた一部の人間以外は誰も知らない」

なにが起こっているのかはよくわからないが、とても重大なことが水面下で動き出している。この封蠟の意味を理解していないと自分が不安になるようなことが起こりうるのだということは、サリーシャにもわかった。

そして、この封蠟の意味がアハマスにとってのトップシークレットであることは間違いない。これを教えることは、セシリオの『サリーシャを必ず妻にする』との強い意思表示であるように感じた。

「よく覚えておきます」

「よし。……あと、ブラウナー侯爵とはできるだけ二人きりにならないでくれないか？　気になることがある」

「気になること？」

「ああ。前に一緒に晩餐を囲んだ際に――」

セシリオはそこで言葉を濁した。言うべきか言わざるべきか考えあぐねているように、口元に手を当てた。言いにくいことなのかもしれないと、サリーシャは聞き出すのをやめ、腰に回ったセシリオの腕をどかすように手に力を入れた。その腕はするりと抵抗なく外れる。

「わかりました。ところで、閣下はわたくしに、言いたいことは全て言ってくれと仰いましたわね？」

「ああ。なにかあるのか？」

「あります」

サリーシャはそう言うと、瑠璃色の瞳でまっすぐにセシリオの顔を見つめた。途端にセシリオの瞳に不安げな色が浮かぶ。きっと、またなにかよからぬ方に誤解をしているに違いない。

――ああ。やっぱり口に出して言わなければ、伝わらないのね。

サリーシャは息を大きく吸った。

「わたくし……、閣下のことがとても大切なのです。閣下が思っていらっしゃるよりも、ずっとずっと……閣下が大好きなのです。閣下の任務で必要ならば、わたくしはここで待ちます。けれど、約束してください。また戻ってきて、わたくしを抱きしめてくださると」

セシリオが大きく目をみはった。

「それと、閣下に触れられるのは、とても安心します。だから、夜寝る前の挨拶だけではなく、もっと触れてほしいのです。いつだって、抱きしめてほしいのです。あとは……キスも……」

最後はさすがに恥ずかしくなり、消え入りそうな声になってしまった。きっと顔は真っ赤になっているだろう。耳も頬も熱くなり、サリーシャはそれを隠すように両手で覆った。

「まいったな」

ため息混じりの声が頭上から降ってくる。呆れられてしまっただろうか。サリーシャは恐る恐るセシリオを見た。ちらりと指の隙間から見ただけなのに、しっかりとヘーゼル色の瞳と視線が絡み合い、サリーシャの胸はトクンと鳴る。

「こんなにも愛らしいきみを置いて国境に行くなど、まるで拷問《ごうもん》だな。もうすぐクラーラがきみの朝の準備をしに来るのに、国境どころか朝食にすら行きたくないくらいだ」

顔を隠す両手を外され、サリーシャの顔を覗き込んだセシリオが困ったように笑う。再び腰に手が回され、しっかりと抱き寄せられた。優しく唇を重ねられながら、サリーシャはこみ上げる幸福の中に身を沈めた。

＊＊＊

アハマスの領主館の正面玄関では、主《あるじ》の出立を見送るために多くの人間が集まっていた。順調にいけばたった二日の日程だが、行き先が行き先だけに、周囲には少しピリッとした緊張感が漂っている。

そんな中、サリーシャも不安げな表情を浮かべたまま、セシリオを見つめていた。

今日のセシリオは正装用の軍服の装いをしているため、いつにもまして凛々しく見える。屋敷に残る部下や使用人達にひと言二言指示を出していくセシリオが、サリーシャにはとても頼りがいがあって素敵な、大人の男性に見えた。

少し強めの風が吹き、背後では騎士の持つタイタリア王国の国旗とアハマスの紋章がはためいている。

「少しだけ留守にするが、頼んだぞ。困ったことがあれば、ドリスかクラーラ、モーリスに言うんだ」

「わかりました」

皆に伝えるべき指示を出して、最後にサリーシャの前に立ったセシリオに、サリーシャはしっかりと頷いてみせた。本当はとても不安だが、心配させてはいけない。無理に笑ったせいで、顔が少し引き攣ってしまう。

そのせいかセシリオにはその気持ちがしっかりと伝わってしまったようだ。安心させるように、ポンポンと大きな手が頭を撫でる。

「早ければ、明日の午後には戻る。できるだけ、早く戻るから」

「早く戻ってきてほしいですが、無理はなさらないでください。閣下になにかがあっては大変です」

無理な旅程は疲れや怪我の元になる。サリーシャは眉尻を下げた。

「俺が、きみと離れていたくないんだ」

セシリオの顔が近づくと柔らかな感触が頬に触れた。斜め後ろにいるマリアンネがハッと息を呑むのがわかった。セシリオも気づいたはずだが、構わぬ様子でサリーシャの頬に手を添え、安心させるように微笑む。

「きみの待つところに、すぐに戻る」

そして、振り返ると今度は太く大きな声で皆に聞こえるように言った。

「では、出発する」

タイタリアの国旗を掲げた騎士とデオに跨《また》がったセシリオの後ろに、お供《とも》の騎士達が十人ほど続く。サリーシャはその姿が見えなくなるまで、ずっと玄関に立ったまま見送った。


その日の昼下がり。

完成したばかりの中庭で本を読んでいたサリーシャは、ふと顔を上げた。季節を先取りしたような爽やかな陽気は外にいるだけで気分が華やぐ。見上げれば白と灰の羽が特徴的なシジュウカラが二羽、小枝で羽を休めながら寄り添っているのが見えた。その仲睦《なかむつ》まじい様子を眺めながら、セシリオは無事に目的地に到着できただろうかと、サリーシャは遠い地に思いを馳《は》せた。

タイタリア王国とダカール国の間には、先の終戦時に設《もう》けられた『ピース・ポイント』と呼ばれる施設がある。

ピース・ポイントはちょうど両国の国境線上に位置した視界の開けた地域にあり、両国がお互いになにか重要なやり取りをするときは、必ずそこを通すようにと取り決められている。

セシリオは今朝、そのピース・ポイントへと旅立った。表向きはブラウナー侯爵がフィリップ殿下から最初に預かってきた親書に記載された『全権を与える』という内容に基づき、何人かの部下を引き連れて国の代表としてダカール国との交渉に向かったのだ。だが実態は、こちらに戦意がないことをアハマス領主自らが伝えに行った。

「先ほど、一騎戻ってきたでしょう？　セシリオ様にはなにもないといいのだけど……」

サリーシャは小さな声で呟いた。

セシリオが出立してから一時間ほどした頃、セシリオに同行したはずの騎士が一騎だけ屋敷に戻ってきた。セシリオの一行になにかあったのではとサリーシャは青ざめたが、ただ単に途中で馬が脚を痛めただけだという。それを聞いて、サリーシャはほっと胸を撫で下ろした。

どうか道中何事もなく無事でいてほしいと、サリーシャは最愛の人を想った。

ピース・ポイントはアハマスの領地内にあるが、少し領主館からは距離があり、馬で五時間ほどかかる。既に時刻は昼をだいぶ過ぎているので、休憩時間を考えてもそろそろ到着しているはずだ。

「セシリオ様はそろそろ、お着きになったかしら？　早く帰ってきて元気なお姿を見せてほしいのに」

「そろそろお着きになる頃ですわね。でもサリーシャ様、今朝出たのですから、まだ帰るのには早いですわ」

向かいの席で本を読んでいたノーラがくすくすと笑いながら答える。

「わかってるわ。けど、そう思ったのよ」

サリーシャはなんとなく気恥ずかしくて口を尖らせた。

会談の時間などを含めると、セシリオがここに戻ってくるのは早くても明日のこの時間、遅ければ数日後になる予定だ。サリーシャがここアハマスに来てから、丸一日以上セシリオが不在になるのは、初めてのことだ。とても寂しいけれど、ノーラもクラーラもいるし、執務棟の方へ行けばモーリスもいる。それに、多くの使用人達も一緒だ。

セシリオと結婚すればサリーシャはここの女主人となる。自分もしっかりしなければと、気を引きしめた。

しばらくすると、日の傾き具合を確認したノーラがパタンと本を閉じた。

「サリーシャ様。わたくし、そろそろ仕上がった洗濯物を受け取りに行って参りますわ」

「あら、もうそんな時間なのね。わたくしはもう少し本を読んでいくから、気にしないで」

心配げにこちらを見つめるノーラに、サリーシャは笑いかけた。今日はとても天気がいいし、せっかくの中庭もほぼ完成した。あとは小径沿いの足元に小花を追加して植えるのと、先日サリーシャが逃走事件を起こしたときにセシリオが踏み荒らしてしまった場所を直せば庭園の改造はおしまいだ。もう少し中庭に留まりたい気がしたのだ。

「では、わたくしは行きますが、あまり遅くまでここにいて体を冷やさないでくださいね」

「わかってるわよ」

「本当ですか？　旦那様の留守中にサリーシャ様がお風邪などひかれたら、わたくしが怒られてしまいますわ」

「大丈夫。安心して？」

不安げにこちらを見るノーラに対し、サリーシャはこてんと首を横に傾《かし》げてみせた。随分と信用がないものだと思わず苦笑してしまう。しかし、マリアンネが来てから二回も行方不明事件を起こしたサリーシャに、文句は言えない。

ノーラが立ち去った後、サリーシャは再び本を読み始めた。巡業の歌劇団の看板俳優と貴族令嬢の禁断の恋を描いたその小説は、とても切ない悲恋の話だ。ヒロインに感情移入して夢中になって読んでいると、木々の葉が鳴る音や小鳥のさえずりに混じり、カツンと石畳を鳴らす音がした。

「ノーラ、早かったわね？」

視界の端の足元に自分とは違う影が映り、サリーシャは本の文字に視線を向けたまま声を掛けた。しかし、返事がない。訝しく思ったサリーシャは、ようやく本から顔を上げた。

「マリアンネ様……」

サリーシャは自分にしか聞こえないような小さな声で呟く。そこには、いつの間に来たのか、険しい表情でこちらを見下ろすマリアンネがいた。

サリーシャは目の前にいたマリアンネを、ぽかんと見上げた。そして、すぐにハッとして立ち上がった。

「ごきげんよう、マリアンネ様。お散歩でいらっしゃいますか？」

サリーシャはすぐに頭を垂れ、お辞儀をした。あくまでもマリアンネは侯爵令嬢であり、サリーシャは伯爵令嬢だ。セシリオと結婚しない限り、この関係は変わらない。

垂れた頭を上げると、マリアンネはいつもより険しい表情でサリーシャを見据えていた。

「あなた……、どんな技を使ったの？」

「はい？」

低い声で問われ、サリーシャは質問の意味がよくわからずに怪訝な表情で聞き返した。マリアンネはそんなサリーシャの様子に苛立ったように声を荒らげた。

「だからっ！　どんな方法でセシリオ様を陥落《かんらく》させたのよ!?　こんなの、おかしいわ。あなたなんて、傷物なのに！　以前はフィリップ殿下のお傍に侍《はべ》ることを許されていて、今度はセシリオ様。セシリオ様のあんな姿、小さい頃から何度もお会いしてるわたくしだって知らない！　どうやって騙しているの？」

サリーシャはキッとこちらを睨みつけるマリアンネを呆然と見返した。騙すとか技とか、全く身に覚えがない。マリアンネは怒りからか、扇を持つ手が震えていた。サリーシャは目の前の人から半ば憎悪に近い感情を感じて、にわかに恐怖を覚えた。

「申し訳ありませんが、仰る意味がわかりません。わたくしは、なにもしておりませんわ」

「嘘よ！　わたくしの方が身分も上で、美しさだってけっして劣ってはいないわ。結婚したときのメリットだって大きい。なのに、なんで！　なんでよ!?」

そこまで一気に捲し立てたマリアンネは、サリーシャを軽蔑するように目を細めた。

「どうせ、あなたはフィリップ殿下の愛人だったのでしょう？　そうでなきゃ、平民上がりが殿下にお近づきになれるわけがないわ。ねえ、セシリオ様にも体を使って取り入ったの？　セシリオ様はあなたに騙されてるのよ。平民上がりのくせに、当然のように殿下の隣に陣取った厚顔《こうがん》無恥《む ち》な女のくせに！」

「わたくしはなにもしておりませんっ！　フィリップ殿下とも、そのような関係ではありません!!」

大きな声で言い返したサリーシャのことを、マリアンネは不思議なものでも見るかのような目で見つめた。しばし人形のように表情を消していたが、今度はぱぁっと表情を明るくした。そして、片手の人差し指を口元に当て、コテンと首を傾《かし》げた。

「そうなの？　なら、ちょうどいいわ。あなたは誰でも虜にできるのね？　それなら、セシリオ様はわたくしに譲《ゆず》ってくださいませ」

サリーシャは驚愕《きょうがく》に目を見開いた。なぜこんな飛躍した提案に至るのか、意味がわからない。

「なにを仰っているのです？」

「だって、考えてもみて？　今、侯爵位以上の爵位を持ち、独身でわたくしと歳の釣り合いも取れる方はセシリオ様しかいらっしゃらないの。つまり、わたくしにはセシリオ様しかいないのよ。

あなたは平民上がりなのだから、男爵でも子爵でも、なんでもいいでしょう？」

それを聞いたとき、ぞくりと寒気がした。マリアンネはさも名案を思いついたというように、笑顔で目を輝かせている。本気でそう思っていることが、サリーシャにもわかった。

かつて自分からセシリオの婚約者の地位を放棄したというのに、どうやったらこんなにも独りよがりになれるものなのだろうか。サリーシャはマリアンネの狂気とも取れる言動に恐怖を感じ、ぶるりと体を震わせた。

「わたくし、失礼させていただきます」

一刻も早くこの場を立ち去りたい。読んでいた本を抱きしめてマリアンネの横をすり抜けようとすると、マリアンネがニコリと笑う。

「お父様にも協力していただけるように、お願いしておくわ。だって、あなたはわたくしの幸せに邪魔なの」

歌うようにそう言ったマリアンネから逃げるように、サリーシャはその場を後にした。

＊＊＊

夕食時、サリーシャは胃の痛い気分だった。日中にあんなやり取りをしながら、セシリオが不在の中マリアンネとブラウナー侯爵と夕食をともにするなど、憂鬱以外のなにものでもない。しかし、サリーシャは未来の辺境伯夫人になることを決心した。セシリオの婚約者として、賓客《ひんきゃく》であるこの二人を無視することはできない。セシリオがいない間は毎回モーリスが同席してくれることになっているのが不幸中の幸いだった。

「サリーシャ嬢。あなたにはわからないかもしれないが、国境警備を担うアハマスにとって、武器や防具というのはなくてはならない存在なのですよ」

ひと言も発せずに目の前の料理だけに集中していたサリーシャは、斜め前に座るブラウナー侯爵から突然投げかけられた言葉に、ビクンと肩を揺らした。昼間の出来事が脳裏に浮かび、ついにきたと思った。

顔を上げて正面を見ると、マリアンネは澄まし顔で淡々と食事を口に運び、ブラウナー侯爵は元々細い目を更に細めてこちらを見つめていた。

「武器や防具がないアハマスなど、剣を取られた剣士、針と糸を取られた針子、牙と爪を失った獅子……。この意味がおわかりかな？」

サリーシャはなにもわからないといった様子で、曖昧に微笑み返した。

「わたくしに、難しいことはわかりませんわ」

「随分と察しの悪いお方だ。これでは、やはりアハマス辺境伯夫人としての適性に欠けるとしか言いようがない」

ブラウナー侯爵はこれ見よがしに大きなため息をついた。

「アハマス辺境伯家にとって、ブラウナー侯爵家は剣士の剣のようなものなのですよ。切っても切れない、なくてはならない存在だ。しかし、マオーニ伯爵家は違う」

サリーシャは努めてゆったりとブラウナー侯爵を見つめ返した。

「わたくしは、セシリオ様が望まれたのでここにいます。セシリオ様がわたくしを必要としてくださる限り、お傍にいるつもりです」

「老婆心《ろうばしん》から申し上げますがね、どうやらアハマス卿は若さゆえの恋の熱に浮かされて、冷静な判断ができなくなっているようだ。直接言うと機嫌を損ねるので、わたしが代わりに道を正しておこうと思います。先代から付き合いのあったアハマスが没落《ぼつらく》するのを黙って見ていることはできませんから」

ブラウナー侯爵は少し苛立ったように、眉間に皺を寄せる。持っていたフォークがカシャンと大きな音を立てた。

「……」

「なんなら、わたしから御父上のマオーニ伯爵には説明しておきましょう。それに、あなたの新しい嫁ぎ先は紹介しますよ。うちの領地の大手の商会の跡取り息子か、豪農の息子なんかはどうです？　ああ、貴族の世界が忘れられないなら、親しくしている子爵や男爵辺りならなんとかなる。なんなら、うちの屋敷に来てもらってもいい」

「ブラウナー侯爵！　さすがに失礼です」

顔をしかめたモーリスが咎《とが》めるように横から口を挟む。サリーシャは、ブラウナー侯爵の言葉を静かに聞きながら、内心では怒りに震えていた。

ようは、セシリオが婚約解消になかなか納得しないから、サリーシャに事情を察して自分から出ていけと言っているのだ。そして、『うちの屋敷に来てもいい』というのは、ブラウナー侯爵本人もしくは息子の愛人にしてやってもいい。たまには社交パーティーにも連れて行ってやる。という意味だろう。これほどまでにバカにされたのは、人生で初めてだ。

「失礼？　これは異《い》なことを言う。わたしはアハマスを思ってこそ、心を鬼にして言っているのだ」

ブラウナー侯爵は顔を赤くして、憤慨《ふんがい》したように声を荒らげた。

もう、耳を塞いでこの場から逃げ出してしまいたい。けれど、サリーシャはぐっとお腹に力を入れてブラウナー侯爵を見返した。

セシリオはサリーシャを妻にすると言った。だから、自分は未来のアハマス辺境伯夫人なのだ。こんなところで逃げ出してはいけないと思った。

「ブラウナー侯爵。ご忠告誠《まこと》に痛み入りますわ。では、ブラウナー侯爵に認めていただけるようなアハマス辺境伯夫人にふさわしい女性になれるよう努力しますので、これからもよろしくご指導くださいませ」

社交界で散々鍛えた仮面のような笑顔を浮かべると、ブラウナー侯爵はぐっと押し黙った。そして、忌々しげに配膳されたばかりのステーキ肉にナイフを突き刺した。

白い皿の上に肉汁と血が混じり合った赤がみるみるうちに広がってゆく。サリーシャはそれを、まるで別の世界の出来事であるかのようにぼんやりと見つめた。

＊＊＊

　翌朝、暗い夜空がやっと青色を帯び始め、まだ日も昇らぬような時刻。忙しなく鳴く鶏もまだ夢の中、町一番の早起きのパン屋がようやく生地の仕込みを始めるような頃、アハマスの領主館の外門の前には数騎の騎馬隊が帰還《きかん》していた。夜通し馬を走らせたせいか、皆、深緑色の軍服は埃《ほこり》で白っぽく汚れ、馬の脚には道中で飛び散った泥が付いている。

　寝ぼけ眼《まなこ》を擦りながら対応した外門の門番は、その騎馬隊の一人の顔を見るや否や、慌てて頭を垂れた。大きな門がギギギっと音を立てながらゆっくりと開く。

　騎馬隊は再び馬で駆け出す。そして、内門を通過し、馬を繋ぐため厩舎へとまっすぐに向かった。

　その後、一行は領主館の玄関から入ると次々と左側の執務棟へと向かい歩き始めた。その一団の中でも一際体格のよい男――セシリオは玄関ホールで立ち止まると、少し迷うように一度右側の居住棟へ続く暗い廊下を見つめた。まだ夜明け前の屋敷の廊下は明りも消され、真っ暗だ。サリーシャに会いたいが、きっとまだあの愛らしい寝顔で眠っていることだろう。

　セシリオは小さく頭を振ると、先に執務室でなすべきことをするべきだと思い直す。踵を返すと結局は他の部下達同様に左側の執務棟へと消えていった。

　そしてその三十分後、一行はまだ朝露の残る街道へと、再び馬に跨がって走り去っていった。

＊＊＊

今朝はおかしな夢を見た。

ベッドサイドに立ったセシリオが寝ているサリーシャに優しくキスをして、指で髪をすく。そして、耳元で『すぐに戻る。愛してるよ』と囁いて去ってゆく夢だ。内容自体はさほどおかしくないのだが、妙にリアリティーがあった。

――わたくし、きっとセシリオ様が不足しているのだわ。

朝起きたサリーシャは、ほんのり赤くなった頬を冷ますように手で扇《あお》いだ。たったひと晩セシリオに会えなかっただけなのに、あのような自らの願望を具現化した、リアリティーたっぷりの夢を見るなんて。

触れ合った唇の柔らかな感触がまだ残っている気がして、無意識に自分の唇に指で触れる。こんなことで、これから先やっていけるのだろうかと急激に気恥ずかしさがこみ上げてきた。

そんな中、朝食のときにモーリスが懐《ふところ》から取り出した封書に、サリーシャは目が釘付けになった。その封書は今朝、セシリオとともにピース・ポイントへ向かった騎士の一人が伝達役としてアハマス領主館に持ち帰ってきたものだという。

サリーシャの部屋はアハマス領主館の入り口側に面しているが、今朝騎士が戻ってきたことには全く気がつかなかった。

「内容は？」

食事の手を止めたブラウナー侯爵に促され、モーリスは開封済みの封書をそのまま手渡した。

「色々書いてありますが、ようは交渉がうまくいってないようですね。昨日の話し合いでは終わらず、何日か掛かると」

「ほう。どれどれ——」

ブラウナー侯爵は封書から便箋《びんせん》を取り出すと、素早く内容を確認して自慢のひげを片手で撫でた。

「帰還は早くても明日か……。今日の午前中には武器の倉庫への搬入が終わるので、お代を受け取ってわたしは王都に戻ろうかと思っていたのですが……。アハマス卿が戻るまでは延期ですな」

考え込むように呟いたブラウナー侯爵に、サリーシャは待ちきれぬ様子で身を乗り出した。

「ブラウナー侯爵。わたくしも見てみても？」

「ええ、どうぞ」

ブラウナー侯爵からテーブル越しに封書を受けとると、すぐに中身を取り出した。中には確かに、交渉が決裂していること、すぐには話が纏《まと》まりそうにないこと、帰還は遅れることが書かれていた。

——セシリオ様、遅くなるのね……。

サリーシャは急激に気分が落ち込むのを感じた。たったひと晩セシリオがいなかっただけなのに、とても心細かった。寂しかった。挙げ句の果てにあのリアリティーたっぷりの夢だ。これがあと何日か続くのかと思うと、気分が憂鬱になる。

しかし、便箋を元のように折り畳んで封筒にしまい、封書を裏返したとき、サリーシャはそこにある一点を凝視したまま動きを止めた。封蠟が、僅かに黒味を帯びているように見えたのだ。

──もしかして……これ、ダミーかしら？

サリーシャは咄嗟《とっさ》にモーリスを見たが、モーリスは何事もないように、ブラウナー侯爵と歓談している。

サリーシャが封蠟の色の意味を教えられたとき、セシリオは三通の異なる色の封蠟を並べて見せてくれた。しかし、今はこの一通しかないので、比べようもない。

そうかもしれないし、気のせいかもしれない。これがダミーだったとすれば、一体なにを意味するのだろうか。しばらく考えてみたが結局わからず、サリーシャは封書をモーリスに返した。

＊＊＊

朝食を終えて部屋に戻るとき、サリーシャは、ブラウナー侯爵に背後から呼び止められた。

「サリーシャ嬢。今日はなにか予定がありますかな？」

ようやく憂鬱な食事の時間を終えて部屋のドアノブに手をかけようとしていたサリーシャは、ブラウナー侯爵に突然そう聞かれて戸惑った。まさか、この人が自ら自分に話しかけてくるとは思わなかった。

「今日でございますか？　特になにも予定しておりませんわ」

サリーシャは簡単にそう言うと、小首を傾《かし》げてみせた。

「なら、ちょうどよかった。昨晩、サリーシャ嬢はアハマス辺境伯夫人にふさわしい女性になれるよう指導してほしいと言ってましたな。早速、わたしの関わる武器などのいくつか必要な知識を授けて差し上げようかと思いましてね。色々と準備があるので、一時間後はどうです？」

「……」

サリーシャは無言でブラウナー侯爵を見返した。昨晩あのやり取りをした後にこの態度。正直言って、ブラウナー侯爵の意図がわからず気味が悪いと思った。しかし、目の前のブラウナー侯爵はにこにこしており、ここで無下に断るのは失礼に当たることはサリーシャにもわかる。

「ありがとうございます。あの……お付きの者も一緒でも？」

「もちろん構いませんよ」

サリーシャはそれを聞いてホッとした。ノーラに同席してもらおう。周りに人がいれば、ブラウナー侯爵もおかしな真似はしないだろう。それに、セシリオから『ブラウナー侯爵と二人きりになるな』と言われたことも守れる。

「では、よろしくお願いします」

サリーシャがペコリとお辞儀すると、ブラウナー侯爵はにんまりと笑って「では、のちほど」と言って去って行く。

――ずいぶん親切だけど、一体、どんな心境変化があったのかしら？

その後ろ姿を見つめながら、サリーシャは首を傾《かし》げる。でも、いい方向に変化したならよかったのかとすぐに思い直した。

部屋へ戻ると、ちょうどノーラがベッドシーツを整えているところだった。サリーシャが戻ってきたのに気付いたノーラは「あ、サリーシャ様」と声を上げる。

「お手紙を落としていますわ」

「手紙？」

「はい。枕元の辺り、ベッドの下に落ちていましたわ」

ノーラは白い封筒を差し出す。手紙を受け取った記憶はないのだが、宛先には確かにサリーシャの名前が書かれていた。差出人はセシリオだ。

「え？　セシリオ様から？」

急いで書いたのか、文字は崩れて乱れている。

サリーシャは、はやる気持ちを抑えながら、サイドボードからペーパーナイフを取り出し、封を切った。

中を見たサリーシャはハッとして封蝋を確認した。目を凝らしたが、それはバラのような鮮やかな赤に見える。

『できるだけ早く戻る』

中の便箋には、乱れた文字でただひと言、そう走り書きされていた。

＊＊＊

領主館の一階の応接室の一つで、サリーシャはブラウナー侯爵と向き合っていた。後ろにはノーラが控えており、二人の間にあるテーブルにはいくつかの本が並べられている。

それらの本には、様々な種類の防具や武器が挿絵付きで載っていた。その一つ一つをブラウナー侯爵が指差して丁寧に説明していくのに、サリーシャは興味深く聞き入った。

ブラウナー侯爵がサリーシャに紹介したこれらの本は全てアハマスの領主館の図書室にあったもののようだが、サリーシャは全くその存在に気付いていなかった。興味がなかったと言うべきか。

ぺらりっと紙を捲《めく》る音が部屋に響く。

サリーシャは本の挿絵に載っている鎧の変遷《へんせん》を見ながら、ふと疑問を覚えた。以前は全身をすっぽりと覆っていた鎧が、最近のものになると逆に面積が小さくなっているのだ。

「なぜ鎧は全身を覆わないのですか？　腕が危なくないかしら？」

「銃が発達してきたからですよ。矢や剣であれば防げた鎧も、銃だと貫通してしまう。ですから、胸を守るために胴囲の鋼《はがね》を厚くする必要があるのです。しかし、厚くすると重量が増してしまう。サリーシャ嬢はこの全身が覆われるタイプのプレートアーマーで、どれくらいの重量があるか想像がつきますかな？」

「全くわからないわ」

「例えばこれだと、大体三十キログラム程度あります」

ブラウナー侯爵は挿絵の一つを指さした。挿絵では、足先から頭の天辺《てっぺん》まですっぽりと包み込むようなプレートアーマーが描かれていた。アハマスの領主館にある、接客用晩餐室に飾られているプレートアーマーもこのタイプだ。

「厚みを増せば当然これよりさらに重くなる。着ているだけで体力を奪われてしまいます。それに、風を通さず中に熱が籠《こも》る。ですから、最近の鎧は生命線である胴体を守ることに特化した構造になっているのです」

「三十キログラム！」

サリーシャは驚きの声を上げた。三十キロと言えば、そこそこ大きな子どもを抱えて戦っているようなものだ。想像を遥かに超えている。いくら男性でも、そんなものを着て素早く行動するのは無理だろう。

「それから、こちらは武器ですね。サリーシャ嬢もご存知の通り、以前は剣や弓、クロスボウが主流でした」

ブラウナー侯爵は本のページを捲ると、これも順番に挿絵を指さして説明してゆく。

「しかし、近年の主流は先ほど申し上げた通り、銃です。特に、これまで使ってきた火縄銃に代わって最近出てきたのが、フリントロック式と呼ばれる点火方式を用いたマスケット銃です」

「セシリオ様が先日、ブラウナー侯爵から五千丁購入していたものね？」

「その通り。実戦で勝利するのは、いかに銃をうまく使いこなすかが肝なのです。このフリントロック式マスケット銃は以前の銃と比べて飛躍的に信頼性が上がった。それに、値段も多少安価です」

「そうなのね」

サリーシャはブラウナー侯爵の説明を聞きながら、神妙に頷いた。昨日、本人を目の前にして『辺境伯夫人としての適性がない』と失礼なことを言いきっただけのことはあり、ブラウナー侯爵が説明することはサリーシャの知らないことばかりだ。

「よろしければ、実物があるのでお見せしましょう」

「実物があるのですか？」

サリーシャは驚いて聞き返した。フリントロック式マスケット銃は最近流通し始めたばかりなので、本にも挿絵が載っていない。一体どんなものなのか、見てみたい気もした。

「アハマス卿にご紹介する見本用に持参していたのです。おい、持ってきてくれ」

ブラウナー侯爵が部屋に控える従者の一人に声を掛けると、従者は恭《うやうや》しく布がかけられた長細いものをブラウナー侯爵に差し出した。ブラウナー侯爵がそれを受け取り布を取ると、布の下からは細長い筒状の棒のようなものが二組現れた。棒の片側は三角形のような形をしており、引き金のための金具や、火薬を入れるための火蓋などがついている。パッと見は木製に見えたが、よく見ると周りを木で覆われているだけで、主要部分は金属でできている。

ブラウナー侯爵の説明によると、フリントロック式とは、フリントと呼ばれる火打石が当たり金に当たり、そのときに発生した火花が火薬に引火して発砲する手法のことだという。

実物を見ながら、ブラウナー侯爵はサリーシャに一通りの操作の仕方を教えた。

「とても優《すぐ》れた武器だということがわかりました。ありがとうございます」

「これしきのことは構いませんよ」

説明を聞き終えたサリーシャがブラウナー侯爵にお礼を伝えると、ブラウナー侯爵はにこやかに微笑んだ。

――わたくし、もしかしてひどい勘違いをしていたのかしら？

サリーシャはブラウナー侯爵のその様子を見て、急激に自分が恥ずかしくなった。ブラウナー侯爵はマリアンネとセシリオを結婚させるためにわざと自分に意地悪を言っていると思っていたのだ。実は、本当にアハマスのことを心配していたのかもしれない。

「この後、せっかくだから外に行きましょう。少しなら火薬もあるから、狙撃するところもお見せできますよ」

「実際に使用するところを見られるのですか？」

「もちろん」

ブラウナー侯爵はひげを触ると、口の端を上げた。ふと目に留まった時計の針は、十一時を指していた。

＊＊＊

サリーシャがブラウナー侯爵と向かったのは、屋敷の裏手にある射撃演習場だ。広い演習場の少し離れた一角にいくつかの的《まと》があり、その中心を狙って撃つ練習をするのだ。アハマスの銃士達が練習したのか、的にはたくさんの穴が空いていた。外すことも多いようで、的の後ろの石積みの塀はボロボロになっている。

サリーシャは射撃演習場を興味深げに見渡した。もうアハマスに来てから四ヶ月ほど経つが、ここに来たのは今日が初めてだ。周囲をぐるりと黄土色の石の塀に囲まれており、出入り口には大きな金属製の扉が付いている。

そのとき、演習場の外から蹄の音と馬の嘶く声が聞こえた。それも、一頭ではなく、たくさんいるようだ。サリーシャはその音に反応して、音の聞こえる方向を見た。

「お客様かしら?」

射撃演習場は誤発砲や的を外した流れ弾による事故の防止のため、高い塀に囲まれている。そのため、この演習場の中からだと、外の様子が窺《うかが》えない。見えるのは黄土色の高い石の塀だけだ。

ブラウナー侯爵も一瞬だけ馬の嘶く声がした方向を見たが、興味なさげにすぐに目を逸らした。

「ここの館は領主館と軍事施設としての機能が備わっていますからね。仕事関係の人間でしょう。それより、始めますよ」

ブラウナー侯爵から銃を手渡され、サリーシャはそれを受け取った。見た目は軽そうなそれは、手に持つとずっしりと重量があった。

「随分と重いわ。それに、こうやって持つと結構大きいのね」

「そうですね。長さもあるので、これを腕の力で支えるのは、なかなか大変です。先ほど説明したように、このように使います。まずは銃口から火薬を挿入して、次に銃弾を入れる。これをこの棒状のもので奥に押し込みます。そしてこのマスケットレストを軸にして立てて——」

ブラウナー侯爵は一通り説明しながら実演してゆく。マスケット銃と一緒に布をかけられていた一本の棒——マスケットレストをステッキのように床に立ててみせ、マスケット銃をその棒の上に乗せた。横から見ると、その棒を台座にしてT字のような形に見える。

ブラウナー侯爵が引き金を引いた瞬間、マスケット銃のフリントが当たった火蓋がパシンと閉まる。シュバーンという独特の轟音《ごうおん》とともに、銃口から銃弾が発射された。

「さあ、サリーシャ嬢もやってみてください」

「わたくしも、やるのですか？」

サリーシャは思いがけないブラウナー侯爵の言葉に、戸惑った。自分は見ているだけだと思っていたのだ。

「当たり前でしょう？　未来のアハマス辺境伯夫人になるのなら、これくらいできて当然です」

ブラウナー侯爵にそう言われ、サリーシャもそんなものなのかもしれないと思った。手渡された弾薬は白い紙に包まれており、見た目は飴《あめ》のように可愛らしく見えた。

遠くから、ガヤガヤと人々がひしめきあうような音が聞こえる。

サリーシャは顔を上げると、もう一度出入り口の方向を見た。なにを言っているのかまでは聞こえないが、人々の騒《ざわ》めく音が風に乗ってここまで聞こえてくる。先ほど到着した一行は、かなりの大人数のようだと、その姿を見ずとも想像がついた。

「随分とたくさんの人がいらしたみたいだけど、やっぱり見に行った方がよくないかしら？」

サリーシャはその方向を向いたまま呟いた。それを聞いたブラウナー侯爵も、つられたように出入り口の方向を見た。

「確かに、誰が来たのかくらいは確認しに行った方がいいかもしれませんね。そこのきみ、ちょっと見てきてくれ」

ふむと頷いたブラウナー侯爵は相槌を打ち、端に控えていたノーラに指示をした。ノーラはどうするべきかと迷うようにサリーシャの方を見た。

「そうね。ノーラ、お願いできる？」

「はい、承知しましたわ。では、見て参りますので、わたくしは少し外します」

ノーラがそう言って出入り口の方へ向かったので、ようやく納得したサリーシャはブラウナー侯爵に向き直った。ブラウナー侯爵はその姿を見送ると、満足げに頷いた。

「続きを。先ほど申し上げた通り、弾丸は銃口から詰め込みます」

ブラウナー侯爵がもう一度説明を始める。サリーシャはそれを聞きながら、おずおずと見よう見まねで自分もやってみた。

白い紙に包まれた火薬は黒砂のようにサラサラしており、弾丸は宝珠のように丸く、銀色に鈍く光っている。それを順番に銃口から詰め込んで押し込み、最後にマスケットレストに乗せる。マスケットレストはただの一本の棒のような形状をしているが、それに乗せただけで銃はとても安定した。取っ手の部分を持てば女のサリーシャでも難《なん》なく支えられるほどだ。

「引き金を引けば発射します」

「ええ」

サリーシャは手元の金属を見た。引き金は少し丸っこい形をしており、指がかけられるようになっている。本当に引くのは怖いから触るだけ。そう思って人差し指で軽く触れてみると、少しひんやりとした感触がする。

銃口の先を見つめると、的の円形が何重にもなっており、中央部分は黒く塗り潰されている。あの黒い部分を狙えということだろう。

「ありがとうございます。勉強になりましたわ」

「？　引き金を引かないのですか？」

「はい。本当に引くのは怖いです」

サリーシャはそのままマスケット銃をマスケットレストから下ろすと、ペロリと舌を出した。サリーシャが銃を触ったのは今日が初めてだし、剣すら握ったことがない。たかが引き金を引くそれだけの行為が、なんとなく恐ろしく感じられた。

ブラウナー侯爵はあからさまに眉を寄せ、はぁっとため息を吐いた。

「そんなことでは、立派なアハマス辺境伯夫人にはなれませんよ？」

「でも……、やっぱり怖いです。実際に撃つときは、セシリオ様にご一緒していただきますわ」

「……困りましたね。予定が狂ってしまう」

「予定？　大丈夫ですわ。結婚式まではまだ時間があるもの」

サリーシャはくるりと振り返り、笑顔で答える。しかし、その笑顔は一瞬で凍りついた。

「サリーシャ嬢。いいからその引き金を引きなさい。それとも、わたしの流れ弾に当たることをお望みかな？」

振り返った先には、サリーシャにまっすぐに銃口を向けたまま佇むブラウナー侯爵がいた。

「ブラウナー侯爵。なにを……」

「あなたは本当に、人の計画の邪魔ばかりする。前回に引き続き、今回までも——。あなたに縁談を紹介すると言ったときに大人しく引き下がってくれれば、こんなことはしなくても済んだのですよ。なぜ予想通りに動かない？」

サリーシャは目の前の状況が理解できず、目を見開いたままブラウナー侯爵を見た。ブラウナー侯爵は細い目を三日月のようにして、こちらを見つめている。銃口はこちらを向いたままだ。陽の光を受けて黒光りするそれを見て、目の前の人が本気だということを悟り、サリーシャはゴクリと唾を飲み込んだ。

「わたくしにこんなことをして、セシリオ様は許さないわ」

「許さない？　サリーシャ嬢、先ほど説明したでしょう？　フリントロック式マスケット銃はとても信頼性が高い。しかし、その安全性は百パーセントではない。銃の暴発による事故死は、よくあることだ。これは、不幸な事故なんですよ」

なにを言っているのか理解できない。

事故？　狙ったときに、タイミングよくたまたまそんなことが、事故で起きるわけがない。

サリーシャは今さっきマスケットレストから下ろして足元に置いたマスケット銃を見た。ブラウナー侯爵は『不幸な事故』『銃の暴発』と言った。この銃には恐らく、なにかしらの細工がされているのだ。サリーシャを事故に見せかけて殺すためのなにかが。あまりのことに恐怖で震える体を叱咤し、ブラウナー侯爵をキッと睨みつけて叫んだ。

「あなたがわたくしを撃てば、明らかに事故ではないわ」

「ご心配には及びません。誤発射による事故死も多いのですよ。なんとでもなります」

ぐわんぐわんと頭の中で不愉快な警報音が反響し、足元がぐらぐらと揺れるのを感じた。

体から血の気が引き、声を出すことはおろか、どうして今立っていられるのかすらわからない。

バタバタと土を鳴らす音が近づいてくるのが聞こえたが、それが幻聴なのか、本当の音なのかさえもわからなかった。その直後、射撃演習場の出入り口の門がバシンと開け放たれた。

「サリーシャ！」

その呼び声を聞いた瞬間、サリーシャの体から一気に力が抜け、足元から崩れ落ちた。直後にマスケット銃が発射されるシュバーンという音が辺りに響き渡った。

＊＊＊

昨日からずっと働きづめだったセシリオは、ようやく屋敷に到着するとほっと息をついた。

本来であればピース・ポイントに昨日行き、会談後に一泊して今日の午後に戻る予定だった。サリーシャに早く会いたいので多少早く到着するくらいの無理はするつもりでいたが、ここまでの強行軍をする予定はなかった。その予定が狂ったのは、王室からの使者と昨日屋敷を出た直後に遭遇《そうぐう》したことが原因だ。

それは、全くの偶然だった。

ピース・ポイントに向かうため馬を走らせていたセシリオ達一行は、出発してからほどなくして街道の向こうから一騎の騎馬が駆けてくるのに気付いた。暗い色が多い軍服の中では異色な、華やかな白い衣装には見覚えがある。タイタリア王室直属の近衛騎士の制服だ。

「止まれ！」

セシリオは片手を上げて部下達を制止した。手綱を引かれたことにより、馬達は嘶きながら足踏みをし、街道の土が舞い上がって土埃が視界を覆う。

近衛騎士はセシリオ達の一行の一人が持つ旗章に気付くと、馬を止めた。こげ茶色の軍馬は所々に泥が飛び散り、随分と薄汚れていた。きっと、かなり馬を急がせて来たのだろう。

セシリオの顔を見てハッとした表情を見せたその騎士は、近衛騎士らしく細身ながら締まった体軀の凜々しい男だった。黒い瞳を凝らすようにセシリオの胸の徽章《きしょう》を確認し、もう一度セシリオの顔を見つめると目を細める。

「これは、もしやアハマス閣下でいらっしゃいますか？」

「いかにも俺がアハマス領主のセシリオ＝アハマスだ。王室からの使いと見たが、なにか用か？」

「フィリップ殿下からの親書を届けに。殿下も追ってこちらにいらっしゃいます」

「親書？　殿下が追ってこちらにいらっしゃる？」

セシリオはすぐには状況がわからず、訝しげに眉をひそめた。

近衛騎士は王室直属のエリート騎士団であり、その近衛騎士がわざわざ親書を届けに来るというのは異例なことだ。それだけでも訝しむには十分だが、それ以上にセシリオが訝しんだのは『フィリップ殿下が追ってこちらにいらっしゃる』という部分だった。王族がこんな辺境の地に自ら足を踏み入れることなど、事前に計画された視察以外ではそうそうあることではない。

セシリオは目の前の近衛騎士が懐から取り出して差し出した親書を受け取ると、宛先と差出人、そして、封蠟を確認した。宛先はセシリオ、差出人はフィリップ殿下、そして、封蠟には見慣れた王室の印が刻印されており、それは太陽の光の下で見ると黄色味を帯びてみえた。

すぐにその親書をその場で開き、中身を確認した。そこには、フィリップ殿下が早ければ明朝、アハマス領入りすること、アハマス領主館に到着するまでブラウナー侯爵を帰してはならないこと、証拠として押さえるためにピース・ポイントから戻ったら直《ただ》ちに武器庫に今回購入した全ての武器を格納し、何人《なんぴと》たりとも触らせてはならないと書かれていた。恐らく、王都を出てアハマスに向かう途中でセシリオからピース・ポイントに行く旨の手紙を受け取り、その返事として書いたのだろう。

「一体、どういうことだ?」

セシリオは親書を畳むと眉を寄せて独りごちた。

フィリップ殿下の婚約披露式典での襲撃事件の総指揮をしている殿下本人の突然の来訪。ブラウナー侯爵を帰すなとの言及。そして武器庫への接近の制限。それらのことから導き出される答えは、一つしかないように思えた。

「すぐに、モーリスにこれを届けてくれ」

険しい表情を浮かべたセシリオはすぐに部下の騎士の一人を指名して、アハマスの領主館へ伝令のために戻らせることを決めた。モーリスであれば、セシリオに代わってあちらに気付かれないようにうまく立ち回ってくれるだろう。

セシリオはこのとき、サリーシャに危険が迫っているなどとは、露《つゆ》ほども思っていなかった。

つい先ほどフィリップ殿下と合流して領主館に戻ったセシリオは、まずはフィリップ殿下を客間へと案内した。そして、殿下へ出すお茶を使用人に用意させている間にサリーシャの顔を見ようと、二階の部屋へと向かうことにした。

抜けるような青空の爽やかで涼しい陽気は、そろそろ秋が深まってきている証拠だろうか。今朝早くサリーシャの部屋を訪ねたとき、サリーシャはすやすやと気持ちよさそうに眠っていた。

しかし、この時間であればさすがに起きているだろう。

自分が戻ったことを知ったとき、サリーシャはどのような反応を示すだろう。

あの瑠璃色の瞳を輝かせて、満面に笑みを浮かべるだろうか。

『閣下っ！』と叫んでこの胸に飛び込んでくるかもしれない。

優しく頬を撫でれば、白い肌はさくらんぼのように赤く色づくだろう。

そんなことを想像して表情を綻ばせていると、玄関ホールの辺りまできたところで外から銃の発砲音が聞こえた。独特の、シュバーンという大きな音は、屋敷の中まで聞こえてくる。驚いた鳥達が一斉に飛び立つのが見えた。

——今日は、銃士隊が訓練しているんだな。

そんな呑気《のんき》な考えは、外から戻ってきたらしいノーラに会った瞬間に霧散した。

「ノーラ？　どうした？」

「サリーシャ様に、どなたがいらしたのか見てきてほしいと。旦那様が戻られたのですね。サリーシャ様、お喜びになりますわ」

「サリーシャは今、どこにいるんだ？」

「射撃演習場にいらっしゃいますわ。ブラウナー侯爵とご一緒です」

笑顔で説明するノーラの話に、セシリオは我が耳を疑った。

今朝、わざわざ領主館まで戻り、ブラウナー侯爵におかしな動きがないことと、サリーシャが無事であることを確認した。

にもかかわらず、なぜサリーシャが、よりによってこの領主館の中でももっとも縁がなさそうな射撃演習場にいるのか。

なぜ、ブラウナー侯爵と一緒なのか。

そして、あの銃声はなんなのか。

嫌な予感が沸き起こり、夜通し馬を走らせた働きっぱなしの疲れも、フィリップ殿下を待たせていることも、全て忘れてセシリオは射撃演習場へと走り出した。そこで目にしたのはブラウナー侯爵がサリーシャに銃口を向けているという衝撃的な光景だ。

「サリーシャ！」

セシリオは、大きな声でその名を叫んだ。

華奢な体が崩れ落ちるのとほぼ同時に、耳をつんざくような大きな発砲音。

目の前の状況に理解が追いつかず時が止まったかのように感じた。立っていたサリーシャがへたり込む様子がスローモーションのように見え、心臓が止まったのではないかと思うほどの衝撃。

「サリーシャ!!」

セシリオはもう一度叫び、その場に駆け寄った。すぐにひざをついてサリーシャを抱き寄せると、彼女は僅かにまつ毛を震わせて、瑠璃色の瞳でセシリオを見上げた。そして、目が合うとその瞳はみるみるうちに涙でいっぱいになり、ハラリと頬を伝う。

セシリオは素早くサリーシャの状態を目視で確認した。撃たれたと思ったが、どこからも血は出ておらず弾は当たっていないようだ。どうやら撃たれる前に腰が抜けたらしい。

そのことには心底ホッとしたが、次に湧いてきたのは底知れぬ怒りだった。

サリーシャは恐怖のあまりほとんど言葉が出ないのか、ボロボロと涙を零しながら『閣下』『閣下』と掠れた声で子供のように繰り返し、セシリオの服を握ろうとしていた。しかし、それも手に力が入らないようでほとんど握れていない。

セシリオは地面にへたり込むサリーシャを抱きしめたまま、ブラウナー侯爵を睨みつけた。

「これはどういうことです。ブラウナー侯！　返答次第では、今この場であなたを叩き斬る」

それだけで人が殺せそうなほどに怒りに満ちた声。返答を聞く前に殴り殺したいところだが、相手は自分と同格の侯爵だ。問答無用でそんなことをすれば、セシリオ自身も殺人罪に問われるし、アハマスもただでは済まない。

まさかセシリオが現れるとは思っていなかったらしいブラウナー侯爵は一瞬怯《ひる》んだ顔をしたが、すぐに申し訳なさそうに眉尻を下げた。

「これはお早いお戻りで、アハマス卿。わたしはサリーシャ嬢に頼まれて、銃の使い方をお教えしていただけですよ。アハマス卿の声に驚いて手元が狂いました。いやいや、危なかった。サリーシャ嬢が傷ついていなくて本当によかった」

したり顔のこの男の言うことは、全くのでたらめだろう。これが数ヶ月前なら、セシリオはこの言葉を信じたかもしれない。だが、王室の中枢部と親書をやり取りしているうちに、到底そうは思えなくなった。

しかし、でたらめだと思っても証拠がない。サリーシャはあいかわらず恐怖のあまり言葉が出ないようで、震える手でなんとかセシリオの軍服を握ると子犬のように身を寄せてぴったりとくっついてくる。セシリオはぐっと眉を寄せてサリーシャを包み込むように回している腕に力を込めた。

「彼女に銃口を向けているように見えたが？」

「戯《ざ》れ言を。見間違えでしょう。わたしがなぜそのようなことを？　現に、サリーシャ嬢には当たっていない」

ブラウナー侯爵は非常に心外だと言いたげに眉をひそめると、肩を竦めてみせた。セシリオはぎりっと奥歯を鳴らす。そのとき、再び射撃演習場の出入り口が開く、バシンという音がした。なにか証拠さえあれば、今すぐにこの場で殺してやるのに。

「ほう？　これはまた、珍しいものを持っているな」

突然聞こえた若い男の声に、ブラウナー侯爵がそちらに目を向ける。みるみるうちに顔が青ざめ、目は驚愕で零れ落ちんばかりに見開かれた。

セシリオは、そこで自分が大切な人を放置していたことに気付いた。サリーシャのことで頭がいっぱいになり、すっかり忘れていた。

セシリオの胸に抱かれたままのサリーシャは、その声を聞くとピクリと肩を揺らし、首を伸ばして出入り口を見ようとした。そして、ひゅっと小さく息を呑む。

「なんで……、フィル……」

ほとんど聞き取れないような掠れ声で、サリーシャがそう呟くのが聞こえた。

突然現れたフィリップ殿下は、セシリオの陰に隠れるようにしているサリーシャと目が合うと懐かしそうに目を細めた。しかし、その表情はすぐに強張ったものへと変わる。サリーシャの様子がおかしいことに、気付いたのだろう。サリーシャから目を逸らすと、観察するようにセシリオとブラウナー侯爵の顔を交互に見比べた。

「今さっきアハマス卿とともにここに到着して客間にいたのだが、いつまで経ってもアハマス卿が来ないと思ったら、ここで随分と珍しいものを用意して演習していると聞いてな。待ちきれずに来てしまったぞ。俺にも見せてくれ」

その表情は既にいつもと変わらず穏やかで、優しげだ。しかし、サリーシャは長年の付き合いからフィリップ殿下の浮かべる笑みが上辺《うわべ》だけのものであることに、すぐに気がついた。なによりも、あの澄んだ泉のような青い瞳が氷のように冷ややかだ。

呆けたような表情を浮かべていたブラウナー侯爵は、慌てたように頭を垂れる。ここに来てからふてぶてしい態度しか見ていなかったサリーシャは、その様子を見て目の前の人の変わり身の早さに驚いた。

しかし、大方の貴族はこんなものかもしれない。養父であるマオーニ伯爵も、自分より高位の貴族にはいつもペコペコと頭を下げていた。

「これは殿下。なぜここに……？」

「ここにいる人々に、色々と用事があったのだ。ここに俺がいると、なにか都合が悪いか？」

「いえ。そのようなことはございません」

明らかに動揺しているブラウナー侯爵はぐっと口ごもる。フィリップ殿下はゆったりとした動作でブラウナー侯爵に近づくと、興味深げにその手に握られたものを眺めた。

「これがフリントロック式のマスケット銃か。王宮にもまだほとんど配備されていない。俺も実物を見るのはまだ数回目だ。見てもよいか？」

「はい」

フィリップ殿下はブラウナー侯爵からマスケット銃を受け取ると、じっくりとその銃身を眺めた。いつの間にか、フィリップ殿下の周りを十人以上の近衛騎士が囲んで立っている。フィリップ殿下は一通りのパーツを眺めてから、それをブラウナー侯爵に返した。

「使い方を教えてくれ」

「もちろんです」

ブラウナー侯爵は先ほどサリーシャに教えたことをもう一度フィリップ殿下に説明してゆく。横に立つフィリップ殿下は感心したようにそれを聞いていた。

「なるほど。たいしたものだな。素晴らしい銃に関する知識だ」

「身に余る光栄にございます」

ブラウナー侯爵は褒められて気をよくしたのか、満足げに微笑んで一礼をした。

「そんな素晴らしい知識を持つブラウナー卿に問う。ブラウナー領にあるクロール村出身、アドルフという男を知っているか？」

「？　いえ、存じません。クロール村は我が領地ですが、村人の一人ひとりまで覚えておくのはさすがに無理です」

「そうか？　なんでも、狩りの名人で、その男にかかれば猪《いのしし》でも短刀で仕留《しと》められると、隣町まで評判になるほどの男だったらしいんだ。一度も聞いたことがないか？」

フィリップ殿下が不思議そうに言うと、ブラウナー侯爵の顔が一瞬で強張った。フィリップ殿下はゆっくりと話を続ける。

「その男がな、病気がちな妹の治療費に困っていたところ、半年ほど前に金貨五十枚という破格《はかく》の報酬でどこかの金持ちに雇われたらしいのだ。おかげで妹は元気になったが、いつまで経っても本人は戻ってこないという。どこへ行ったと思う？」

「……わたしにはわかりかねます」

「ほう？　……貴方《あなた》なら知っていると思ったのだが、不思議なことだ」

フィリップ殿下は大袈裟なほどがっかりした表情を見せると、両手を天に向けて肩を竦めてみせた。そして、気を取り直したように再びマスケット銃に興味を示した。

「このマスケット銃を今回の開戦に合わせ、何丁用意した？」

「五千丁にございます」

「五千丁？　そんなにか。確か、大砲もあったな。先ほど、ここへ到着する前に貴方が納品した倉庫をアハマス卿に案内してもらい、俺も少し見せてもらった。あれだけの数を揃えると、壮観だな。さすが、半年以上も前から着々と集めていただけある」

感心したように、フィリップ殿下は笑顔を見せた。ブラウナー侯爵は人形のように表情を消したまま、フィリップ殿下の顔をじっと見つめている。

「ブラウナー卿。試しにこれで撃って見せてくれ。さぞかし、素晴らしい破壊力なのだろうな？」

「殿下。残念ですが、こちらには今、弾が入っておりません。先ほど誤発射してしまいました」

「ふざけるなっ！　サリーシャに向けて撃っただろう⁉」

語気を荒らげたセシリオに対し、ブラウナー侯爵は肩を竦めてみせる。

「だから、それは事故による誤発射ですよ。サリーシャ嬢に当たりそうになったことは謝罪しましょう。いやはや、本当に肝《きも》が冷えました」

「ほう？　サリーシャに？」

セシリオが殺気立ち、フィリップ殿下がピクリと片眉を上げる。サリーシャは先ほどの恐怖が蘇り、握ったままだったセシリオの軍服をぎゅっと握り直した。セシリオの大きな手が、もう大丈夫だと安心させるようにサリーシャの背中を何度も往復した。

「ちょうどよく、そこにもう一丁あるではないか」

フィリップ殿下がサリーシャがへたり込む足元のマスケット銃を指さした。サリーシャはゴクンと息を呑む。これを撃ってはならない。撃った人間は、恐らく死ぬ。だが、恐怖で身が竦んで言葉が出てこなかった。ブラウナー侯爵はピタリと動きを止めたまま、フィリップ殿下を見返すだけだ。

「どうした？　やってはくれぬのか？」

「――そちらも、弾が……」

「そうなのか？」

少し首を傾《かし》げたフィリップ殿下はサリーシャの足元のマスケット銃に手を伸ばす。サリーシャは「だめよ」と言おうとしたが、それは声にはならなかった。首をふるふると振ると、それに気付いたフィリップ殿下は僅かに目をみはって、サリーシャとマスケット銃を見比べた。

そして、サリーシャを見つめてふっと表情を緩めると、すっくと立ち上がり銃をじっくりと確認するように観察した。

「弾は入ってるようだぞ」

ブラウナー侯爵の顔が歪む。

「そうでしたか？　しかしながら、わたしはこの銃でないとどうも調子が出ません。……新しい弾を取りに行ってもよろしいでしょうか？」

「なぜ新しい弾を用意する必要が？　貴方の仕入れたものであれば、どれも信頼性も調整具合も間違いないだろう？　それとも、貴方の用意する武器は個々でそれほどまでに性能差がある扱いにくいものなのか？　俺は、今すぐに、ここでこれを撃ってみせろと言ったんだ」

その声は、サリーシャの知る優しい友人の声とは似ても似つかぬほど冷徹な響きを帯びていた。一度も聞いたことのないような、冷たく、しかし命令に背くことを絶対に許さないかのような王者の声。

目の前の人が自分の知る友人とは違う人間に見えて、サリーシャの体は無意識にまた震え出した。サリーシャを包むセシリオの腕に力が籠る。

それでもピタリと足に根が生えたかのように動かないブラウナー侯爵を見つめ、フィリップ殿下はつまらなそうに片手を上げた。

「なんだ、やらぬのか。つまらぬな」

そして、上げていた右手の指をパチンと鳴らす。

「余興《よきょう》はやめだ。その者を、捕《と》らえよ」

次の瞬間、白い騎士服を着た近衛騎士達が一斉にブラウナー侯爵を取り囲み、辺りは大混乱になった。しかしエリート騎士達より一足先に、一瞬でブラウナー侯爵の腕を捻り上げて床に押しつけたのはセシリオだった。

「なにをする！　無礼者が!!」

地面に押しつけられたブラウナー侯爵が真っ赤な顔で怒鳴り散らす。サリーシャは一体なにが起こったのかわからず、呆然とその様子を見守った。

「無礼者はお前だ。どれだけ俺の領地で好き勝手するつもりだ？」

地を這うような怒声が響き渡り、空気がビリビリと震える。ブラウナー侯爵は地面に這いつくばりながら、目だけぎょろりと動かし、サリーシャを睨みつけた。

「お前さえ……お前さえいなければ、全てうまくいってたのに……」

「黙れ！」

ブラウナー侯爵の言葉にセシリオが激昂《げっこう》して、地を震わせるような怒声が辺りに響いた。次いでブラウナー侯爵が悲鳴を上げたが、サリーシャにはなにが起こったか、もはやわからなかった。

拘束用ベルトで締め上げられたブラウナー侯爵が近衛騎士達に引き渡されて連行されてゆく。

サリーシャはその一部始終を、ただただ小さく震えながら眺めていることしかできなかった。

＊＊＊

体の震えがようやく収まると、代わりにどっと疲労感が押し寄せてきた。

カチャっと応接室のドアが開き、トレーに乗せたティーセットを持った侍女が入室してくる。目の前のローテーブルにティーカップを置くと、慣れた手つきでポットから紅茶を注いでゆく。白い湯気に乗って、芳醇《ほうじゅん》な香りがふわりと漂った。

「どうぞ」

「ありがとう」

サリーシャの前に差し出されたティーカップの中では、琥珀《こはく》色の液体が揺れていた。透き通って見えるカップの底に描かれているのは、バラだろうか。

きっととてもいい茶葉を使っているだろうから迷ったけれど、なんとなくミルクティーが飲みたい。ティースプーンに一杯のお砂糖とミルクを足してひと口含むと、優しい味わいが口の中に広がった。サリーシャはまだ若干強張ったままの体からふっと力が抜けるのを感じ、まるで生き返ったような感覚を覚えた。

「少しは落ち着いたか？」

「はい。……ご迷惑をおかけしました」

「迷惑などではない。きみが無事で本当によかった。俺が……俺が悪かった。以前の晩餐の際に奴の言動に違和感を持ったのに、十分な警戒をしなかった」

隣に座り、心配そうにサリーシャの顔を覗き込んでいたセシリオが、ぐっと唇を噛んだ。

セシリオの言う『以前の晩餐』とは、まだブラウナー侯爵が到着して間もない頃に開催した夕食会のことだ。ブラウナー侯爵はそのとき、『ならず者が未来の国母を狙った』と言いきった。しかし、公にされた情報では、『ならず者が王太子殿下とその婚約者を狙った』とされていた。些細なことだが、セシリオはずっとそのことが、まるで喉に刺さった魚の骨のようにすっきりせずに引っかかっていたのだという。

その表情から後悔と懺悔《ざんげ》の気持ちを感じ取り、サリーシャはふるふると首を振った。

「閣下は悪くありません。いつだってわたくしを助けてくださいますわ。今日も、わたくしを助けてくださいました」

まっすぐにヘーゼル色の瞳を見つめる。自分が、心からそう思っていることが伝わるように。

セシリオはぐっと眉を寄せるとサリーシャの手を包むように手を重ねた。サリーシャはその大きな手の上に、もう片方の手を重ねる。

セシリオはサリーシャをいつだって助けてくれる。どんなときも優しく包み込み、安心させてくれる。再会したその日から、それは今も変わらない。サリーシャにとって、セシリオはまるで夢物語の騎士様、いや、王子様のように素敵な男性だ。本当に、自分にはもったいないくらいに。

宝石のように美しいヘーゼル色の瞳に目を奪われているとごほんっと咳払いが聞こえて、見つめ合っていたサリーシャとセシリオは同時に顔をそちらに向けた。テーブルを挟んだ向かい側で、なんとも言えない微妙な表情を浮かべたフィリップ殿下がこちらを眺めている。

「あー、そのだな……。サリーシャが落ち着いたなら、そろそろ話を始めてもよいか？」

「はい。お待たせいたしました」

サリーシャは慌てて頭を下げると姿勢を正した。フィリップ殿下は小さく頷くと、少し身を乗り出すように肘をひざにつく。そして、今回の事件の真相について、調査内容を話し始めた。それは、サリーシャの想像だにしていなかった内容だった。しかし、セシリオは薄々感づいていたのか、落ち着いた様子で話に聞き入っていた。

「まず、サリーシャをあの日斬った男だが、ブラウナー領にあるクロール村に住んでいた、アドルフという若い男で間違いない。猟師として生計を立てながら、腰を悪くした母親と病弱な妹を養っていた。父親は既に他界しており、家族思いのいい男だと、周囲では評判だったようだ」

フィリップ殿下はそう言うと、サリーシャとセシリオの顔を見た。サリーシャとセシリオは、無言のままフィリップ殿下の話に聞き入った。

「貧しかったゆえに猟銃を持たずに古ぼけた短剣一つで狩りをしていて、その見事な腕前は隣町まで評判になるほどだったという。このアドルフは病弱な妹の治療費を工面《くめん》するのに苦労していた。そんなアドルフのもとに、ある日金持ちが仕事を依頼してきた」

「それが、ブラウナー侯爵だと？」とセシリオは、尋ねた。

「ああ」とフィリップ殿下は頷く。

「正確に言うと、ブラウナー侯爵から依頼された違法な闇商人だ。目的は一つ。万が一俺が自分の娘を婚約者に選ばなかった場合に、その男を使って選ばれた令嬢を亡き者にすることだ」

サリーシャは驚きで目を見開いた。

フィリップ殿下の婚約者候補はたくさんいたが、その中でも特に有力視されていたのはサリーシャを筆頭に、マリアンネも含めた四名程度だった。フィリップ殿下は将来のタイタリア国王という立場上、必ず妻をめとる必要がある。もし、選ばれた婚約者がいなくなれば、婚約者選びはまた一からやり直しだ。その場合、選ばれるのは有力視されながら選ばれなかった残りの令嬢の誰か一人になる可能性が高い……。

「なんて恐ろしい……」

体の奥底からこみ上げる恐怖心に、サリーシャはぶるりと身震いをした。人は権力欲しさにここまでできるものなのだろうか？

王室との縁が欲しくて色々と画策する貴族は多い。マオーニ伯爵がサリーシャにしたように、領地内で評判の美しい娘を養女にして淑女としての教育を施すのはその最《さい》たる例だ。しかし、人を殺めてまで縁を繋ごうとするのは、明らかに一線を越えていた。

「非常によく考えられて策略が練られていた。犯人の男の身元工作は完璧になされていて、俺が指揮する精鋭部隊ですら身元を明らかにするのにここまで時間を要した。それに、成功してうまくいけば自身は未来の国王の祖父として国政への発言力を増すことができる。万が一失敗した場合も、一番に疑われるのはダカール国だ。つまり、両国の関係が悪くなることで、自身の扱う軍事用品が飛ぶように売れる」

「だから、最初から武器を売ることを見込んで仕入れていたのか」

セシリオは忌々しげに吐き捨てた。

この短期間にこれだけの武器や防具を用意できるなど、常識では考えられない。最初からダカール国との関係悪化を見込んで、アハマスに売りつけるつもりで準備していたのだろう。

「アハマス卿がここにブラウナー侯爵を長期で足止めしてくれて助かった。おかげで、王都と領地のブラウナー侯爵邸をくまなく捜査して、証拠も押さえることができた。武器の取引の日時が書かれた領収書や偽装に使った経歴の調査書など、色々と出てきた。礼を言う」

「身に余るお言葉です」

セシリオは大きな体を揺らし、頭を垂れる。

サリーシャはそこでようやくフィリップ殿下がわざわざブラウナー侯爵本人に偽物の親書を託してアハマスまで使者として寄越した理由を理解した。ブラウナー侯爵に感づかれずに屋敷を捜査するために、疑われない方法で遠方に行かせる必要があったのだ。

その後も色々と調査結果を話し、一通りの話を終えたフィリップ殿下はふうっと息を吐いた。

「あいつは俺が王都に引き連れて行く。ご苦労だった」

「よろしくお願いします」

「ところでアハマス卿」

フィリップ殿下が頭を下げるセシリオに声を掛けた。

「サリーシャと二人で話をしたい。いいか？」

「殿下とサリーシャがお二人で、ですか？」

セシリオは顔を上げると、少し戸惑ったような顔をした。そして、心配そうにサリーシャを見つめる。


サリーシャは一度フィリップ殿下の方を見てからセシリオの方を向き、大丈夫だというように小さく頷いてみせた。フィリップ殿下はその様子をじっと見つめている。

少し不安げに眉を寄せたセシリオはサリーシャが承諾したのを確認すると、大きな体をのっそりと起こし、すごすごとドアの方へと向かった。

部屋を出る前に、セシリオはもう一度サリーシャの方を向くと、なにか言いたげに口を開きかけた。しかし、その唇は音を紡ぐことなくまた閉ざされ、くるりと体の向きを変えて部屋を出る。

なんとなくセシリオの背中に哀愁《あいしゅう》が漂っていた気がするが、気のせいだろうか。その後ろ姿を見送りながら、サリーシャは首を傾《かし》げた。

パタンとドアが閉じたのでフィリップ殿下の方を向くと、フィリップ殿下は笑いを噛み殺したような顔をしていた。パッと見は笑っていないが、よく見ると口元の辺りに力が入って歪んでいる。

「どうかされましたか？」

「いや、くくっ。サリーシャは猛獣使いの才能があったのだな。あの獅子を……」

「はい？」

「いや、なんでもない」

しばらく肩を揺らしていたフィリップ殿下はようやく落ち着いてくると、サリーシャを見つめて昔のように表情を綻ばせた。

「サリーシャ、久しいな。息災《そくさい》だったか？　という言い方はこの状況ではおかしいか。だが、先ほどに比べてだいぶ顔色がよくなって安心したぞ」

「先ほどはご心配をおかけしました。わたくしは元気にしていましたわ。フィル……フィリップ殿下もお変わりなくお元気そうで」

「フィルでよい。今は二人だ。──ところで、サリーシャと二人で話がしたいと言ったのは、そなたに聞きたいことがあったからだ」

「わたくしに、聞きたいこと？」

サリーシャは少し首を傾《かし》げると、フィリップ殿下を見つめた。

久しぶりに正面から見る友人は、相変わらず絵本の王子様が抜け出してきたかのように凜々しく精悍《せいかん》だ。金の髪は部屋の中でも眩く輝き、青い瞳は永遠に続く空のように、どこまでも澄んでいる。先ほどの乱闘のせいだろうか。よく見ると長い髪が少しだけほつれ、おでこにかかっていた。その一房の髪すら、フィリップ殿下の魅力を引き立たせている装飾のように見えた。

「サリーシャには、本当にどれだけ礼を言っても言いきれぬ。エレナが無事だったのは、そなたのおかげだ」

フィリップ殿下は少し顔を俯かせると、ひざの上に乗せていた手の指をぎゅっと握り込んだ。そして、その秀麗な顔の眉間をぐっと寄せる。

「それに……あの怪我を負い、そなたが貴族社会において伴侶を探しにくくなることはわかっていた」

そう言うと、フィリップ殿下は握っていた手からふっと力を抜く。手持ちぶさたのようにその手をさ迷わせた後、テーブルのティーカップへ伸ばした。しかし、口には運ばずに弄ぶように、中の液体をくるくると揺らしているだけだ。

サリーシャは無言で渦を描いて揺れる琥珀色の液体を眺めた。フィリップ殿下はなにから話すべきか考えあぐねているようで、顎に手を当てて言葉を一つ一つ選ぶようにゆっくりと喋る。

「実は、サリーシャに褒賞を用意していたのだ」

「褒賞？」

「ああ。あの日、反逆者からエレナと俺を守った褒賞だ。思いついたものがすぐに渡せるものでもなかったゆえ、準備を進めていたところ、妙な噂を聞いた。そなたが、祖父と孫ほども歳の離れたチェスティ伯爵のもとに後妻として嫁ぐと」

サリーシャは目を伏せた。長いまつ毛の影が瑠璃色の瞳を覆う。

サリーシャとチェスティ伯爵とは、正式には婚約していない。しかし、マリアンネも噂で聞いて知っていたことからもわかる通り、きっと噂好きな貴族社会では既に正式決定しているかのごとく情報が出回っていたのだろう。それが回りに回ってフィリップ殿下の耳まで届いたのだ。

「そなたはあのような色欲にまみれた老いぼれにはふさわしくない。あの日、俺はこの日にチェスティ卿が婚約許可を取りに来るはずだと聞いて、そんな申請はその場で破り捨ててやろうと、はらわたが煮えくり返る思いで自ら待ち構えていた」

フィリップ殿下はそこで一旦言葉を切ると、どさりとソファーの背もたれに寄りかかって天井を見た。

「ところが、なぜか許可を取りに来たのはアハマス卿だった」

部屋の中を、妙な沈黙が覆った。

セシリオは、サリーシャに求婚に来た日にそのまま王室に報告に行くと言っていた。求婚された側のサリーシャとマオーニ伯爵すら知らなかったのだから、フィリップ殿下が知るよしもないだろう。

「サリーシャ」

ふいに呼びかけられて、サリーシャは顔を上げた。フィリップ殿下はまっすぐにこちらを見つめており、青い瞳と視線が絡まる。サリーシャはいつにないフィリップ殿下の真剣な様子に、コクンと息を呑んだ。

「そなたは、アハマス卿と婚約して、幸せか？」

「え？」

「そなたは『瑠璃色のバラ』とうたわれたほどの美貌だ。性格も優しく穏やかだ。密《ひそ》かにそなたに想いを寄せる男は多かった。まぁ、俺の婚約者候補だったゆえに表立って口説く奴はいなかったがな」

サリーシャは黙ってフィリップ殿下の話に耳を傾けた。なにを言いたいのか、なぜ今そんな話をし始めたのかがわからなかったのだ。

「それは俺の近衛騎士隊の連中も同じだった。俺と会うためによく王宮を訪れていたそなたに、恋焦《こいこ》がれていた男は一人や二人ではない」

「──それは……身に余る光栄ですわ」

サリーシャはなんと答えればよいのかわからず、当たり障《さわ》りのない返事を返す。

「だから、褒賞に縁談を、と思っていた」

「え？」

聞き間違えかと思った。

想像すらしていなかった話に、サリーシャは目を見開く。思わず目の前の相手を凝視するが、フィリップ殿下はまじめな顔でサリーシャを見つめ返すだけだ。

「……わたくしに、縁談？」

「ああ。あの事件の後、サリーシャに想いを寄せる近衛騎士のうち、俺が特に信頼できると思った何人かと面談した。そして、そなたの傷を承知の上で大切にしてくれるであろう男を数人、縁談相手として紹介するつもりだった。近衛騎士は良家の子息ばかりで身元もはっきりしているし、教養もある。そなたが気に入った男がいれば、縁談が整った暁《あかつき》には祝いに爵位と屋敷も与えるつもりだった」

それは、破格の褒賞だ。王室自らが縁を取り持つ婚姻。しかも、祝いに爵位と屋敷もつけるなど、そうそうあるものではない。サリーシャが知る限り、そこまで恵まれた褒賞は聞いたことがなかった。王太子であるフィリップ殿下と、その婚約者であるエレナを守ったことに対し、王室として最大限の褒美を用意したのだろう。

驚きのあまり絶句するサリーシャを、フィリップ殿下は少し気の抜けたような顔で見つめ、眉尻を下げた。

「ところが、あの日想定外のアハマス卿が来て、そなたと婚約したいと言い出した」

「……」

「サリーシャ、今一度問う。そなたは、アハマス卿と婚約して、幸せになれるか？　俺ならば、この婚約を穏便《おんびん》になかったことにして、別の男のもとに嫁がせてやることも可能だ。アハマス卿も、実家のマオーニ伯爵も、誰も文句は言えぬ」

サリーシャは、ただただ信じられない思いでフィリップ殿下を見つめ返した。

機械式時計の歯車が回る、カチッカチッという音と、窓を揺らす風の音、そして、廊下を遠ざかるコツコツという足音。全てが聞こえてくるような、シーンとした静寂が二人を包んだ。

サリーシャは今言われたことを、頭の中で咀嚼《そしゃく》する。その意味をしっかりと理解して確認するように、ゆっくりと時間をかけて。

フィリップ殿下はサリーシャに縁談を、と言った。王族が後押しした縁談であれば、辺境伯であるセシリオも身を引くしかないだろう。どんな男性達を宛がうつもりなのかは知らないが、きっと、フィリップ殿下のお墨付きなのだから、心身ともに立派な、良家出身の、見目麗《みめうるわ》しい男性に違いない。与える爵位も男爵などの低位なものではなく、少なくとも子爵位、あるいは伯爵位辺りかもしれない。

これ以上は思いつかないような光栄な話だ。サリーシャのことを考えて、フィリップ殿下が悩み抜いた末に決めてくれたのだろう。でも……。

俯いたまま黙り込んでいたサリーシャは、意を決して顔を上げた。悩むまでもなく、自分の思いは決まっている。

「とてもありがたいお話だと思います。フィルが……わたくしのことを思って真剣に考えてくれたこともわかるわ。でも、わたくしはセシリオ様をお慕いしているのです」

「本当に？　サリーシャに惚れている男には、アハマス卿よりもっと見目麗しくスマートな男もいるぞ？　きっと、そなたを大事にしてくれる。それに、このような辺境の地でなく、王都の近くに居《きょ》を構えることができる」

「そうかもしれません。でも、悩むまでもありませんわ」

サリーシャはまっすぐにフィリップ殿下を見つめて、首を振るとそう言いきった。

サリーシャが望むのは、セシリオの隣であり、他のどこでもない。王都の近くに住めるとか、見目麗しいとか、そんなことは関係がなかった。

しばらく無言でサリーシャを見つめていたフィリップ殿下は、その本気具合を見極めたのかふっと表情を緩めた。

「そうか。なら、よいのだ。先ほどのアハマス卿とサリーシャの様子を見て、答えはわかっていた。だが、一応確認しようと思っただけだ」

王族である殿下の申し出を断るのは、ある意味不敬にあたる。しかし、フィリップ殿下はサリーシャを見つめ、怒りもせず口の端を上げた。

「あれは男の俺から見ても、いい男だ。責任感が強く、実直で男気がある。少々、貴族らしさに欠けるところがあって、無骨《ぶこつ》だがな」

「知っております。セシリオ様はあれでいいのです。あれ以上素敵になられては、たくさんの魅力的な女性が閣下に夢中になって、わたくしは心配で気が休まるときがなくなってしまいますわ」

「……これは随分と惚気《のろけ》られてしまったな」

フィリップ殿下は愉快でたまらないといった様子で肩を揺らした。サリーシャはその様子を見て、にんまりと口の端を上げる。

「あら？　だって、あのときに申し上げたではないですか。殿下に負けないくらい素敵な男性を射止めて、幸せに暮らすと」

「ははっ、そうだったな。さすがはサリーシャだ。その宣言通りだな」

そう言うと、フィリップ殿下はサリーシャを見つめて目を細める。そして、二人は声を上げて笑った。フィリップ殿下とこんなふうに歓談をして笑い合うのは本当に久しぶりだ。お互いに近況を報告し合い、また笑う。まるで、あの悪夢の婚約披露パーティーの前に戻ったかのように感じられた。

「サリーシャ。そなたの気持ちはよくわかったが、褒賞がなしというわけにもいかぬ。なにか他に、欲しいものはないか？」

「欲しいもの？　すぐには思いつきません」

「そうか。今回の件で、事件解決に大きく貢献したアハマス卿にも褒賞があるだろう。近日中に王都に召還《しょうかん》があるゆえ、そのときまでになにが欲しいか考えておいてほしい」

「わかりましたわ」

サリーシャはコクリと頷いた。本当に欲しいものなどなにもないが、なにも与えないというのも王室として具合が悪いのだろう。

「――そう言えば、マオーニ伯爵には一足先に褒賞を与えておいた。サリーシャの功績は、現段階ではマオーニ伯爵家の功績にもなるからな」

「お義父様に？　一体何を？」

「単純に、金一封と陛下と俺直々の礼の言葉だ。ついでに、俺がマオーニ伯爵領に視察に行く際はガランタの村も見たいと伝えておいた」

「まあっ！」

サリーシャは驚いて両手で口を塞ぐ格好をした。

ガランタの村とは、サリーシャの出身の村だ。昔、まだフィルのことを自分が射止めるべきフィリップ殿下だと知らなかった頃に、うっかりと自分は元は平民で田舎の村の出身だと話してしまったことがある。農業以外はなにもないような、典型的な田舎の村。そこに、未来の国王が視察に行くとなると……。

「フィル、わざと言ったわね？」

「なんのことだ？　俺は、サリーシャの生まれ育った村を見たいと思っただけだ」

フィリップ殿下は器用に片眉を上げ、口の端を上げた。

サリーシャはふぅっと肩の力を抜く。きっと、養父のマオーニ伯爵は今頃焦ってガランタの村を整備していることだろう。もしかしたら、あの田舎の村に水道やピカピカの道路、学校までできるかもしれない。ひょっとすると、もうずっと会っていない親や兄弟達と手紙をやり取りできるだろうかとも思った。

「ところで、一つお聞きしても？」

「なんだ？」

「あの……、マリアンネ様はどうなるのでしょう？」

ブラウナー侯爵は先ほど拘束ベルトをされて連れていかれるところを見た。しかし、マリアンネの処遇《しょぐう》がどうなるのか。今は部屋で近衛騎士監視の下で軟禁されているようだが、サリーシャはそのことが引っかかり、おずおずと話を切り出した。

「マリアンネ嬢は、直接はなにも罪は犯していない。ただ、父親は間違いなく死刑だろう。爵位も没収となるゆえ、今後は平民として生きていくしかないだろうな」

「平民……」

サリーシャは小さく独りごちた。

平民として生きている女性など、世の中にごまんといる。サリーシャだって、元は平民だ。しかし、マリアンネは生粋《きっすい》の貴族令嬢だ。あの性格で、平民の暮らしに対応できるとは思えなかった。

「気にするな。なんとでもなるものだ。まあ、その優しさはサリーシャの美徳ではあるのだがな」

黙り込むサリーシャを見つめ、フィリップ殿下は少し困ったように眉尻を下げた。

いつの間にか窓の外は夕焼けに染まってきていた。茜色《あかねいろ》に染まる空は、あの日セシリオと見た夕焼けを彷彿《ほうふつ》とさせる。白とピンク色に染まった雲が、その茜色の空を美しく彩っていた。

「もう、こんな時間だわ」

その声につられるように、フィリップ殿下も窓の外を見た。

「本当だな。俺とサリーシャがずっと部屋に籠って話しているから、アハマス卿があらぬ心配をしているかもしれない。そろそろ、行ってやるといい」

「はい」

「次は王都で会おう。エレナもとてもサリーシャに会いたがっている」

「エレナ様が？」

「ああ。俺よりサリーシャが好きなのではないかと、疑ってしまうほどだ」

少し口を尖らせて拗ねたような顔をする友人に、サリーシャは表情を崩してふふっと笑った。フィリップ殿下のこんな表情は、長年の付き合いがあるサリーシャも見たことがない。きっと、エレナだけがさせることができる表情なのだろう。

「エレナ様はきっと今頃、殿下がお近くにいらっしゃらなくてたいそう寂しがっておられますわ」

「そうかな？」

「そうですわ。だって、わたくしもセシリオ様が一日いらっしゃらないだけで、とても寂しくて――」

「なんだ。ただの惚気か」

呆れたように呟いたフィリップ殿下は、両手を上に向けて肩を竦めてみせる。そして、サリーシャの顔を見て微笑んだ。

「サリーシャと久しぶりに話せて、楽しかった。アハマス卿とともに、近々王宮に来てくれ。最大限の歓迎をしよう」

＊＊＊

フィリップ殿下としばしの楽しいときを過ごしたサリーシャは、その足でセシリオのもとに行った。

居住棟の三階の突き当り、セシリオの部屋の大きな両開きの扉の前に立つと、すっと大きく息を吸う。あまりこの部屋に来たことはないが、来るときはいつも少し緊張する。

サリーシャは大きな木製ドアの彫刻を見つめながらトントントンッとドアをノックした。しかし、しばらく待っても中からの返事はなかった。

「閣下？」

声を掛けながら金色のドアノブを回したが、鍵が掛かっているようで開かない。何度か回してみたが、ドアは開かないし、中から物音もしなかった。

「おかしいわね」

サリーシャは首を傾《かし》げて小さく独りごちる。

先ほどセシリオに会いに初めて執務棟に足を踏み入れた。そこで勤務中の人にセシリオの執務室の場所を聞いたところ、不在だから居住棟の私室ではないかと言われたのだ。

「どこに行かれたのかしら？」

サリーシャは広い屋敷の中を探し始めた。と言っても、全く見当がつかないので行く場所行く場所が空振りだ。ダイニングルームや図書室、中庭も見に行った。けれど、セシリオはいない。

会いたいのに会えないと、ますます会いたいという気持ちが募った。

——早く会いたい。

——早く話したい。

——そして、ぎゅっと抱きしめてほしい。

当てもなく歩き回っていたサリーシャは、モーリスを見かけて、セシリオを見ていないかと尋ねた。

「セシリオ？　うーん、執務棟にも私室にもいないなら、厩舎かその隣の訓練場だろうな」

「厩舎か隣の訓練場？」

「ああ。昔っから、姿が見えないときはそこにいることが多い。たぶん、馬の世話をしているか、剣の訓練をしているんじゃないかな」

「そうなのね。ありがとうございます」

顎に手を当てたモーリスにそう言われ、サリーシャはパッと表情を明るくした。そのまま屋敷を出ると、まっすぐに厩舎へと向かった。大きな厩舎には百頭を超える馬が繋がれている。入り口の前に立つと、サリーシャはひょこっと中を窺《うかが》った。

「閣下?」

呼びかけたが返事はなかった。

多くの馬の嘶く声で、厩舎の中は少々騒がしい。入り口から見た限りではセシリオは見えなかったが、サリーシャはデオのもとに行ってみた。

先ほど戻って来たばかりにもかかわらず、デオはまるでずっとそこにいたかのように手入れが行き届いていた。こげ茶色の毛並みに艶やかで、汚れ一つない。きっと、セシリオが丁寧に世話したのだろう。

デオはこんもりと盛られた干し草をむしゃむしゃと頬張っていたが、サリーシャに気付くと片耳をピンと立てて動きを止めた。

「あら、食事の邪魔をするつもりはなかったのよ。きっと、セシリオ様はさっき来たばかりね?」

尻尾をぶんと振ったデオはその質問に答えるように鼻をブルルと鳴らすと、また干し草を頬張り始める。

「ねえ、デオ。またセシリオ様と相乗りさせてね?」

前回はマリアンネと出かけた後だったので時間がなくて、あまりデオには乗れなかった。次は少し遠出してみたい。その日のことを想像しながらサリーシャは口元を綻ばせた。そうしてしばらくその様子を眺めていたが、おずおずと立ち上がると、セシリオを探しに今度は訓練場に向かった。

ひゅん、ひゅん、と風を切る音が聞こえる。

初めて訪れる訓練場の中を恐る恐る覗くと、そこは土を固めただけの広めの広場になっていた。

そして、入り口から三十メートルくらい離れた中央付近でセシリオが剣を振るっているのが見えた。

——セシリオ様、とっても素敵だわ。

セシリオが剣を握るのを見るのは初めてだ。

磨《みが》き上げられた剣が夕日を浴びてキラキラと輝く。それなりに重い剣をまるで棒切れを持つかのように軽やかに、そして、演舞を披露するかのように鮮やかに、セシリオは振っていた。その華麗な動きに、サリーシャはしばしの間、時が経つのも忘れて見惚れていた。

どれくらいそうやって眺めていただろう。ふと動きを止めたセシリオが視線を移動させ、サリーシャの姿を捉えて僅かに目をみはった。

「サリーシャ？」

「！　閣下！」

セシリオが自分に気付いてくれて、名前を呼んでくれた。たったそれだけのことが、とても嬉しい。

サリーシャは思わず全力で走り寄ると、まっすぐにその広い胸に飛び込んだ。驚いた顔をしたセシリオは、慌てた様子で持っていた剣をその場に投げ捨てると、危なげなくサリーシャを受け止める。ぽすんとぶつかる衝撃とともに、ふわりと体を包む温もり。それに、仄かな汗の匂い。

「サリーシャ、危ないだろう？　剣を持っているときに飛び込んできて、怪我をしたらどうするんだ」

「だってわたくし、閣下を見つけて嬉しかったんですもの。剣を持つ閣下もとても素敵でしたわ」

サリーシャが笑顔で見上げると、眉を寄せていたセシリオは僅かに目を見開き、視線をさ迷わせる。照れているのだろうか。そんなところもとても愛しく感じ、この人がたまらなく好きだと思った。

「モーリス様にここを聞きました。よく、閣下が一人で来ていると。ここは閣下にとって、わたくしにとっての、中庭のような場所ですわね？」

「きみにとっての中庭？　――そうかもしれないな。誰かに付き合ってもらうこともあれば、一人で来ることも多い。汗を流すと、気持ちがすっきりする」

辺りを見渡したセシリオは、言われて初めてそのことに気付いたようだ。ゆっくりと視線を移動させ、最後にサリーシャを見つめた。

「――ところで、殿下はなんと？」

「アハマスは、遠いとぼやいておりました。明日、明後日はゆっくりと滞在するので、町を見たいと」

「そうか。他には？」

「閣下には今回の件で褒賞があるから、王都に来てほしいと」

「それだけ？」

そう尋ねながらこちらを見つめるヘーゼル色の瞳に、不安げな色が浮かぶ。その様子を見たサリーシャは、セシリオはフィリップ殿下が縁談を勧めるであろうことを、なんとなくわかっていたのだろうと思った。

「他には……殿下から縁談を勧められました」

「……ああ。――どんな奴らだ？」

「紹介してくださるのはとても見目麗しく、心身ともに立派な男性だそうです。身のこなしもスマートで、良家の出身で、信用できる方々だとか」

笑いながら答えるサリーシャに対し、まじめな顔をして聞いていたセシリオは、聞こえるかどうかの小さな声で「そうか……」と呟いた。そして、前を向いてまっすぐに顔を上げた。

「俺は……きみに危険が迫ることを事前に把握できずに、みすみす渦中《かちゅう》に放置してしまった。あと少し遅れたら、きみを永遠に失っていたかもしれない」

「でも、間に合いましたわ。閣下はいつだってわたくしを助けてくださいますもの」

「偶然だ。一歩間違ったら、きみは死んでいた。きみを守ると誓ったのに、俺はそれすらできていない……」

セシリオは何かを堪えるようにぎゅっと目を閉じて、ゆっくりと開くと、サリーシャを見下ろした。そこに言い知れぬ様々な感情が入り交じっているのを感じ取り、サリーシャはぎゅっと胸を摑まれるような感覚を覚えた。

「見目麗しく、心身ともに立派で、信用できる男か……。殿下の選んだ相手なら、間違いはないだろう」

セシリオは目を細めると、サリーシャの頬をそっと撫でる。そして、名残惜《なごり》しそうにその手を下ろして、優しい目でサリーシャを見つめた。

「きみのことを思うなら、ここで手放してやるべきなのかもしれない」

それを聞いた瞬間、ドクンと胸が跳ねた。

この先を言わせてはならない。絶対に聞きたくない。それが本心でないと知っていても、セシリオからその言葉は絶対に聞きたくないと思った。

「閣下っ！」

サリーシャはお腹の底から声を張った。サリーシャ自身も、こんなに大きな声が自分に出せるなど知らなかったほどだ。突然近距離で大きな声を出したサリーシャに驚いた様子のセシリオを、サリーシャは真摯《しんし》な表情で見上げた。

「閣下。以前、もっとお互いに話をしようと仰いましたわね？　閣下は他の誰でもなく、わたくしを妻にしたいと仰ってくださいましたわね？」

「ああ……、言った」

「わたくしだって同じなのです。わたくしは、閣下の――セシリオ様の妻になりたいのです。他の誰でもなく、閣下の、です。ずっと、閣下に愛してほしいのです」

　セシリオがひゅっと息を呑む。サリーシャは構わずに夢中で喋り続けた。

「偶然でも、閣下は助けてくださいました。わたくしは閣下に助けられました。偶然のなにが悪いんです？　わたくしがエレナ様を庇ったのだって、偶然お傍にいただけですわ」

「……」

　セシリオはなにも答えない。

　サリーシャは感情のタガが外れて、言葉が止まらなかった。今、言わなければ、伝えなければ、きっと一生後悔する。そう思って、必死だった。

　言葉足らずで不器用な自分達は、この期《ご》に及んでまたすれ違いそうになっている。

「閣下は昔、幼かったわたくしに救われたと仰いましたわね？　あれだって、偶然です。わたくしはなにも考えずに閣下に花冠を差し上げました。おままごとのつもりだったのです。それでも閣下はわたくしに救われたと言ってくださいました。偶然だっていいではありませんか。とにかく、閣下はわたくしを助けてくださったのです」

　そこでようやく言葉を止めたサリーシャは、セシリオのヘーゼル色の瞳を見つめると、手に触れたスカートをぐっと握り込んだ。鼻の奥がツーンと痛み、視界が滲んでゆく。

「わたくし、怒っています。とっても怒っているんです。だって、ひどいですわ。わたくしは閣下をお慕いしているとお伝えしたのに……。わたくしがちょっとでもよい条件をちらつかされたら、手のひらを返してほいほいと他の殿方に付いていくような、そんな女だと閣下は思っていらっしゃるの？　それに、閣下はわたくしとの約束を守ってくださらないのですか？　わたくしを毎日抱きしめてくださるって、幸せにしてくださるって仰ったのに――」

その続きは話すことができなかった。

息が止まりそうなほどに強く抱きしめられ、続けて荒々しく唇が重ねられる。触れ合う場所の熱さが、二人の想いの熱のように感じた。ようやく唇が離れてヘーゼル色の瞳と視線が絡まると、セシリオは本当に弱ったような、サリーシャが見たことのない顔をした。

「……悪かった。弱ったな。せっかく、人が身を切る思いで言ったのに、きみという人は。やはり、俺にはとても手放せそうにない」

「手放さないでくださいませ！」

サリーシャはセシリオの上着をぎゅっと摑んだ。

「でも、これから先、一生だぞ？　アハマスは辺境だから、王都のような娯楽はない。軍人ばかりの、むさ苦しい場所だ。それでもいいのか？」

「でも、閣下がいらっしゃいます」

「――そうか。俺を選んでくれるのか……」

唇を嚙むとセシリオは再びサリーシャを抱きしめた。今度は優しく、宝物を胸に抱くように。軍服越しに規則正しい胸の音が聞こえ、サリーシャの中にホッとしたような安心感が広がってゆく。

「だって、わたくし、閣下とずっと一緒にいたいのです。閣下のことがとても好きなのです。ひと晩いらっしゃらないだけで寂しくて心細くて、……とてもふしだらな夢を見てしまうほどに――」

サリーシャは今朝のことを思い出して顔が上気してくるのを感じた。サリーシャはひと晩セシリオと会わなかっただけで、セシリオにキスされて愛を囁かれる、自らの願望を具現化したようなリアリティーたっぷりの夢を見たのだ。

「……？　ふしだら？」

怪訝な顔をしたセシリオが、胸に抱いていたサリーシャから体を引き剝がすと、こちらを凝視したままピシッと固まった。

「あの……、その……。わたくし、ひと晩閣下にお会いできなかっただけで、寝ている間に閣下に優しくキスをされて『愛している』と囁かれる夢を見たのです。ひと晩会えなかっただけなのに……」

「……夢？」

熱くなった頰を両手で包んだが、きっと真っ赤になっているのはバレバレだろう。ちらりとセシリオの方を窺《うかが》い見ると、なぜか表情を消したセシリオの目が据《す》わっており、じっとこちらを見つめている。呆れられてしまったかもしれないと思って、サリーシャは慌てた。

「き、きっと、わたくし、閣下が足りていなかったのです。閣下がいらっしゃらなくて夜に抱きしめていただけなかったから、あんな願望を具現化したような夢を……」

「……そんな願望があったのか？」

真顔でセシリオに尋ねられ、サリーシャの肌はますます赤くなる。

「だって、昨日は閣下が足りませんでした。閣下がいなくて、すごく寂しかったのです」

シュンとするサリーシャの横で、セシリオは片手で目元を覆った。

「くそっ！　なんなんだ、この可愛さは。俺を悶《もだ》え殺す気か？」

「え？」

もごもごと吐き捨てるように言った呟きがよく聞き取れずに、サリーシャは聞き返した。しかし、セシリオはそれに答えることはなくサリーシャの両肩に手を置くと、大まじめな顔で見下ろした。

「それは困ったことだな？　サリーシャ」

「はい、本当に……」

サリーシャはぎゅっと眉尻を下げる。自分のことながら、こんなことでは夫の留守中にどうなってしまうのか。これから先が心配でならない。困り果てるサリーシャを見て、セシリオはなぜか意味ありげにニヤリと笑った。

「きみがそんなふしだらな夢を見ないように、俺がいるときはしっかりと補充しないと。これから先、毎日抱きしめて、キスをすると約束しよう」

「まあ、本当に？」

恥ずかしそうに顔を赤らめながらも嬉しそうに微笑むサリーシャを見て、セシリオは堪えきれないといった様子でくくっと肩を揺らす。そして、サリーシャに顔を寄せて微笑んだ。

「サリーシャ。愛してるよ」

もう一度唇が重ねられ、サリーシャは体の奥底からとめどなく幸福感が沸き起こるのを感じた。

誰もいない訓練場に二人の影だけが重なり合って長く伸びる。何度も何度も角度を変えながら徐々に深まっていくそれは、お互いを求め合うようにいつまでも続いた。

第五章　褒賞

アハマスの城下では一番の仕立屋が訪問して来たこの日、サリーシャは鏡を見ながら思い悩んでいた。鏡に映るのは純白のウェディングドレスを身に着けた自分自身の姿だ。

鎖骨部分まではしっかりとしたシルク地、そこから上の首元はレース生地で覆われたウェディングドレスは、サリーシャの希望を的確に反映した素晴らしい出来映えだ。でも……、とサリーシャは鏡にじっと見入る。

「とってもお似合いです。ですが……大変申し上げにくいのですが、やはり少しシンプルすぎないかと……」

後ろでサリーシャの姿を眺めていた仕立屋がおずおずとそう切り出した。すると、部屋の壁際で控えていたノーラとクラーラまで、待ってましたとばかりに身を乗り出す。

「わたくしもそう思いますわ！　お美しいサリーシャ様には、もっと華やかなドレスが！」

「そうですとも。これはこれで素敵なのですが、もう少し年を召した落ち着いた方に合う気がします。若いお嬢様にはもっと華やかなものがいいですわ」

二人からもダメ出しを食らい、サリーシャはぐっと眉根を寄せてますますじっと鏡に見入った。

このウェディングドレスはセシリオとの結婚式に向けて、サリーシャのためにオーダーメイドで製作されたものだ。デザインや生地選びの段階から、サリーシャの希望を事細かに聞いて仕立屋が一から仕立てた、世界に一着しかないドレスでもある。

そして、このドレスは非常にシンプルなデザインだった。装飾といえる装飾は、首元のレース以外にはなにも付いていない。スカートの膨らみも少なく、控えめに言うと華やかさがない。はっきり言ってしまうと、地味なのだ。

ことの発端《ほったん》は、ドレスをオーダーしたときに、まだサリーシャがセシリオと一生を添い遂《と》げられるかどうか確信を持てていなかったことだった。一時の仮初《かりそ》め花嫁が一度しか着ないウェディングドレスに大金をかけるわけにはいかない。そう思ったサリーシャは、セシリオが恥をかかない程度にきちんとした、しかしながら極力装飾を排除した安価なドレスをオーダーした。

何度も本当にこれでいいのかと口酸っぱく確認した仕立屋は、大丈夫だと言い張るサリーシャのその希望をしっかりと実現させた。そして、仮縫いまで仕上がったドレスが今着ているこれである。

「今から装飾を増やすことは可能かしら？」

サリーシャはスカートの裾を持ち上げて、少しひざを曲げる挨拶のポーズを取った。素敵なことは素敵なのだが、いかんせん華がない。おずおずとそう切り出すと、鏡越しに目が合った仕立屋は片手を頬に当て、うーんと唸《うな》った。

「裾にレースを足すことや、腰にリボンを足すことは可能です。ただ、全体に刺繍を施すなどの大規模な変更は、時間的に難しいかもしれません」

「そう……」

結婚式までは二ヶ月を切っている。身から出た錆《さび》とはいえ、こんなにもシンプルなデザインにしてしまった自分が恨めしい。一生に一度の、世界で一番好きな人の花嫁となる、特別な日の衣装なのに。シュンとするサリーシャに、仕立て屋はおずおずと話しかけた。

「全体への刺繍は無理ですが、スカートの裾にレースをあしらったうえでスカートに花飾りを飾るのはいかがでしょう？　裾や首元のレースと同じ素材で作れば統一感も出て華やかになると思います。お勧めは、花の中心に真珠をあしらうことですね。格段に華やかになります」

「真珠？」

サリーシャは聞き返した。伯爵令嬢として生きてきたので、真珠のことはもちろん知っている。遠い異国の海で取れる、まん丸の白く美しい宝石だ。そして、それがどんなに高価であるかも知っていた。

「はい。いくつか付けるだけで、ウェディングドレスが途端に華やかになります。現王妃殿下が結婚式で着られた衣装にも、真珠があしらわれていたことは有名です」

「そうなの……」

サリーシャは鏡を見つめながら、じっと観察するように目を細めた。見れば見るほどシンプルだ。デザイン段階で何度も仕立て屋がもっとこうしてはとアドバイスしてくれたのに、なぜ頑《かたく》なに断ってこんなにもシンプルなデザインにしてしまったのか！　その真珠と花飾りを付けて華やかになるのであれば、是《ぜ》が非《ひ》でもお願いしたい。しかし、気になるのはその値段だ。

「セシリオ様にも相談してから決めてもいいかしら？」

「はい、もちろんです。せっかくですから、華やかな方がサリーシャ様にはお似合いになると私共も思います」

仕立て屋はにっこりと微笑むと、深々と頭を下げた。

その日の夕食時、サリーシャは早速ドレスのことをセシリオに切り出した。

「閣下。実は、結婚式で着るウェディングドレスなのですが……」

「ああ。今日仮縫い段階のものを着てみると言っていたな。どうだった？」

「実は……、その……、少しデザインを変えたいのです」

優しく目を細めるセシリオに、サリーシャはおずおずとそう打ち明けた。その途端、セシリオは動きを止めてピクリと片眉を上げた。

「なに？　もしや、ドレスに満足いっていないのか？」

「満足いってないと言いますか、少し気になるところがありまして」

元はと言えば、完全に自分のせいだ。希望通りに作ってもらったのに満足いっていないというのは、さすがに憚《はばか》られた。

カシャンっと高い音が鳴る。サリーシャはハッとして正面を見た。セシリオの皿の上にフォークが転がっている。持っていたフォークが手から抜け落ち、皿に当たって音が出たようだ。更によく見ると、セシリオの顔は青ざめ、わなわなと震えている。

「閣下？　どうされましたか？」

「──それはよくない。すぐに直すんだ！」

「でも……、だいぶお金がかかってしまいそうなのです」

「お金は問題ない」

「真珠を付けようかと迷ってますの」

「真珠？　百個でも千個でも好きなだけ付けろ」

「い、いいえ。そんなにたくさんは……」

「とにかく、ウェディングドレスを満足いくように直すんだ。ウェディングドレスは大事だ。一切の妥協を許してはならない！」

——そ、そんなに!?

サリーシャは戸惑った。セシリオがまさかこんなにウェディングドレスに妥協を許さない男だとは知らなかった。サリーシャは勝手に、男性は女性のウェディングドレスになど、たいして興味を持たないものだと思い込んでいたのだ。

もしかしたら、最初に用意してくれた数着の普段着用ドレスもセシリオのこだわりが詰まった特別なドレスなのかもしれない。そうとは知らず、今まで能天気に着てしまったことを少し申し訳なく思った。

「いいか、サリーシャ。ウェディングドレスはきみの満足いくようにしっかりと作るんだ。なんなら、二、三着作っても構わない」

眉を寄せて力説するセシリオをサリーシャは半ば唖然として見つめた。婚礼を何日も祝う王族でもないのに、ウェディングドレスを二、三着作るなど、聞いたことがない。

「それはちょっと……。でも、わかりましたわ。なるべく満足いくように、明日にでももう一度仕立て屋さんと話してみます」

「ああ、それがいい。いいか、サリーシャ。一切の懸案事項を解決するような、満足いく一着を作るんだ。金は気にするな。わかったか？」

「はい。わかりましたわ」

──セシリオ様が、実は、こんなにウェディングドレスにこだわりのある方だったなんて！

サリーシャは心底驚いた。人は見かけによらないとは、まさにこのことだ。

『ウェディングドレスは女の一生の夢』とはよく聞くが、セシリオに関しては男でも当てはまるようだ。これは、中途半端なものなど着たら大変なことになりそうだ。

コクコクと頷くサリーシャを見て、セシリオはようやく満足したように朗らかに微笑んだ。

＊＊＊

「モーリス。実は危ないところだった」

「危ない？　なにがだ⁇」

翌朝、執務室で会うなりそう言ったセシリオの言葉に、モーリスは眉をひそめた。やっと王太子夫妻の婚約披露パーティーの件が片付いたのに、またどこかで紛争の種が蒔《ま》かれでもしたのかと思ったのだ。

いつになく深刻なセシリオの様子に、モーリスはゴクリと唾液を飲み込んだ。

「実はな……サリーシャがウェディングドレスに満足いってなかったようだ。危うく第二部隊のヘンリーの二の舞になるところだった」

「えっ！　お前……、よかったな。事前に気付いて」

「ああ。本当に危ないところだった」

女心と秋の空。

いくらセシリオを慕っていると言って愛らしい笑顔を向けてくるサリーシャであっても、油断をしているとなにが起こるかはわからない。結婚式を済ませるまでは気を抜けないのだ。

花嫁の、ドレスへの想いを侮《あなど》るなかれ。

二人は顔を見合せると無言で頷き合った。

まさかセシリオとモーリスがこんな会話を交わしていたとは、サリーシャは知るよしもない。

＊＊＊

マオーニ伯爵邸から旅立ったときとは全く逆の道を進むこと十一日間。長い長い森林地帯といくつもの町や村を通り過ぎ、ようやくサリーシャはかつて長らく過ごした王都へと足を踏み入れた。

馬車から見える街並みは、ここを去った数ヶ月前となんら変わらない。流行の最先端のものを扱うお洒落なブティック、美しい宝石を扱う宝飾品店、花飾りや羽飾りを施した婦人用帽子店……。

通り沿いの歌劇場には、ちょうど今シーズンに上演中の演目のポスターが貼られていた。ポスターの中ではパイプを手にした貴婦人が通りを眺めて笑っている。その前に立っているのは若い貴族のカップルだろうか。腕を組んで談笑しながら店に入る、身なりのよい男女の姿も見える。そこを行き交う人々は皆一様に笑顔で、人々の平和な暮らしぶりが窺《うかが》えた。

豪華な八頭立ての馬車は、整備された道路を軽やかに進む。

サリーシャとセシリオはまずは王都にあるタウンハウスを訪れた。アハマス辺境伯家のタウンハウスはサリーシャの住んでいたマオーニ伯爵家のタウンハウスとは中心街を挟んで反対側に位置していた。しかし、どちらも貴族や裕福な商人を始めとする富裕層の屋敷が立ち並ぶ、高級住宅地だ。

「これはこれは。ようこそ、奥様」

タウンハウスで出迎えてくれた家令の男性——ジョルジュは、サリーシャを出迎えるとそれはそれは嬉しそうな笑顔を見せて歓迎した。ドリスの甥《おい》というだけあり、どことなく雰囲気が似ている。サリーシャはまだ結婚していないので正確には『奥様』ではないのだが、ジョルジュの嬉しそうな笑顔を見ると否定するのも悪い気がして、そのままにしておいた。

「旦那様にこんなにお美しい奥様が！　このジョルジュは喜びのあまり、言葉も出ません」

「まあ、ありがとう」

「いやいや、本当にお美しい。旦那様、いつの間にこのようにお美しい奥様を見初《みそ》められたのですか？　ちっとも領地を出ていないのに。ああっ！　まさか！　ここに寄らずにこっそり王都に!?」

「そんなことはしていないぞ」

ハッとしたように動きを止めて傷ついた顔をしたジョルジュの言葉を、セシリオがすかさず否定する。『言葉も出ない』と言ったわりにはとてもよく喋る、明るい家令だった。セシリオの否定の言葉を聞き、こめかみに指を当てて首を傾《かし》げた後に、ポンと手を打った。

「わかりました！　どこかで一目惚れして文通で愛を深めたのですね？　いやいや、旦那様も隅に置けない」

ジョルジュは独りごちると、うんうんと首を縦に振り、勝手に納得している。サリーシャとセシリオは顔を見合わせて、苦笑した。

「旦那様は社交シーズンも滅多にこちらにお越しにはなりませんからね。それが今年はこれで二回目です。奥様がいらしたからですね。喜ばしい限りです」

にこにこしているジョルジュの話を聞きながら、サリーシャはもう一度ちらりとセシリオを見上げた。セシリオは苦虫を噛み潰したような顔をしている。

フィリップ殿下の婚約者を目指すように言われていたサリーシャは、王宮で開催される舞踏会にはほぼ必ず参加していた。思い返してみると、確かに、一度もセシリオと会った記憶はなかった。

これだけ体格がよく、顔に傷があり髪も短髪という目立つ風貌だ。舞踏会で会っていれば忘れるはずはない。少なくともサリーシャが十六歳で社交界デビューしてからは、セシリオは一度も社交パーティーに参加していないはずだ。王都に来るのが今年二回目ということは、一回目はサリーシャに婚姻の申し込みをしに来たときのことだろう。

「王都は遠いだろ？　それに、パートナーを探すのが面倒だったから」

「確かに遠いですわ。でも、次回からはわたくしがいるからパートナー役を探す手間は省けますわね？」

「それもそうだな。――ダンスの練習をしないと……」

そう言ってセシリオはしかめっ面をした。どうやら、ダンスがあまり得意ではないようだ。セシリオの意外な弱点がわかり、サリーシャはふふっと笑みを零した。

タウンハウスで旅支度から正装に着替え、二人は馬車を乗り換えて今度は王宮へと向かった。

城下の町からまっすぐに伸びる街道と王宮の敷地の間には、荘厳な門が構えられている。金属製にもかかわらず精緻に彫刻が施されたそれは、ただの門にもかかわらずいかほどの価値があるのか、想像もつかない。

ギギギっと重い門が開くと、その先に続くのは石畳で平らに整備された長い街道。そして、少し視線を上げた先に見える王宮は、外見だけで華やかな内装だと想像がつく、重厚な建物だ。

サリーシャは少しだけ馬車から身を乗り出すと、その景色をよく見ようと目を凝らした。

白に近いクリーム色の外壁は、タイタリア国内各地の良質な石材を使用し、至る所に石彫刻が施されている。中央部分は一際屋根が高くなっており、一番上層階にはタイタリア国王の謁見室がある。下層部には舞踏会や重要行事を行う大広間があり、そこはあの日サリーシャが刺された場所でもある。

左右対称に広がる両翼廊の先には同じく重厚な建物が見え、この王宮の豪華絢爛さを強調していた。一つは国の政治・経済を担う文官達が働く建物、もう一つは各種の研究所や軍関係の施設が入っているという。

そして、ここからは見えないが、中央の高い建物の裏側に王室の関係者が暮らしている。

「サリーシャ。あんまり顔を出すな」

「あっ、はい」

いつの間にか頭を半分以上馬車から出していた。腹部に逞しい腕が回され、ぐいっと馬車の中に引き戻される。ぱっと振り向くと、思った以上に近い距離にセシリオの顔があり、カーっと頬に熱が集まるのを感じた。

「懐かしいのはわかるが、危ないだろう。なにかにぶつかったらどうする?」

「ごめんなさい。つい」

サリーシャは叱られた気恥ずかしさと、近すぎる距離にどぎまぎして俯いた。セシリオはそれを、サリーシャが落ち込んだのだと勘違いしたようで、子供にするように頭を撫でてきた。大きな手が、何回か頭頂部を往復してから、絡めるように指で髪をすく。

「……必要な用事が終わったら、王都を見て回ろうか? アハマスにないものも、ここには色々とあるだろう。欲しいものがあれば、きみに贈ろう」

「閣下と一緒に？　王都を？」

「ああ。ただ、俺よりきみの方が王都には詳しいだろう。エスコート役には物足りないかもしれない」

「全然構いませんわ！　だって、閣下はアハマスを案内してくださったではありませんか。今度はわたくしの番ですわね。そうだわ、わたくし美味しいケーキ屋さんを知っておりますのよ。宝石みたいに可愛らしいスイーツが、それはそれはたくさんありますの」

表情を明るくしたサリーシャが横を見上げると、こちらを優しく見つめるセシリオと目が合った。

「サリーシャのお気に召すままに。どこを案内してくれるのか、楽しみにしておく」

そう言われて微笑まれ、トクンと胸が鳴る。

サリーシャは咄嗟《とっさ》に自分の胸に手を当てた。セシリオに恋していると自覚してからもう幾日も経っているのに、慣れるどころかときめきは増すばかり。どんどん好きになってしまい、自分ではどうしようもない。

「閣下は、ずるいわ」

「？　なに？　聞こえなかった。どこに行きたい？」

怪訝な表情をしたセシリオが聞き返してきたが、サリーシャはプイッとそっぽを向いた。馬車の中は車輪が回る音や馬の蹄の音が響いてくるので、案外騒がしいのだ。

「サリーシャ、どうした？　暑い？　顔が赤い」

セシリオは僅かに眉を寄せた。サリーシャの顔を自分に向けさせると心配そうに覗き込み、最後にそっと頬を撫でる。

ほら、やっぱり。とサリーシャは思う。

無自覚にこんなふうに優しく触れて、ますます自分を夢中にさせるのだ。自分ばっかりがセシリオを好きな気がして、なんだか悔しい。こんなに夢中にさせるなんて、一体どうしてくれようか。

王都とアハマスの物理的距離と、パートナー役を探す煩《わずら》わしさから、セシリオは社交パーティーに全くと言っていいほど姿を現さないでいてくれた。そのことに、感謝せずにはいられない。独身のままで残っていてくれたことが、奇跡的に思えた。

しっかりと上がった眉も、鋭い目つきも、スッと通った鼻梁も、頬に残る古傷さえも、全てが素敵に見えるのだ。

サリーシャは返事をする代わりに、ぽすっとセシリオの肩に頭を乗せた。すると、抱き寄せるように伸びた大きな手が、労るように何度も何度もサリーシャの頭から肩までを撫でる。時折、弄ぶように指に絡めているのか、僅かに髪を引かれる感覚がした。

サリーシャは視界に入ったセシリオのもう一方の手に手を伸ばすと、自分の方へ引き寄せた。両手で包み込んで弄ぶと、セシリオはされるがままに大人しくしている。剣とペンを握るせいでまめだらけの手は、固くごつごつとしている。手のひらを見ると、指の付け根の下の辺りは皮膚が分厚くなっていた。けれど、この手が誰よりも優しい手であることをサリーシャは知っている。

二頭立ての馬車はカタカタと軽快に進む。

車体が心地よく揺れ、宮殿の馬車寄せにはあと数分で到着だ。サリーシャはその大きな手を華奢な指でそっとなぞり、束の間の幸せな時間に酔いしれた。

＊＊＊

シルク、天鵞絨《ビロード》、サテン、チュール……。

サリーシャは目の前に広げられる豪華な生地の数々に呆気に取られていた。床から天井まで一面に設えられた棚には、ありとあらゆる素材が揃っており、溢れんばかりの生地や糸が収納されている。一部は棚から飛び出して零れ落ちそうになっていた。

それもそのはず。ここはタイタリア王国の王宮内にある、裁縫所だ。王族の衣装を作るために、国中から上質な生地や糸、そして腕のいい針子が集められている。

「サリーシャ様、どれか気になったものはありましたか?」

「ええっと、どれも素敵ですわ」

「それは知っております。そうではなくって、サリーシャ様がお好きなものはどれですか?」

ずいっと迫ってくる見た目は可愛らしいご令嬢――王太子婚約者のエレナの迫力に、サリーシャは思わず一歩後ずさった。子爵令嬢であるエレナは、フィリップ殿下と婚約したことから、結婚式までの一年間、王宮に滞在して未来の王妃となるための勉強をしている。

つい一時間ほど前に王宮にセシリオとともに到着したサリーシャは、なぜか陛下や殿下と謁見するでもなく、着いた早々にエレナに捕まって裁縫所へと連行された。

そこで明かされたのは、思いがけない申し出だった。サリーシャへの褒賞に、王太子の結婚式の舞踏会で着るドレスを、王太子妃エレナとお揃いでと言うのだ。

王太子夫妻の結婚式は一日目は結婚式と晩餐会が、二日目と三日目は舞踏会が行われ、三日三晩お祝いが続く。一日目は新婦であるエレナは純白のウェディングドレス、二日目は贅を尽くした豪華なドレス、三日目は通常のドレス――と言っても、王族にふさわしいとても高価なものだが――を身に着ける。その三日目のドレスをサリーシャとお揃いで、という申し出だ。

これは、本当に名誉なことで、単に贈られるドレスの価値が高いというだけの問題ではない。

通常、王族の一員となる王太子妃エレナと、同じ舞踏会で同じデザインのドレスを着るなど、絶対に許されない。もし無断でそんなことを行えば大変な不敬にあたり、貴族社会から追放されかねないほどの大問題になる。

しかし、王族が身に着ければ、そのドレスは即ち流行の最先端となる。だから全ての貴族の女性は王族の女性がなにを着るのかにアンテナを巡らせ、似ているが少し異なるものを身に着けようと画策する。

逆に言えば、同じドレスが許されるということは、王太子夫妻から並々ならぬ信頼と寵愛《ちょうあい》を得ているということを全ての貴族に知らしめることになるのだ。

フィリップ殿下とエレナの婚約期間は一年間だ。結婚式は既に四ヶ月後に迫っている。来月行われるサリーシャとセシリオの結婚式の三ヶ月後にあたる。今から用意すれば、ちょうどいい具合に素晴らしいドレスが完成することだろう。

「わたくし、サリーシャ様の可憐な雰囲気には絶対にこの辺りが似合うと思いますの」

エレナは一枚の生地を手に取ると、それをサリーシャに見せた。赤みのかかったオレンジ色で、艶やかな見た目は触らずとも上質なシルクだと想像がつく。似合うかどうかはサリーシャ自身にはよくわからなかったが、とても素敵な生地だとは思った。

「サリーシャ様は髪もお美しい金色でしょう？　本当に羨ましいわ。わたくしなんて、つまらない色だもの」

その生地を広げて目の前に置きながら、エレナは少し口を尖らせて自分自身の茶色い髪を一房摘んだ。

「エレナ様の髪はお美しいですわ。昔、フィリップ殿下がエレナ様の髪はショコラのようにほどよく甘そうだから、思わず食べたくなるような魅力があると仰っておりました」

「え？」

パッと持っていた一房の髪を離したエレナの白い肌が、みるみるうちにバラ色に染まる。真っ赤になった両頬を両手で包み込むようにすると、エレナは少し上目遣いでサリーシャを見た。

「本当に？　殿下はそんなこと仰っていた？」

「ええ。わたくしといらっしゃるときは、殿下は大抵エレナ様のことを話して、無自覚に惚気ておりました。よっぽどエレナ様のことがお好きなのだと思いますわ」

「まあっ！」

ますます赤くなるエレナを見て、サリーシャはほんわかとした気分になり、目尻を下げた。

思い返せば、エレナと出会った日から、フィリップ殿下との会話の内容は明らかにエレナの話題が増えていた。時を追うごとにそれは増え、最後は半分以上、エレナの話題だった。きっと、他の人間に話すと王太子妃候補の件で色々と問題が発生する——つまり、子爵家であるエレナに身を引けと迫る高位貴族が多数現れる可能性があるから、ここぞとばかりにサリーシャに話していたのだろう。

サリーシャは改めてエレナを見つめた。小さな体に大きな茶色い瞳と艶やかな茶色の髪は、森で見かけるリスのようで本当に可愛らしい。友人が夢中になるのも頷ける。

「殿下ったら、そんなことわたくしにはひと言も言ってくれないわ。サリーシャ様がいらっしゃらないと、格好つけたがりなのですわ。三人でお会いするときは、お菓子の好き嫌いをしたりだとか、虫に驚いて大騒ぎしたりしていたでしょう？　今はいつも澄まして、大人ぶって、格好つけているのです。確かに素敵なのだけど、つまらないわ」

エレナは頬をぷくりと膨らませた。サリーシャはそれを聞いて、昔のことを思い出してふふっと笑みを零した。

フィリップ殿下はあまり砂糖漬け菓子が好きでなかった。お菓子の好き嫌いというのは、三人でお茶会をしているときに、いつもサリーシャに『これ、好きだろう？』となかば無理やり、出された砂糖漬け菓子を押しつけてきたことだろう。エレナと二人だと、頑張って食べているようだ。

虫に驚いて大騒ぎというのは、エレナが庭園で巨大なミミズを見つけて目を輝かせてフィリップ殿下に見せたときのことだ。

田舎令嬢のエレナにとって、巨大ミミズは土地を肥沃《ひよく》にする神様的存在だった。それを見つけたエレナは嬉しくなったようで、素手で捕まえてフィリップ殿下に見せたのだ。そのときのフィリップ殿下の驚きようと言ったら、長い付き合いのサリーシャも見たことがないほど凄まじいものだった。ちなみに、サリーシャは元は田舎の農家育ちなのでミミズはペットのようなものだ。驚くわけがない。

「きっと、エレナ様の前ではいいところを見せていたいのですわ」

「でも、猫を被っているのよ？　つまらないわ」

口を尖らせるエレナを見て、サリーシャは苦笑した。

フィリップ殿下が言っていた『エレナがサリーシャにとても会いたがっている』というのは、半分は本当にサリーシャに会いたい気持ち、もう半分はいいところを見せようとして素を晒さないフィリップ殿下への不満の表れなのかもしれない。しかし、友人が愛する婚約者を前に格好つけたい気持ちもわからなくはない。

要するに、お互いがお互いを大好きで、とても仲が良いようだ。

「きっとその被っている猫はじきに剝がれますわ。わたくしのときは、うーん、一年くらいかかりました。エレナ様にはいいところを見せようと頑張るでしょうから……そうですわね、でも、もって二年だと思いますわ」

「あら、二年ならもうすぐだわ！　そうだわ、早く猫が剝がれるように庭園でミミズを捕まえて殿下にプレゼントしてみようかしら？　いい土ができて花が綺麗に咲くので、プランターにどうぞって」

こてんと首を横に傾《かし》げるエレナは、貴族令嬢としてはなかなか型破りだ。友人夫婦は楽しい夫婦生活を送ることになるだろうと、サリーシャは確信している。

「ところで、サリーシャ様。ドレスの色は？」

気を取り直したようにエレナに聞かれ、サリーシャは少し考え、すぐに決めた。晴れの日に着るドレスなら、この色しかないと思った。

「ヘーゼル色で、お願いします」

「ヘーゼル色？　少し、サリーシャ様には地味ではないかしら？」

「でも、セシリオ様の瞳の色なのです。せっかくの晴れの日なら、その色を着たいですわ。それに、主役であるエレナ様と同じデザインなら、臣下であるわたくしは少し地味な色の方が釣り合いが取れます」

「アハマス閣下の色？　まあ、それは素敵ね！　アハマス閣下は少し……、その……、怖そうでしょう？　だから、瞳の色をよく見ていなかったわ」

エレナは少し言いにくそうに、そう打ち明けた。確かに、パッと見のセシリオはいかにも軍人風の風貌をしており、多くの貴族令嬢から見ると近寄り難いだろう。でもそれは、サリーシャにとっては都合がいい。セシリオが貴族令嬢に大人気になったら、サリーシャは気が気でなくなってしまう。

「では、わたくしは殿下の瞳と同じ空色にするわ。これで色は決まりね。後でデザイナーを呼ぶからサリーシャ様も同席してくださいませ。身長もサリーシャ様の方がずっと高いし、全く同じというわけにもいかないでしょう？　ちょっとくらいはアレンジした方がいいと思うの。ふふっ、仕上がりが楽しみだわ」

立ち上がったエレナは、近くにあった空色のシルク生地を引っ張り出して胸に抱くと、くるりとスカートの裾を揺らして振り返る。そして、サリーシャの顔を見つめて満面の笑みを浮かべた。

＊＊＊

サリーシャがエレナに連行されて裁縫所であーでもない、こーでもないと生地選びをしていた頃、セシリオはフィリップ殿下に呼び出されて殿下のプライベートエリアを訪れていた。

王宮の裏側に位置する王族専用プライベートエリアは、たとえ高位貴族であっても許可なしに立ち入ることは許されない。許されるのは、王族の身の回りの世話をする侍女や使用人、特に重用されている側近、それに、直々に立ち入ることを許可された一部の貴族のみだ。

王宮は上から見ると、横が長く、縦が短いT字のような形をしている。中央に謁見室などがある中央棟があり、両翼廊で繋がる左右に各種の執務エリアが、そして、中央棟の裏側には渡り廊下で繋がった少し出っ張った建物があり、それが王族専用のプライベートエリアだ。

案内するフィリップ殿下付きの侍女の後を歩きながら、セシリオはふと回廊から見える景色に視線を移した。

プライベートエリアと中央棟は屋根のついた回廊で繋がっている。白亜《はくあ》の柱が両側に立ち並び、その間から見えるのは王宮の庭園だ。

花の咲き時や全体の調和を完全に計算された美しい庭園。緑の植栽が幾何学模様に並んだ先には、バラ園があるのが見えた。遊歩道側から見ると雑草など一切ない、手入れの行き届いた完璧な庭園だ。しかし、これだけ広いと、裏側を見ると手が行き届いていない場所もいくつか出てくる。

全面を覆う芝生の緑を眺めていると、かつてここを訪れたときに出会った、愛らしい少女の姿が脳裏に蘇った。キラキラとした金髪をハーフアップにして後ろで一つに纏め、夢中になって花冠を作っていた。時折、作り途中の花冠を自分の頭に合わせては何度も長さを調整し、思い出したようにちらちらとセシリオの方を見る。そして、最後に笑顔でセシリオに完成したばかりの花冠をプレゼントしてくれた。

きっとあのときにあの少女――サリーシャに会わなかったら、セシリオは今も多くの人間を殺めた自分の行動が正しかったのかと、自分はただの人殺しなのではないかと自責の念に苛《さいな》まれていただろう。

回廊が終わり王族の居住棟へ入ると、そこはひっそりと静まり返っていた。広い廊下の両側には王室お抱えの芸術家が作った彫刻や陶器など、一流の美術品が置かれている。その廊下に面したドアの一つの前で、侍女は立ち止まりトントンとノックをした。

「アハマス辺境伯をお連れしました」

「入れ」

侍女がドアを開けると、そこは応接室だった。王族の部屋にふさわしい豪華な部屋には、大きな応接セットが置かれ、そこにフィリップ殿下が足を組んでくつろいでいた。

「待ちわびたぞ。掛けてくれ」

フィリップ殿下は組んでいた長い足を戻すと、笑顔で立ち上がって目の前のソファーを指さす。セシリオがそこに座ると、しばらくして侍女が紅茶を運んできた。

「本当は早速酒でも酌《く》み交わしたいのだが、陛下の謁見前に酔っぱらうわけにもいかぬ。紅茶だが、まあくつろいでくれ。酒はまた後で」

出された紅茶からはとても芳醇な香りが漂ってきた。セシリオの屋敷で使っている紅茶も高級品だが、これは間違いなく最高級品だろう。そもそも、サリーシャが来るまでは、食べ物に無頓着なセシリオの屋敷には高級紅茶もなかった。

「それで、父上に謁見する前に褒賞の最終確認だ。陛下から賜《たまわ》った後に変更はできないからな」

「先に書簡でお伝えした通りです」

「それは読んだ。なかなか強気な要求だな」

フィリップ殿下はくくっと笑い、肩を震わせる。

フィリップ殿下はアハマスを去る前に、なにか褒賞で欲しいものがあれば言ってほしいとセシリオに伝えた。それを受けてセシリオが要求したものは二つだ。

一つ目は、アハマスがブラウナー元・侯爵から買い取った武器や防具の一部を王室で買い戻すことだ。

ブラウナー元・侯爵がアハマスに売りつけた武器や防具の総額は、アハマスの年間の領地収入に匹敵するほどの額になっていた。いくらブラウナー元・侯爵が拘束されようとも、その武器や防具を依頼を受けて制作した鍛冶屋達に罪はない。お金を支払わなければ、彼らがとばっちりを受けて路頭に迷ってしまうのだ。

しかし、ブラウナー元・侯爵の中間手数料がなくなったとしてもその総額をアハマスが支払うとなると、相当の額になる。それこそアハマスの領地経営に支障が出るレベルだ。そのため、セシリオは王室に武器や防具の買取を求めた。国に没収されたブラウナー元・侯爵の私財でも充《あ》てるべきである。

二つ目は、アハマスと王都との街道の整備だ。

アハマスと王都の間には街道があるが、お世辞にも整備された美しい道路とは言い難い。途中の回り道も多く、元々遠いアハマスが余計に遠くなっている。セシリオが王都を滅多に訪れないのも、あまりに時間がかかりすぎることが原因だった。

街道の整備は間違いなくアハマスの活性化に繋がる。しかし、途中は他領となるため、セシリオの一存では整備することができないのだ。

「これを両方やろうと思ったら、国家予算レベルの金が動くことになるぞ？」

「少なくとも武器と防具の買取はやっていただかねば困ります。アハマスが潰れてしまう」

眉根を寄せたセシリオは憮然とした表情で懐から今回購入した武器や防具の一覧表を取り出した。マスケット銃を始めとして、数えきれないほど品目が並んでいる。これらは王室からカモフラージュを要求されたから購入したものだ。フィリップ殿下はそれを一瞥すると、ほとんど見ずに端に寄せた。

「わかっている。これらについては一度国で買い戻してから、一部を王都の兵に配備して残りはアハマス家以外の辺境伯達に買取をしてもらうことで話を通した。希望通り、購入分の四分の三を引き受けよう。だが、褒賞というにはやや異質ゆえ、購入の全額分を金一封として賜はすこととする。手元に残った武器類は好きにしろ」

「ありがとうございます。助かります」

セシリオはほっと息をつく。

これで領地経営が立ち行かなくなることも、借金まみれになることも回避できる。残る四分の一の武器と防具は国からの支給品のようなものだから、アハマスの防衛のために有効に使用すればよいだけだ。

「ブラウナーも随分とたくさん集めたものだ。没収した私財では到底賄《まかな》いきれなかったぞ。そもそも、散財のしすぎで財産などほとんどなかったがな」

フィリップ殿下はふうっと息つく。

セシリオはそれを聞き、複雑な心境だった。ブラウナー元・侯爵は先の戦争で巨万の富を手に入れたはずなのに、十年も経たずに使い果たしたことになる。

人間、一度贅沢に慣れるとなかなか生活水準を落とすことはできない。だからこそ、なんとしても金と権力を手にしたかったのだろう。

たとえそれが人を殺めることに繋がったとしても。

「それで街道だがな、確かに俺もあの道のりを実際に往復して、整備し直す必要があるとは感じた。街道が整備されてダカール国と貿易が盛んになれば経済効果や政治的な恩恵もあるしな。だが、こちらにも条件がある」

「条件？」

「もっと王都に来い。そうだな、最低二年に一回は王宮の舞踏会に参加しろ。それが条件だ」

「――いいでしょう。元より、サリーシャが少女時代を過ごした王都に行きたがると思ったのでお願いしたまでです」

「サリーシャのため？」

「それも、理由の一つです」

そう言って紅茶をひと口飲んだセシリオを見て、フィリップ殿下はふっと表情を緩める。

「お前達は本当に、お互いのことが一番なのだな。サリーシャの望む褒賞も、アハマス卿を一番に考えたものだった」

「サリーシャの？　エレナ様と同じドレスではないのですか？」

セシリオは怪訝な表情で聞き返した。

セシリオはサリーシャから、褒賞のことはなにも聞いていなかった。先ほどサリーシャは一人でエレナにどこかへ連れていかれたのだが、エレナは『褒賞にサリーシャ様とお揃いのドレスを作ろうと思いまして』と笑顔で言っていた。

「ドレスは表向きだ。サリーシャは俺がアハマスを去る日になんと言ったと思う？　『閣下とアハマスの兵士が二度と戦争に行かずに済むように、ダカール国との友好に尽力することをお願いします。望むことはそれだけです』と。さすがにそれは褒賞としては与えられぬ。だが、全力を尽くすと約束する」

セシリオは思ってもみなかった話に、目をみはった。そして、フィリップ殿下に頭を垂れた。

「……そうですか。とてもありがたいお話です」

「よい。王家の者が国のために力を尽くすのは当然のことだ。俺やエレナとしても、定期的にアハマス卿とサリーシャに会えるのは嬉しいことだしな。──アハマス卿。また昔のように、たまに剣の稽古《けいこ》をつけてくれるか？」

「もちろんです」

フィリップ殿下はその返事を聞くと、朗らかに微笑んだ。そして、壁際の機械式時計を見る。

「そろそろ女性陣のドレスの生地選びも終わったことだろう。陛下に謁見に行こう」

エピローグ

サリーシャとセシリオは広い王宮の庭園を散歩していた。

先ほど無事に国王陛下との謁見が終了し、サリーシャとセシリオはそれぞれ褒賞を賜った。サリーシャが賜ったのはエレナとお揃いのドレスと、それを着て王太子夫妻の結婚式の舞踏会に参加する許可、それに、王族からの直々の礼の言葉だ。そして、セシリオが賜ったのは金一封と王族からの直々の礼の言葉、そして、新たな勲章だった。

久しぶりに歩く王宮の庭園は、やはり素晴らしかった。上から見ると左右対称の幾何学模様のように見える庭園は、遊歩道を歩くと美しい花々と緑のコントラストが完璧までに計算し尽くされている。足元を彩るパンジーやビオラ、その奥には少しだけ背の高いガーベラやアリウムが咲いている。そして、一番奥にはルピナスが紫色の花を咲かせていた。

緑色の背の高い植栽は庭園の区画を区切るのに利用されており、花の園を抜けたと思えばその向こうには見事な噴水が広がり、かと思えば他方にはガゼボが設えてあり、穏やかな時を刻んでいる。一部は植栽を用いた迷路など、余興にも使えるようになっていた。

「閣下。勲章の授与、おめでとうございます」

「ありがとう。だが、もう正装用の軍服が勲章だらけなんだ。付ける場所がほとんど残っていない」

肩を竦めるセシリオを見上げて、サリーシャはふふっと微笑む。セシリオの正装用の軍服姿はピース・ポイントに向かうときに着ているのを見たが、確かに衣装の上側半分が勲章で埋め尽くされていた。

「閣下のあの軍服の正装姿は、とても素敵なので好きです」

「そう？　なら、今日も軍服で来ればよかったかな？」

そう言いながらセシリオは自分の姿を見下ろす。セシリオが着ているのはよくある貴族の正装用の黒い礼服だ。これはこれで素敵なのだが、サリーシャはやっぱり深緑の軍服を着たセシリオの方がもっと素敵だと思った。

「今日のそのお姿もとても素敵ですわ。でも、あのお姿はもっと素敵です。思わず見惚れてしまいましたわ」

視界の端に、セシリオが耳の後ろの辺りを掻くのが映った。よく見ると、ほんのりと耳が赤い。好きになった人は勇敢で、誠実で、優しく、そしてちょっぴり可愛らしい。世界一魅力的な人だと思った。

「――わたくし、閣下とここをお散歩できるなんて、夢みたいです」

「これからは、定期的に来ようと思う。きみも、殿下やエレナ様に会いたいだろう？」

「いいのですか？　領地を長く不在にしてしまいます」

「不在にしても大丈夫なように、事前に調整して仕事をこなすようにする。さすがに、年に何度もは無理だが、二年に一度くらいは顔を見せろと殿下にも言われた」

不安げに見上げるサリーシャを見下ろして、セシリオは微笑んだ。こんなふうにサリーシャを気にかけてくれるところも、たまらなく好きだ。

その後もしばらく散歩を楽しんだセシリオとサリーシャは、懐かしい場所の前で足を止めた。

庭園の外れのそこは、生け垣がL字を組み合わせたような形になっており、中の様子は窺《うかが》えない。そこを目にしたサリーシャは、グイグイとセシリオの手を引いた。

サリーシャは、ここはとても背が高い生け垣で囲まれていると記憶していたが、久しぶりに訪れると生け垣の高さはサリーシャの背と同じくらいだった。けれど、雑草一つない王宮の庭園でここにだけシロツメクサがたくさん咲いているのは変わらない。

「花冠を作る？」

「作ってもいいですか？」

「もちろん」

そう言われ、サリーシャは久しぶりにシロツメクサを摘《つ》み取った。昔やったように、軸を一本作るとその周りに順番に花を巻きつけてゆく。セシリオはあのときと同じように横になってサリーシャの様子をのんびりと眺めていた。

「アハマスに戻ったら、すぐに結婚式だ。きみの花嫁姿を見るのが楽しみだな」

セシリオがそう呟いたので、サリーシャは花を巻きつけている手を止めてセシリオを見た。ヘーゼル色の瞳が優しくこちらを向いている。

「首まで覆われた、クラシックなデザインですわ。わたくしが我儘を言ったから、今、仕立て屋さんが頑張って手直しをしてくれています。飾りを増やしてもらいたくて」

「満足いく一着はできそうか？」

「はい。とても楽しみですわ」

笑顔で頷くサリーシャを見て、セシリオは微笑んだ。

「それはよかった。きみ自身が華やかだから、どんなドレスでも似合うだろう。俺の花嫁は間違いなく、世界一美しい花嫁だ。ドレスも世界一の仕上がりに違いない」

サリーシャはほんのりと頬を赤く染める。

セシリオに言われると、本当にそんな気がしてくる。ほんの些細なことも、彩りを増して素敵に感じるのだ。サリーシャはふと、作りかけの手元の花輪に視線を落とした。まだ花冠と呼ぶには短いが、腕輪くらいにはなる。それを、くるりと丸めて花輪にした。

「……わたくしは、フィリップ殿下の横に立つためだけにこの世界に入ったのだとずっと思っていました。――あの頃は、お行儀やら文字やら刺繍やら、とにかくお勉強が大変で……。幼かったわたくしにはつらいことも多かったのです」

セシリオはなにも言わず、静かにサリーシャの話に耳を傾けている。

「けれど……、最近はこう思うのです。わたくしは、きっと閣下と出会うためにこの世界に入ったのではないかと」

サリーシャはこの貴族の世界に、フィリップ殿下の隣に立つためだけに送り込まれた。ずっとそう思っていた。

けれど、つらかった礼儀作法のお勉強も、絶望に浸ったあの事件も、全てはこの人に出会うためだったのではないかと思えば、不思議といい思い出になったような気がした。

王宮の大広間は、サリーシャが斬られた場所でもある。フィリップ殿下の結婚式の舞踏会で行くのは正直怖いけれど、セシリオが一緒ならば、それさえも大丈夫な気がした。

嫌な思い出も、つらかった思い出も、全てが素敵なものへと塗り替わってゆく。

幸せな未来など思い描けなかったのに、今ならそれが摑める気がした。

そして、それはきっとこれからも続くだろう。

セシリオはサリーシャを見つめ、少し首を傾《かし》げた。

「サリーシャ。それは少し違う」

そして、体を起こすと手を伸ばし、いつものように優しく頬を撫でる。

「俺の隣で幸せになるため、だろう？」

本当にこの人は、と思う。いつだって、サリーシャの一番喜ぶ言葉をくれるのだ。

「あなたの全てに敬意を表して、そしてわたくしの持てる全ての愛を込めて、これを」

サリーシャは花冠と呼ぶには少し小さな花輪をセシリオに差し出す。セシリオは少し目をみはり、それを受け取る。そして、口の端を上げてサリーシャの耳元に顔を寄せた。

「ありがとな。俺の愛しいレディ」

ゆっくりと唇が重なり合う。

あの日のように小鳥がさえずり、優しい風が木々を揺らしていた。

書き下ろし
番外編

始まりの日

もうこれで何人目の対応だろう。

薄ら笑いを浮かべた嫌味ったらしい男が去るのを横目に見ながら、セシリオは窮屈《きゅうくつ》な黒い礼服の襟元を緩めた。

「面倒くせーな」

どいつもこいつも媚《こび》を売るような猫なで声で称賛してきて、耳障《みみざわ》りで仕方がない。セシリオは思わず不機嫌さを露《あらわ》にして小さな声で悪態をついた。

今いるのはアハマスの住み慣れた屋敷ではなく、王宮の豪奢《ごうしゃ》な控え室だ。金箔の装飾が施された彫刻入りの柱に梁《はり》、床を覆う白い石は大理石、天井は金箔の間を埋めるようによくわからん絵が描かれている。

つい最近まで戦場の最前線に身を置いていたセシリオからすれば、このきらびやかな王宮も、笑顔の貴族連中も、嫌悪の対象でしかない。

そもそも、戦後間もない疲弊《ひへい》した領地を一ヶ月にわたり留守にしなければならなくなったことも面白くない。正直いい迷惑だ。

「アハマス卿、このたびはおめでとうございます」

「アハマス卿、素晴らしいご活躍だったとか」

王宮に到着した途端《とたん》、次々に薄ら笑いを浮かべた連中が媚を売るように近づいてきて、反吐《へど》が出そうだ。

なにがめでたいんだと聞き返したい。

素晴らしいご活躍とは、この手で多くの人を殺《あや》めたことか。

「アハマス卿。このたびのご活躍は目をみはるものだったとか。心からお祝い申し上げますぞ」

「あぁ？」

二十数人目――正解な人数は数えていないからわからない――が薄ら笑いを浮かべて挨拶《あいさつ》してきたのを聞いたとき、ついにセシリオの堪忍袋《かんにんぶくろ》の緒が切れた。無意識に戦場にいたときのように相手を睨《にら》み据えてしまった。

挨拶をしてきた相手――マオーニ伯爵は不機嫌そうなセシリオを見て、「ひっ！」と小さく悲鳴を上げる。まさに蛇に睨まれた蛙《かえる》のごとく、元々長いとは言いがたい首を更に竦《すく》ませた。そして、ペコペコと頭を下げるとそそくさと逃げるようにその場を後にした。

セシリオはその後ろ姿を眺めながらハァっと深くため息をつき、おもむろに立ち上がった。このままでは、また別の被害者を出しそうだ。

すると、同じく式典に参加するために控え室にいた姉夫妻が声を掛けてきた。

「セシリオ。あなた、ここにいる人を威嚇《いかく》してどうするのよ？」

「元々この顔です」

「そうは言っても、もう少し愛想よくはできないの？」

窘《たしな》められてセシリオはぐっと眉を寄せる。年の離れた姉はそんなセシリオを見ても怯《ひる》むことなく見返してきた。セシリオの不機嫌顔は見る者全てに恐怖心を与えるようだが、嫁ぐまでは母親代わりにセシリオを見守ってきた姉にとっては怖くもなんともないようだ。

「……姉上、ちょっと出てきます」

「どこに行くの？　あと小一時間もしたら始まるわよ。あなた、主役の一人なんだから」

「小一時間でも、ここにはいたくないな」

セシリオは吐き捨てるようにそう言うと、眉をひそめる姉夫婦に片手を振り部屋を後にした。

——さてと。どこに行くかな……。

あの場の雰囲気が嫌で飛び出してきたセシリオだったが、明確に行く場所が決まっていたわけではない。時計を見ると、式典が始まるまではあと五十分しかない。つまり、城下に出る時間はなさそうだ。

立ち止まって少し考えたセシリオは、とある場所を思いついた。まさか、国家式典を行おうとしているときにあんな場所で時間を潰している人間などいないだろう。

そうして行ったのは王宮の庭園の外れだ。木々に囲まれた小さな空間にたどり着くと、予想に反して可愛らしい声がした。

「フィル？」

小さな子供のような、高い声。そこには、立ち上がってこちらを窺《うかが》う少女がいた。誰かと勘違いでもしていたのか、セシリオの顔を見ると少しがっかりしたような表情になる。

「あ、すまん。邪魔したな。ここはいつも誰もいないから、昼寝でもしようと思ったんだが……」

正直、ここに人がいたのは予想外だった。何度も王宮に来たことはあるが、そのたびにここはいつも空席だったからだ。

セシリオは体が大きく、厳しい顔つきをしており、女子供に怖がられる風貌であることは自覚している。しかも、先ほどまで散々苛《いら》ついていたため、いつにもまして人相が悪いだろう。この少女に泣かれでもしたら面倒だと、慌てて引き返そうとした。

「ねえ、お兄さん!」

踵《きびす》を返して歩き出そうとすると、少女がセシリオに向かって呼びかけた。

「お昼寝していてもいいよ。わたし、お友達を待っているのだけど、今日は遅いから、来ないかもしれないの」

「お友達?」

セシリオは振り返りながら、訝《いぶか》し気に眉を寄せた。セシリオの知らぬ間に、ここは子供の秘密基地にでもなってしまったのだろうか。

「お友達?」

「うん。フィル——フィリップって言うの。ここによく来るのよ」

少女はにこりと笑う。

セシリオは首を傾《かし》げた。よくここに来るフィリップとは、フィリップ殿下のことではないだろうか。それならば、今日はここには来ないはずだ。

「彼は、今日は来ないよ。大きな式典がある」

「お兄さんはフィルを知っているの?」

「もちろん。有名人だ」

そう尋《たず》ねてきた少女は、フィリップ殿下を王太子だと認識していないようだった。

「ふうん？　式典って、お父様が出席しているのと同じ式典かしら？」

「お父様？」

「うん。マオーニ伯爵」

「ああ、それなら一緒だろうな」

マオーニ伯爵は、さっき思わず睨みつけてしまった相手だ。あの場にあの格好でいたのだから、式典に参加するのは間違いないだろう。

セシリオはぶっきらぼうにそれだけ言うと、話を切り上げて少女の横の芝生の上にゴロンと横になった。

静寂が辺《あた》りを包み込む。聞こえてくるのは鳥の歌声と、時々それに混じる遠くで歓談している耳障りな貴族連中の声。時折すぐ近くから草を引きちぎるようなブチッという鈍い音がした。

薄目を開けて様子を窺《うかが》うと、横にいる少女は花冠作りに励んでいた。ハーフアップにした長い金髪が太陽の光を受けてキラキラと輝いている。シロツメクサを器用に巻きつけては時折それを自分の頭に載せて長さを確認し、また別のシロツメクサを引き抜いて巻きつけている。

自分の心中とは正反対ののどかな光景にセシリオは内心で苦笑し、今度こそ目を閉じた。しかし、すぐに居心地悪さを感じて再び目を開けた。

さっきから、異様に視線を感じる。戦場にいたセシリオは人の視線に人一倍敏感だ。気付かないと銃で狙われて命を落としかねないからだ。この少女の場合、もちろん殺気はなく、ただ単にセシリオを眺めているだけのようだ。しかし、それでも居心地が悪いことに変わりはない。

「なんだ？　ジロジロ見てきて」

「あ、ごめんなさい。――お兄さんは、その式典に出ないの？」

少女は不思議そうにセシリオを見つめていた。セシリオの格好は明らかに礼服だから、不思議に思ったのだろう。

少女を見返したセシリオは、この時初めてその少女の顔を正面からはっきりと見た。

ぱっちりとした大きな瞳が青のようで少し違う、珍しい色をしている。一度見たら忘れないような、印象的な瞳の色だ。まだ子供だが、非常に整った顔立ちをしている。恐らく、世間一般でいう美少女というやつだ。年齢はまだ十代前半といったところだろうか。

「出るさ。だが、まだ行きたくない」

「なぜ？」

少女はよくわからないと言いたげに、首を傾《かし》げた。セシリオは少女を一瞥《いちべつ》すると、自嘲《じちょう》気味にフッと鼻を鳴らした。

「つまらないいざこざの、勝利記念式典だ。なぜ俺がここに呼ばれたかわかるかい？　小さなレディ。『たくさんやっつけて、よくやりました』だとさ」

そう言いながら、また先ほどの苛立ちがぶり返してきた。

『素晴らしいご活躍』とは、多くの人をこの手で殺めたことか。

『おめでとう』とは、生きて帰ってこられてよかったねということか。

セシリオはこの戦争で、途中で負傷して倒れた父親に代わり、陣頭指揮を執《と》った。

目の前でも、見えないところでも、多くの者が命を失い、愛する人を失い、また、輝かしい未来を失った。

結局、アハマスの当主だった父親は帰らぬ人となった。まだ五十歳になったばかりだった。

悲しむ間もなく毎日のように作戦を立てて、相手をいかに壊滅状態に追い込むかだけを考えた。

敵にもまた、家族や愛する人々がいたはずなのに、それには気付かないふりをした。

──俺はタイタリア王国一の人殺しだな。

そんな自嘲めいた考えが、脳裏をよぎる。

戦争が終わり平和になっても、果たして自分がやったことが正しかったのかがわからない。もっと別の方法があったのではないかと、自分を責めてしまう。

黙り込んだセシリオを見つめていた少女は、少し考えるように宙に視線をさ迷わせ、もう一度セシリオを見つめるとニコリと微笑んだ。

「では、ここで今いざこざがなくて人々が平穏に過ごせているのはあなたのおかげね。それって、とてもすごいことだと思うわ」

「なに？」

この子は一体、なにを言っているのだろうかと思った。そんなセシリオの思いなど露《つゆ》ほども知らぬ様子で、少女はにっこりと笑っている。そして、ちらりと自分の手元を見ると、まるで王女でもあるかのようにツンと澄まして顎《あご》を上げた。

「わたし達に平穏を与えてくれたことに感謝します。あなたに敬意を表して、これを」

少女はそう言うと、寝そべるセシリオの胸に花冠を乗せた。

——人々が平穏に暮らせているのは、俺のおかげだと？

今までそんなことを言ってきた奴は一人もいなかった。

セシリオは胸の上に置かれたその花冠を持ち上げる。子供の手で作ったにしてはうまくできているが、所詮《しょせん》は雑草の塊《かたまり》だ。白い花の合間からは所々、収まりきらなかった茎がぴょんぴょんと飛び出している。

しばらくそれを眺めていたら、なんだか悩んでいた自分がバカらしくなってきた。だんだんと堪《こら》えきれなくなり、くくっと笑い声がもれる。少女はきょとんとした表情でセシリオを見つめていた。

いつの間にか貴族連中の声が聞こえなくなっている。きっと、そろそろ戻らなければならない時間だ。

「ありがとな。小さなレディ」

セシリオの小さな呟《つぶや》きに、少女は嬉しそうにはにかんだ。

「こちらこそありがとう、お兄さん！　またいつでも来てね！」

去り際、少女は立ち上がるとセシリオの方を見て少し大きな声を上げた。

セシリオは一度振り返り、片手を上げる。笑顔の少女は、両手をブンブンと頭の上で振っていた。

＊＊＊

控え室に戻ると、姉夫婦が落ち着かない様子でうろうろと部屋の中を歩き回っていた。セシリオを見つけるや否や、血相を変えて駆け寄ってきた。

「セシリオ、遅いわよ。あと十分で始まるわよ」

「お待たせしました」

セシリオは待たせたことを詫びると、自分の手元に視線を移した。そこには不格好な花冠が握られている。これを持って式典の壇上に上がるのはさすがにまずいだろう。

「姉上。式典中、これを預かっていてもらえますか？」

「これはなに？　ゴミなら捨てておくけど」

「ゴミではありません。褒章《ほうしょう》です」

姉は怪訝《けげん》な表情を浮かべる。しかし、セシリオは構うことなく、ふと思いついたように姉を見つめた。

「マオーニ伯爵家には俺より年上のご息女と俺と同じ年のご子息しかいないと記憶していたが、違っていたのかな？　先ほど、庭園でマオーニ伯爵家の子供に会った」

「マオーニ伯爵？　あぁ、その子は養女よ」

「養女……」

そのひと言で、セシリオは全てを理解した。

フィリップ殿下とたいして変わらない年頃の可愛らしい少女を、伯爵家が養女として受け入れる。そして頻繁《ひんぱん》に王宮に連れてくる。

その目的は一つしか考えられない。伯爵家が王室と縁続きになるための駒《こま》だ。

もしも失敗すれば、あの少女は代わりになるどこかへと嫁がされるだろう。もちろん彼女に拒否権はない。

きっと、あの少女がこれから身を投じる先は多くの貴族連中の欲望渦巻《うずま》く、どろどろとした薄汚い世界だ。形は違えども、ある意味戦場なのだろう。

あどけなく笑う少女の笑顔が脳裏に蘇《よみがえ》る。

あの子はその戦場で、俺が与えてくれたのだと笑ってくれた平穏を手に入れることができるだろうか。

——彼女に幸運の星がついていればいいのだが……。

名も知らぬ少女の幸運を祈った。

セシリオがすっかりと成長したこのときの少女を迎えに行くのは、この六年後のこと。

あとがき

はじめまして、三沢ケイと申します。

このたびは、『辺境の獅子は瑠璃色のバラを溺愛する』をお手に取ってくださり、ありがとうございます。


この作品は、とあるきっかけで王道の溺愛もののラブロマンスを書きたいと思い立ったことが誕生の発端でした。

舞台を私自身が好きな時代である産業革命が始まったくらいの頃のヨーロッパをイメージした仮想国家にしようということはすぐに決まりました。

王道といえばやっぱりヒーローはハイスペック男性。でも、あんまり完璧すぎると面白みに欠けるから、少し女性慣れしていない男性にしようかな。

優しく美しいけれど薄幸なヒロインが幸せを掴むシンデレラストーリー風に。ただ、なんでも受け身になるのではなくて本人が成長するような流れにしよう。

やっぱり悪役も必要だよね。どうせなら悪役はとことん悪役になり切ってもらおう。

などと、徐々に楽しくイメージを膨らませていきました。

そして一番大事な『溺愛』部分。

ヤンデレや束縛系など、このジャンルではさまざまな『溺愛』が溢れています。そんな中で、この作品は『ヒーローはヒロインを優しく包み込むような深い愛情を惜しげなく注ぐ』ということに主軸を置き、全体の流れを作り上げました。

女性なら誰しもが憧れるような愛され方を描きたいなあと。

皆様が思い描く『溺愛』のイメージには合っていたでしょうか？

もし楽しんでいただけたなら、そして、読み終えて少しでも幸せな気持ちになっていただけたなら、とても嬉しく思います。


最後に、この場を借りてお礼を伝えさせていただきます。

原作を連載していた『小説家になろう』運営様、及び、いつも応援してくださる読者の皆様。

切磋琢磨できる執筆仲間の皆様。特に、本作品を執筆するにあたり相談に乗ってくださり、ストーリーの流れや文章の書き方にアドバイスをくださった日車メレ先生、戸瀬つぐみ先生のお二人には深く感謝申し上げます。

また、このような活動を許容してくれた家族や職場の皆様。

本書の制作にあたりご尽力いただいた編集担当の江川様。

魅力的なキャラクターとうっとりとするような美しい世界観を見事に描き出してくださったイラスト担当の宵マチ様。

そして、この本をお手に取って下さった読者様。
本書を刊行するにあたり関わった全てのご縁に、深く感謝申し上げます。
本当にありがとうございました。

二〇一九年四月吉日　三沢ケイ

この本を読んでのご意見・ご感想・ファンレターをお待ちしております。
〈宛先〉 〒104-8357 東京都中央区京橋 3-5-7
(株) 主婦と生活社 PASH！ブックス編集部
「三沢ケイ先生」係
※本書は「小説家になろう」(https://syosetu.com) に掲載されていたものを、改稿のうえ書籍化したものです。
※この作品はフィクションであり、実在の人物・団体・法律・事件などとは一切関係ありません。

PASH!ブックス

辺境の獅子は瑠璃色のバラを溺愛する

2019年5月6日 1刷発行
2022年11月7日 2刷発行

著者 三沢ケイ
編集人 春名 衛
発行人 倉次辰男
発行所 株式会社主婦と生活社
〒104-8357 東京都中央区京橋 3-5-7
03-3563-5315（編集）
03-3563-5121（販売）
03-3563-5125（生産）
ホームページ https://www.shufu.co.jp
製版所 株式会社二葉企画
印刷所 大日本印刷株式会社
製本所 大日本印刷株式会社
イラスト 宵マチ
デザイン 井上南子
編集 江川美穂

ISBN978-4-391-15365-1